Ключи судьбы

Читайте романы Валерии ВЕРБИНИНОЙ в серии «Ключи судьбы»:

Любовно – исторические:

Рыцарь темного солнца
Принцесса морей
Синее на золотом

Сериал «Амалия – секретный агент императора»:

Отравленная маска
В поисках Леонардо
Леди и одинокий стрелок
Ледяной сфинкс
Письма императора
Путешественник из ниоткуда
Ход Снежной королевы
На службе Его величества
Похититель звезд
Ветреное сердце Femme Fatale
Званый ужин в английском стиле
Сапфировая королева
Миллион в воздухе
Золотая всадница
Девушка с синими гортензиями

Сериал «Адъютанты удачи»:

Адъютанты удачи
Бриллиант Фортуны
Фиалковое зелье

Любовно – криминальные:

Черный нарцисс
Ее любили все
Самый лучший вечер
Разбитое сердце богини

Валерия Вербинина

Фиалковое зелье

ЭКСМО

Москва 2012

УДК 82-3
ББК 84(2Рос-Рус)6-4
В 31

Оформление серии *Н. Никоновой*

Вербинина В.

В 31 Фиалковое зелье : роман / Валерия Вербинина. — М. : Эксмо, 2012. — 320 с. — (Ключи судьбы).

ISBN 978-5-699-56846-8

Секретному агенту особой службы Полине Серовой дали ответственное поручение — она должна узнать, что скрывается за исчезновением письмоводителя из российского посольства в Вене. Почему мелкий чиновник привлек к себе столько внимания? За этим незначительным на первый взгляд событием может таиться серьезная угроза интересам Российской империи... Министр внутренних дел даже отправил двух других агентов, призванных отвлекать внимание от расследования Полины: утонченного Владимира Гиацинтова и силача Антона Балабуху. Но эти господа не пожелали играть роль ширмы — они рьяно принялись за дело, и вскоре миссия Полины оказалась под угрозой срыва. А как отвлечь внимание мужчин? Только заставить их соперничать друг с другом за любовь прекрасной женщины...

УДК 82-3
ББК 84(2Рос-Рус)6-4

ISBN 978-5-699-56846-8

ГЛАВА 1

Этюд в разноцветных тонах. — Неожиданная встреча старых знакомых. — Невыразимые страдания одного кресла. — Полет гусара и прискорбный конец вкуснейшего бланманже.

Как известно, грусть бывает разного цвета. Есть светлая печаль — легкое и незамутненное чувство, которое порою навещает нас в прелестные осенние дни. Есть черная меланхолия, змеей обвивающая сердце и не дающая даже вздохнуть свободно. И, наконец, есть зеленая тоска, при которой хоть волком вой — все едино.

В тот миг, когда начинается наше совершенно правдивое повествование, Владимир Сергеевич Гиацинтов пребывал именно в зеленой тоске, для которой, надо сказать, у него имелись все основания.

Владимир Гиацинтов был молод, отменно хорош собой, отличался завидным здоровьем и непринужденными манерами. И несмотря на все это, он был чудовищно, невероятно несчастен. В волнении покусывая пальцы, он съежился на пыльном стульчике в приемной военного министра Чернышёва и ждал решения своей участи. Величественные лакеи, скользившие по паркету, обливали молодого человека презрительно-жалостливыми взглядами, которых он, однако, почти не замечал.

Его нервы были так напряжены, что он даже вздрогнул, когда внезапно отворилась входная дверь и в приемную протиснулась еще одна фигура. Это был, судя по его выправке, офицер лет двадцати семи или около того, одетый в партикулярное платье. Войдя, он покрутил головой, смущенно прочистил горло и пригладил темные пышные усы. Широкоплечий, массивный и при этом очень высокий, он словно заполонил собою всю приемную, отчего сразу же стало казаться, что в просторном полупустом помещении слишком мало места. Тяжело ступая, незнакомец приблизился к Владимиру, который в изумлении приподнялся с сиденья ему навстречу.

— Ба, Антон Григорьевич! Вот так встреча! Какими судьбами?

— Ну, я что... — забормотал здоровяк, крепко пожимая тонкие пальцы Гиацинтова, которые почти полностью утонули в его могучей длани. — Прибыл, гм... По высокому приказу. — Он выразительно покосился на дверь кабинета военного министра, по обеим сторонам которой наподобие часовых вытянулись в струнку два лакея, и опустился в кресло рядом с Владимиром.

Несчастное кресло, которое за время своего существования видело всякие зады — и чугунные, объемистые, и обыкновенные, ничем не выдающиеся, и хлипкие, отощавшие от беспорочной службы государю, — издало протестующий скрежет и зашлось в предсмертном хрипе. Гигант насупился и, поерзав на сиденье, кое-как примостился на его краешке.

— Ну а ты как? — спросил он у Гиацинтова.

На лицо Владимира набежало облачко.

— А я... — Молодой человек развел руками и выдавил из себя мученическую улыбку. — Я тут тоже по высокому приказу, да.

— Ишь ты! Небось к очередной награде представляют? — осведомился его собеседник с ноткой зависти в голосе, дернув себя за ус.

— Какое там! — тоскливо ответил Владимир. Он оглянулся, не слышит ли их кто, и понизил голос. — Чувствую я, придется мне сегодня того, брат Балабуха. В крепости ночевать.

Балабуха так удивился, что даже выпустил свой ус.

— Да ну? Так ты что, проштрафился?

— То-то и оно, — вздохнул Гиацинтов. — Все документы потерял, все! А в них... — Он с горечью махнул рукой. — Документы-то были вовсе не простые! Так что придется мне за них отвечать по полной. А у тебя как дела?

Гигант засмущался, закручинился и порозовел лицом.

— Да что у меня... — невнятно пробубнил он. — Плохо все, брат Владимир Сергеич! — в порыве отчаяния выпалил он. — Так что по всему выходит, будем мы скоро с тобой в соседних казематах сидеть.

— В самом деле? — ахнул Владимир. — Так ты что, тоже... не справился с поручением?

Балабуха тяжело вздохнул и принялся выщипывать свой второй ус.

— Не гожусь я для этой службы, — жалобно промолвил он наконец. — Ну совсем не гожусь, Владимир Сергеевич! Больно все в ней, зараза, хитро устроено. Не разберешь, где друг, а где враг, кто врет, а кто правду говорит. Я как того немца за горло взял, так и придушил его немножко. Ну, самую малость. Думаю, сейчас ты у меня быстро сознаешься, щучий сын, кто тебя к нам заслал и зачем. А немец оказался никакой не иностранный эспьон[1], а наш же собственный осведомитель. А я его, значит, за горло. Да!

— До смерти придушил? — с трепетом спросил Гиацинтов.

[1] Шпион (*франц.* espion).

— То-то и оно, что нет, — отозвался Балабуха уныло. — Настоящего-то гада-лазутчика я проворонил, а этот, фон Книппер, чтоб ему пусто стало, накатал на меня здоровенную реляцию куда следует. Даже и подумать теперь боюсь, что будет. Это ведь у меня не первая неудача вовсе.

— У меня тоже, — заметил Владимир, ощущая внезапный прилив симпатии к этому огромному чудаку. — Зря я доверился в прошлый раз той женщине, зря. Это ведь она мне снотворное в вино подсыпала, как только я отвернулся. Больше просто никто не мог этого сделать.

— Я как-то тоже на таком деле обжегся, — доверительно признался Балабуха. — И меня, кстати, тоже баба вокруг пальца тогда обвела, чтоб ей пропасть.

И они стали вполголоса обсуждать свои неудачи, где неизменно фигурировали секретные поручения, засады, не предназначенные для чужих глаз документы, двуличные красавицы, стычки, попытки подкупа и обманщики всех мастей. Ибо по профессии наши собеседники были офицерами Особой службы, которую незадолго до того создали специально в помощь разведке. Подразумевалось, что Особая служба будет брать на себя те миссии, которые связаны с чрезвычайными рисками и опасностями, то есть задания повышенной сложности. Для таких заданий, конечно, следовало искать людей, до мозга костей преданных отечеству, а кроме того, рисковых, дерзких, храбрых и умных. Вполне естественно, что если служба именуется Особой, то и служить в ней должны лишь особые, исключительные люди.

Увы, нигде теория и практика так не расходятся, как в Российской империи, и ни в одной стране мира самые благие замыслы не оборачиваются такой чепухой, что даже молвить стыдно. Конечно, поговорка о дороге сами знаете куда и благих намерениях, которыми она вымощена, имеет вроде бы универсальный характер, но российский ад, куда ведут российские благие намерения, должно быть, создавался по особой мерке, с особым вкусом и фантазией, и таким чертом, который не пожалел для этого ни времени, ни сил.

Словом, когда военный министр дал поручение искать для новоиспеченного ведомства сотрудников среди зарекомендовавших себя военных, выяснилась поразительная вещь: все, кто более или менее подходил для секретной работы, были позарез нужны на местах, а те, кого полковое начальство соглашалось отпустить в столицу, обладали какими угодно качествами, кроме тех, которые могли пригодиться в Особой службе. Проще говоря, графу Чернышёву норовили всучить всякий хлам, как в мелочной лавке, где торгуют залежавшимся товаром. Не помогали ни приказы, ни распоряжения, ни увещевания, ни взывания к патриотическому долгу и верности царю и отечеству. На словах все заверяли министра, что немедленно!.. срочно!.. сей же час предоставят в его распоряжение лучших, проверенных, надежнейших офицеров. На деле к нему присылали тех, от кого давно хотели избавиться: скандалистов, записных шулеров, несчастливцев, чем-либо запятнавших свою честь, и так далее. А так как люди Особой службе были нужны позарез, приходилось поневоле выбирать из того, что оказывалось в наличии в настоящий момент. Так сказать, брать лучшее из худшего.

В конце концов граф Чернышёв, как умный человек, нашел выход из сложившегося положения и даже ухитрился обернуть к своей пользе многочисленные недостатки своих будущих сотрудников. Тем, кого он все-таки принял в Особую службу, он давал понять, что недремлющее отечество дает им шанс искупить свою вину, мнимую или истинную. Ведь, не будь Особой службы, они угодили бы в крепость, а не то с треском были бы разжалованы и вовек опозорены. Кроме того, граф не стеснялся намекать, что если его подопечные окажутся не на высоте, им до конца своих дней придется обживать шлиссельбургские или иные казематы, а не то сменить место жительства на места, чрезвычайно отдаленные от обеих столиц.

По мысли находчивого графа, человек, оказавшись под угрозой заточения либо ссылки, неминуемо должен был проявить — и проявлял — чудеса находчивости, лишь бы только выполнить данное ему поручение. Однако, как уже известно читателю, не все офицеры Особой службы оказывались настолько расторопными, и поэтому Гиацинтов с Балабухой, по несчастливому стечению обстоятельств провалившие все свои миссии, имели все причины опасаться для себя самого худшего.

Почти смирившись с неизбежным, они сидели и, вздыхая, толковали о преимуществах различных крепостей и их влиянии на моральный дух узников. Вскользь были также упомянуты Сибирь, отправка на Кавказ рядовым и лишение дворянского состояния. Впрочем, Балабуха склонялся к тому, что жить можно везде, и даже в Сибири, где тоже имеются люди, и ничего, существуют же как-то. Владимир не соглашался с ним, утверждая, что жить и просто существовать — вещи разные и вообще жизнь без свободы в принципе не имеет смысла. После чего они стали перечислять известных им товарищей по Особой службе, большинство из которых оказались весьма удачливы на новом поприще, и незаметно погрузились в воспоминания о прошлом и о том, каким образом сами Гиацинтов и Балабуха попали сюда. Именно в обстоятельствах зачисления с наибольшей полнотой нашли свое выражение характеры наших героев.

Красивый, изящный, с тонкими чертами лица, Владимир Гиацинтов по натуре был неисправимым мечтателем, романтиком, смотревшим на мир широко распахнутыми глазами. Циничный мир, многое перевидавший на своем веку, смотрел на Гиацинтова как на восторженного простачка и даже хуже — дурачка, которого грех не обмануть. Поручик Ростислав Никандрович Телепухин оказался вполне достойным представителем этого мира. Сначала он пил за счет Гиацинтова, громогласно величал его своим другом и снисходительно похлопывал по плечу. Вероятно, молодой идеалист сильно удивился бы, узнав, как за спиной «лучший друг» Телепухин передразнивает речь Владимира, его манеры и поведение на потеху товарищам по казарме. Но Гиацинтов ничего не замечал и ничего не заподозрил даже тогда, когда однажды ночью друг ввалился к нему с подозрительно блестевшими глазами и стал плести какую-то наскоро сочиненную историю о невесте, на которой он, Телепухин, мечтает жениться. Только вот беда, умильно продолжал поручик, косясь на приятеля, ее родители — жмоты, каких свет не видел, и требуют предъявить доказательства того, что будущий зять не бедствует и, если понадобится, сумеет прокормить и ее, и себя.

— Ты не знаешь, дружище, у кого бы я мог занять пачку ассигнаций хотя бы на часочек? — спросил Телепухин ласково. — Мне бы только показать старому хрычу денежки, а потом я их верну. Пропадаю я, понимаешь, без моей Людмилы!

По любопытному совпадению, у Гиацинтова как раз в тот момент имелась солидная пачка ассигнаций, с которой он должен был назавтра ехать в город и закупать лошадей для драгунского полка, в котором служил. Еще более любопытным совпадением является то, что коварный Телепухин был прекрасно осведомлен об этом обстоятельстве.

— Видишь ли, — несмело сказал Владимир, — у меня есть деньги, но они все-таки казенные, сам понимаешь...

Поручик скроил разочарованную мину и направился к двери.

— Я понимаю, — заявил он от порога, — что я тебе более не друг, вот что! Ты мне доверяешь? Доверяешь или нет? Какой же ты друг, в самом деле! Сидит и держится за какие-то жалкие ассигнации, тьфу! — и Телепухин смачно плюнул. — Смотреть противно!

Нет ничего удивительного в том, что после таких доводов Гиацинтов поддался на уговоры и, устыдившись своей недоверчивости, отдал лучшему другу все деньги, после чего тот в одну ночь спустил всю сумму хорошо известному игроку господину Полторацкому. Само собою, что ни о какой невесте речи не шло — упоминание о ней было лишь предлогом, чтобы выманить деньги у романтика Гиацинтова.

Просадив 2000 рублей за одну ночь, Телепухин поначалу пал духом, ибо вовсе не рассчитывал на такой расклад. С точностью до наоборот он непременно должен был выиграть, потому что была среда, а Телепухин как раз родился в среду, стало быть, звезды были обязаны ему благоприятствовать. Но хваткий господин Полторацкий, вероятно, родился под какой-то совершенно особой звездой, перед которой все расчеты

Телепухина оказались бессильны. Рассерженный проигрышем, Телепухин отправился к себе, и на обратном пути ему в голову пришла совершенно замечательная мысль. Во-первых, он проиграл не свои деньги, а Гиацинтова. Во-вторых, раз так, то можно считать, что он, Телепухин, вообще ничего не проиграл. И, в-третьих, раз это деньги Гиацинтова, то пусть он за них и отдувается. Нечего было казенные финансы давать кому ни попадя, сам виноват!

— И вообще, — рассудил Телепухин, — Володька должен меня благодарить за то, что я ему, каналье, хороший урок преподал. А то бы все так и обжуливали его, чисто как младенца какого-то.

И с этой мыслью Телепухин уснул, причем спал как раз сном младенца.

Когда через пару дней Владимир все-таки подошел к нему и робко намекнул на то, что пора-де и отдавать долг, а то полковой командир сердится, отчего он, Гиацинтов, все не едет за лошадьми, Телепухин сделал большие глаза.

— Какие деньги? Господа, помилуйте! Я у него ничего не брал! Чего он от меня хочет?

Владимир побледнел, покраснел, напомнил про невесту поручика Людмилу и ее прижимистых родителей, но Телепухин поднял его на смех, а когда Гиацинтов стал настаивать и угрожать жалобой командиру, только насмешливо улыбнулся.

— Валяй, душа моя! Никаких свидетелей у тебя нет, и ничего ты не докажешь. И вообще это странно: ты растратил деньги, а я должен отвечать! С какой стати?

Офицеры, прекрасно знавшие, что Телепухин — негодяй, тем не менее стали на его сторону, следуя излюбленному русскому принципу «не пойман, не вор».

Видя, что все оборачивается против него, Владимир отправился к полковому командиру и без утайки поведал ему о случившемся. Командир вызвал Телепухина для объяснений, но тот нагло лгал и все начисто отрицал. Более того, он не постеснялся заявить, что Гиацинтов частенько играл в карты (тогда как тот не пил, не курил и к картам даже не прикасался) и, мол, он наверняка и продул полячишкам все казенные деньги.

Гиацинтову грозил суд за растрату. Не вынеся позора и особенно предательства человека, которого он всерьез считал своим другом, Владимир хотел застрелиться. Он даже оставил подобающую случаю записку (на сочинение шести строк в должном тоне — сдержанном, благородном, не плаксивом и не жалостливом — ушло аж двадцать три минуты и семнадцать страниц черновиков) и положил ее на стол, на самое видное место. Но, едва молодой человек приставил пистолет к виску и взвел курок, в дверь постучала судьба. В этот раз она приняла облик веснушчатого денщика Васьки, который без всяких околичностей сообщил, что командир вызывает Владимира Сергеевича к себе. Именно от командира Гиацинтов узнал, что, так как его дальнейшее пребывание в полку является решительно невозможным, его направляют в Петербург для определения в Особую службу, находящуюся в ведении военного министра графа Чернышёва. Полковой командир заверил молодого человека, что ему представляется исключительный случай исправиться и он, командир, надеется, что тот сумеет оправдать его доверие, а также доверие министра.

Увы, как мы видим, ни пребывание в службе, ни жизненные коллизии ничему не научили Владимира. Он по-прежнему оставался искренним, чистосердечным, романтическим мечтателем, что очень сильно вредило ему в нелегкой работе. В каждой мало-мальски привлекательной женщине он видел королеву, а в каждом случайном знакомом — задушевного товарища. Неудивительно поэтому, что все деликатные миссии, которые были ему поручены, неизменно завершались провалом.

Что же до Антона Григорьевича Балабухи, то он во всем являлся полной противоположностью своего товарища. Если Владимир, существо воздушное, все время витал в облаках, то огромный силач Балабуха, казалось, был сделан из камня, но зато из самого лучшего. Он был надежен, как скала, и на него всегда можно было положиться. Вдобавок он по природе отличался недоверчивостью, туго сходился с людьми, не болтал лишнего даже во хмелю и всем словам на свете предпочитал золото молчания. Казалось бы, лучшей кандидатуры в секретные агенты трудно найти, но увы! В голове Балабухи, столь значительной по своему объему, помещалась, похоже, всего одна извилина. Если туда попадала какая-нибудь мысль, то она так и застревала там, лишенная возможности двигаться и развиваться, хотя именно это как раз и составляет отличительную черту всякой мысли. Так, например, произошло в тот раз, когда Антоша — в ту пору еще капитан артиллерийской бригады — увидел восемнадцатилетнюю кокетку Наденьку Грушечкину. Бедному Балабухе показалось, что в него ударила молния. Он влюбился раз и навсегда, окончательно и бесповоротно, а влюбившись, решил, что ему необходимо во что бы то ни стало жениться. Такой уж это был неправильный век: если мужчина влюблялся, то он женился и не говорил, что брак — это фи и отживающая свое условность.

И Балабуха начал осаду прекрасной Надин, ее маменьки, папеньки, дядюшек и тетушек по всем правилам, которые не предусмотрены тактикой артобстрела, но которые тем не менее применяются в жизни, когда того требуют обстоятельства. Поломавшись для приличия с полгода, Наденька дала-таки свое согласие. В это мгновение Балабуха почти физически ощутил, как у него выросли крылья, и решил вскоре подать начальству рапорт об отставке в связи с предполагаемой женитьбой.

Увы, человек предполагает, а бог, как известно, располагает, и надо же было случиться такому, что как-то раз Балабуха вздумал навестить дорогую невестушку в неурочный час. Он принес своей бесценной Наденьке бланманже — лакомое желе из миндального молока, которое та страсть как любила, и думал обрадовать ее этим маленьким сюрпризом. Нянюшки Наденьки, льстивой рябой Акульки, которая постоянно отиралась возле своей госпожи, почему-то не оказалось в сенях, и Балабуха на цыпочках взлетел по лестнице, радуясь, что все выходит так удачно и он сможет без помех исполнить задуманное. Держа в правой руке злополучное бланманже, левой Балабуха нашарил ручку и, громогласно объявив: «Ку-ку! А вот и я!», вошел в будуар своей невесты...

В следующее мгновение Балабуха уже ничего не смог бы сказать по той простой причине, что начисто потерял дар речи. Ибо с большой постели бесценной Наденьки послышалась какая-то возня, и через мгновение из скомканных простыней вынырнула растрепанная головка Балабуховой невесты. Впрочем, отнюдь не это потрясло бравого артиллериста, а то, что на той же кровати он узрел своего приятеля гусара Братолюбского, того самого, который был ходатаем от него к Наденьке и добился от нее согласия стать женой Балабухи. И даже не наличие своего лучшего друга в кровати будущей жены так потрясло Балабуху, а тот факт, что и гусар, и бесценная Наденька были в чем мать родила, а портки гусара валялись на стульчике рядом с Наденькиными кружевными панталончиками.

— Ой! — взвизгнула Наденька и спрыгнула с кровати, кое-как завернувшись в простыню.

Балабуха медленно переводил взгляд с нее на гусара, причем короткая бычья шея артиллериста и та сделалась красной, а лицо прямо-таки побагровело. Антоша даже не замечал, что раздавил в кулаке сосуд с бланманже и теперь голыми пальцами крошил его осколки.

— Вот оно, значит, как, — медленно, с ненавистью процедил он, глядя в смазливое лицо гусара. — Вот так бланманже!

Наденька завизжала и шарахнулась, когда Балабуха внезапно бросился вперед. У дверей послышались истошные вопли няньки, которая всегда стояла у любовников на стреме, а сегодня так позорно проворонила визит жениха; но ей, по крайней мере покамест, не следовало опасаться за свою воспитанницу.

То, что произошло вслед за этим в будуаре мадемуазель Грушечкиной, наиболее полно описывает составленный несколькими часами позже полицейский протокол, со своеобразной сухостью которого не могут соперничать, однако, никакие красноречивые описания. В протоколе значится, что

«...господин Антон Григорьевич Балабуха, пребывая во временном помешательстве от несчастья, с ним приключившегося, одной могучей рукой ухватил господина Братолюбского за шею, а другой за детородные органы,

после чего поднес оного господина к окну, невзирая на его сопротивление, и выбросил наружу со второго этажа. Прибывший на место полицейский врач констатировал у потерпевшего многочисленные ушибы и кровоподтеки, а также прискорбное нарушение функций некоторых жизненно важных органов, которыми потерпевший, возможно, уже не сможет пользоваться так, как раньше».

Таким образом, Балабуха был посажен под арест за умышленное членовредительство, причем в данном случае этот термин наиболее полно отражал, так сказать, сущность вопроса.

Командир полка, в котором служил Антон Григорьевич, только пожал плечами и рассмеялся, узнав о случившемся. По его мнению, оно не заслуживало особого внимания, а любвеобильный Братолюбский уже давно напрашивался на то, чтобы его хорошенько проучили. Однако у пострадавшего гусара нашлись заступницы, и особенно близко к сердцу его участь приняла супруга местного градоначальника, состоявшая в родстве с весьма значительными фамилиями империи. Безутешные дамы во главе с нею стали требовать для бедняги Балабухи тюремного заключения, суда, разжалования и еще невесть каких кар.

Видя, что дело принимает для его подчиненного крайне скверный оборот, командир вспомнил о том, что граф Чернышёв уже давно надоел ему своими циркулярами с требованиями предоставить в его распоряжение толковых людей для какой-то там Особой службы. Командир спешно подал министру рапорт о том, что рекомендует Антона Григорьевича как надежного, храброго и неподкупного офицера, и стал ждать ответа. Рапорт произвел на Чернышёва очень выгодное впечатление, и в результате артиллерист был направлен в Петербург.

Узнав о том, что его ожидает, Балабуха воспрянул духом и решил, что теперь он обязательно отличится, добьется повышения, станет полковником, а может — чем черт не шутит — самим генералом, получит уйму наград, и коварная Наденька жестоко пожалеет, что променяла его на этого никчемного Братолюбского. Он был готов исполнить любое задание и прямо-таки рвался в бой, но уже тогда наиболее прозорливые помощники Чернышёва указывали на то, что у Антона Григорьевича начисто отсутствуют воображение и гибкость мышления, и предсказывали ему весьма скромное будущее. Увы, их прогнозы полностью оправдались. Балабуха был упорен, но звезд с неба не хватал и, как только назревала более-менее сложная ситуация, попросту терялся. Зачастую он предпочитал пускать в ход силу, когда следовало всего лишь как следует пораскинуть мозгами, и в результате неизменно оказывался в проигрыше. Для работы, требующей главным образом смекалки, Антон Григорьевич был простоват и отлично сознавал это. В конце концов он окончательно пал духом и пришел к выводу о том, что хуже его никого в Особой службе и быть не может, но тут неожиданно выяснилось, что Володя Гиацинтов находится в точно таком же положении, как и он сам. Это вообще не укладывалось в голове у артиллериста. Если даже такой блестящий и сметливый юноша, как Владимир, только и мог, что допускать промах за промахом, то и вовсе непонятно, кем надо быть, чтобы преуспеть на этой службе. Тем не менее Балабуха находил некоторое утешение в том, что окажется в крепости с хорошим знакомым, а не с каким-нибудь штатским мазуриком. Он и Гиацинтов как раз обсуждали, как будут переписываться, если их посадят в разные камеры, когда к офицерам подошел надменный лакей.

— Его превосходительство просит господина Гиацинтова и господина Балабуху к себе, — ледяным тоном процедил он сквозь верхнюю губу. — Прошу.

Владимир, слегка побледнев, поднялся с места. Балабуха кашлянул и пригладил волосы. Теперь он был уверен, что отныне их ожидает общая судьба.

ГЛАВА 2

Его превосходительство. — Рассуждение о крепостях и красавицах. — Визитеры, проходящие сквозь стены. — Тетушка, которую во что бы то ни стало надо бросить за борт корабля.

— А, господа герои! — язвительно промолвил его превосходительство военный министр Чернышёв, круто поворачиваясь на каблуках к посетителям. — Ревнители славы отечества! Заходите, заходите, милости просим! Что ж вы застыли у порога? Такое малодушие не к лицу признанным храбрецам!

С самого начала речь министра произвела на проштрафившихся офицеров самое тягостное впечатление. Они поняли, что надеяться им больше не на что и что никакого снисхождения не последует, стало быть, надо приготовиться к самому худшему. Реакция наших друзей, однако, была столь же различной, как и их характеры. Если Балабуха ограничился тем, что втянул голову в плечи, стушевался и стал пристально разглядывать лепной завиток в углу потолка, то Владимир, напротив, почувствовал прилив здоровой злости. Каковы бы ни были его проступки, он оставался свободным человеком и не желал, чтобы его третировали, как какого-нибудь лакея. Поэтому, выслушав реприманд его превосходительства, Владимир распрямился и со сверкающими глазами проговорил, чеканя каждое слово:

— Смею напомнить вашему превосходительству, что, находясь на службе отечеству, я тем не менее не нанимался выслушивать замечания, задевающие мою честь как русского офицера. Если вашему превосходительству будет угодно отправить меня в крепость, то ваше превосходительство может быть уверено, что я приму эту кару с надлежащим смирением и не выкажу при этом никакого малодушия, в котором вашей милости угодно меня обвинять. Но оскорблять меня я не позволю никому, запомните это!

«Пропал», — обреченно подумал Балабуха. Но министр лишь сухо улыбнулся, как будто вовсе не ему только что надерзили самым возмутительным образом.

— Полно вам ребячиться, господа, — сказал он скучающим тоном. — Куда вы так торопитесь? Крепость ведь не красная девка, может и подождать.

Балабуха, которому в речи министра почудился намек на роковые обстоятельства его личной жизни, затаил дыхание. Даже Гиацинтов и тот заметно смешался.

— Я ценю вашу смелость, — невозмутимо продолжал министр, обращаясь к Владимиру, — но проявлять ее надо в другом месте, а не в разговорах с вышестоящими лицами. На словах, знаете ли, многие храбрецы, а вот на деле...

Владимир покраснел.

— Если вашему превосходительству угодно меня испытать, — быстро проговорил он, — то я готов.

— Прекрасно. — Чернышёв отошел от окна, возле которого стоял, когда вошли офицеры, и сел за стол. — А вы, Антон Григорьевич?

Но гигант смог выдавить из себя только «рад служить... и всю кровь до последней капли...», после чего смешался и вопросительно поглядел на своего товарища.

— Вот и прекрасно, — бодро заключил Чернышёв. — Прошу присаживаться, господа.

Офицеры не заставили себя упрашивать и сели, немного приободренные тем, какой оборот принимал разговор.

— Думаю, господа, — непринужденно промолвил граф, — мне не стоит напоминать о том, какая милость была вам явлена, когда вместо того, чтобы бесславно отправиться в крепость, вы очутились в Особой службе и получили возможность искупить ошибки прошлого. Мы надеялись, что вы надлежащим образом оцените оказанную вам честь и приложите все усилия к тому, чтобы доказать, что вы достойны нашего доверия. — Министр вздохнул. — Наверное, мне не следует также говорить вам о том, что, к сожалению, наших надежд вы не оправдали. Обо всем этом вы и сами знаете не хуже меня.

И военный министр любезно улыбнулся. Но его глаза по-прежнему смотрели холодно, и в этом холоде не было даже намека на какую-либо милость или доверие.

— Стало быть, — продолжал Чернышёв спокойно, — передо мною встает нелегкий выбор. Либо я признаю, что ваше пребывание в Особой службе было ошибкой, и предоставлю каждого из вас своей участи. Вы, Владимир Сергеевич, пойдете под суд за растрату, а вы, Антон Григорьевич, сядете за нанесение тяжкого увечья храброму вояке... полученного им не при исполнении служебных обязанностей. — Балабуха тяжело задышал, лицо его пошло пятнами. — Либо я закрываю глаза на вашу нерадивость и даю вам последний шанс. Если, конечно, вы захотите им воспользоваться.

Офицеры быстро переглянулись.

— Ваше превосходительство, — нерешительно промолвил Гиацинтов, — а этот, гм, шанс... Он один на нас обоих или же...

Чернышёв пожал плечами.

— Исходя из предыдущего опыта, я считаю, что нет никакого смысла использовать вас порознь, — заметил он. — Да, на этот раз вам предстоит действовать вместе. Если вы, конечно, согласны.

— Мы согласны, — поспешно сказал Владимир. Балабуха только кивнул.

— Вот и чудненько, — расцвел в улыбке военный министр. — Итак, господа, слушайте внимательно. Вам предстоит отправиться в Вену. Что вам известно об этом городе?

— Вена — столица могущественной Австрийской империи, — оживился Гиацинтов. — Блестящий город с множеством дворцов и театров, расположен на реке Дунай. Резиденция императора Фердинанда находится...

— Довольно, — желчно оборвал его Чернышёв. — Ни к чему щеголять передо мною вашими необъятными познаниями, господа. Главное, что вам следует запомнить, — это то, что Австрийская империя, управляемая, кстати, не слабоумным Фердинандом, а этой хитрой лисой, канцлером Меттернихом, является нашей союзницей со времен борьбы с Наполеоном. Но когда мы говорим о политике, мы должны понимать, что нет такого союзника, который не мог бы завтра превратиться в соперника. Я ясно выражаюсь?

— Э... — пробормотал Владимир в замешательстве. — Мне казалось, ваше превосходительство, что если мы вместе победили Наполеона, затратив на это такие усилия... — Он осекся.

Чернышёв посмотрел на его молодое, открытое лицо и, подавив раздражение, решил, что говорить надо как можно более доходчиво, без всяких околичностей, чтобы эти недотепы хотя бы понимали, с чем им придется иметь дело.

— Интересы Российской империи, — сухо промолвил граф, — чрезвычайно обширны, и характер их таков, что они задевают многих наших... скажем так, бывших друзей. Сейчас мы сильны и независимы, мы заставили потесниться старые европейские державы, которые одни привыкли всюду заправлять. Нравится ли им такое положение вещей? Отвечаю вам: нет, что бы они ни говорили на словах. В политике вообще не место дружбе, дружат здесь только при необходимости, в исключительных обстоятельствах, и, как правило, против кого-либо еще. Уясните себе это хорошенько и знайте, что вам предстоит далеко не увеселительная прогулка.

— Мы это учтем, — поспешно вмешался Балабуха, видя, что Владимир, задетый высокомерным тоном министра, снова готов вспылить. — Так в чем же заключается наше поручение?

Чернышёв улыбнулся и снял с рукава какую-то невидимую пылинку.

— В Вене, — проговорил он, — вам нужно будет отыскать одного человека.

— И что же это за человек? — спросил Гиацинтов с замиранием сердца.

— Его зовут Сергей Жаровкин, — ответил военный министр, — и он числится письмоводителем в российском посольстве.

Балабуха открыл рот. Даже Владимир и тот был поражен: он-то полагал, что на этот раз задание окажется куда более трудным. Стоило ради этого пускаться в рассуждения о европейской политике и предостерегать против австрийских козней!

— Но если этот Жаровкин... — начал Гиацинтов. Он был намерен просить разъяснений, однако министр, свирепо покосившись на него, сам повел речь дальше.

— Примерно полторы недели тому назад господин Жаровкин бесследно исчез, и обстоятельства его исчезновения представляются нам довольно-таки загадочными. Ваше поручение заключается в том, чтобы любой ценой отыскать его, живого или мертвого, и выяснить, что же именно является причиной его, так сказать, отсутствия. Если он жив, то ваша задача упрощается. Если он был убит, то вы должны разобраться, за что и кем именно. Действовать, как я уже сказал, будете сообща. Ответственным за это поручение назначается... — Чернышёв посмотрел на Балабуху, вздохнул и перевел взгляд на Гиацинтова, — Владимир Сергеевич. В путь, господа, отправляетесь завтра с раннего утра, ибо до Вены дорога неблизкая. Вам выдадут казенный экипаж, кучера и достаточно денег на гостиницы и прочие расходы. С собой можете взять одного слугу, в котором вы вполне уверены и который не станет болтать о вас с каждым встречным и поперечным. Остановок в пути желательно делать как можно меньше и нигде не задерживаться. Доберетесь до Вены, предъявите в посольстве рекомендательные письма, которые я вам вручу, и немедленно приметесь за дело. Как только что-то прояснится, тотчас же, безотлагательно дайте мне знать. Все понятно?

— Да, ваше превосходительство, — ответил Владимир.

— А мне нет, — упрямо сказал Балабуха, исподлобья косясь на него. — Это что же, он будет главным, а я, выходит, должен ему подчиняться?

— Ну кто-то ведь должен быть главным, — вкрадчиво ввернул Чернышёв, — так уж среди людей заведено. Считайте, господа, что это ваш совместный дебют. Однако он станет вашим финалом, если вы не справитесь с поручением. Со всей серьезностью должен предупредить вас, что, если вы провалите и эту миссию, вам не сносить головы, ибо я не намерен больше с вами церемониться. Мы и так были с вами излишне мягкосердечны.

Владимир вовсе не считал, что отправка человека с опасным поручением является признаком мягкосердечия, и уже открыл рот, чтобы сказать об этом министру, но встретил предостерегающий взгляд Балабухи и прикусил язык.

— Нашего посланника при австрийском дворе зовут Иван Леопольдович Адлерберг. Граф Адлерберг, — поправился Чернышёв. — Мы ввели его в курс дела, и он осведомлен о том, что вы должны прибыть в Вену. За всеми дополнительными сведениями можете смело обращаться к нему. Какие-либо вопросы у вас есть?

— Нет, ваше превосходительство, — ответил Балабуха.

— В самом деле? — Чернышёв иронически прищурился. — В таком случае больше не смею задерживать вас, господа. Можете идти.

Гиацинтов и Балабуха поклонились и покинули кабинет военного министра. Они так никогда и не узнали, что едва они шагнули за порог, как в углу пришла в движение потайная дверь, и из-за этой двери показался человек.

— Все слышал, Никита? — спросил у него Чернышёв.

— Точно так, ваше превосходительство, — отвечал незнакомец. — И где только сумели найти таких чудаков? У них же, можно сказать, прямо на лбу написано, что для нашего деликатного дела они непригодны.

— Это ты верно сказал, — вздохнул министр, — дело наше есть деликатное и весьма, весьма непростое. Помни, Никита: я на тебя рассчитываю. Тебе не хуже моего известно, что Вена — это змеиное гнездо. Смотри же, чтобы не вышло осечки. План наш тебе известен: ты незаметно присоединишься к господам офицерам, чтобы не вызывать никаких подозрений. Дальше действуй так, как мы условились.

— Не волнуйтесь, ваше превосходительство, — пообещал Никита. — Все будет чисто, комар носу не подточит. Только вот зря вы дурачков этих туда посылаете, они же ничего не могут, кроме как мешать.

— Вряд ли у них это получится — им же толком ничего не известно, — отозвался Чернышёв. — И потом, их появление покажется вполне убедительным, учитывая все обстоятельства. Сегодня же я отправлю в Вену дополнительную депешу, пусть посольские господа понервничают. В конце концов, правильно говорит пословица, что и дурак на что-нибудь сгодится. Если даже этих офицеров убьют, то, по крайней мере, не так жалко будет. Ты же, Никита, будь осторожен. Надо во что бы то ни стало разобраться с этой историей, потому что государю, — он поднял глаза на портрет императора Николая в полный рост, — все это очень, очень не по душе. Сумеешь добраться до разгадки, считай, что повышение у тебя в кармане. За дурачками приглядывай потихоньку, но главное... главное...

— Не извольте сомневаться, ваше превосходительство, — успокоил его Никита. — Все будет сделано как надо, обещаю вам. Разве я когда-нибудь вас подводил?

— Поэтому я и поручаю тебе это дело, — заметил министр. — И еще кое-что. В Вене находится с секретным поручением один из наших главных агентов. Поручение не слишком сложное, даже пустяковое, но, возможно, ему все-таки понадобится твоя помощь. В этом случае он обратится к тебе и скажет пароль. Пароль такой: «Любите ли вы дижонский черносмородиновый ликер?» Ты должен ответить: «Нет, я предпочитаю сотерн[1]» и оказать этому человеку любое содействие, сделать все, о чем бы он ни попросил. Ты понял?

— Ваше превосходительство может не беспокоиться по поводу таких пустяков, — заверил его Никита. — Разумеется, я все сделаю.

— Ну, то-то же, — проворчал министр. — Ступай!

И Никита скрылся таким же путем, каким и вошел. Однако стоит отметить, что на этом визиты лиц, проникающих тайными путями к военному министру, отнюдь не окончились, потому что ближе к вечеру Чернышёв принял у себя некую даму, с которой также имел конфиденциальный разговор.

— Сложилось очень щекотливое положение, Полина Степановна, — подытожил министр в конце беседы. — С одной стороны, явные признаки какой-либо угрозы вроде бы отсутствуют, но с другой — уже одно

---

[1] Род сладкого белого вина, отличающийся красивым янтарным оттенком.

отсутствие таких признаков наводит на самые серьезные размышления. — Его собеседница приподняла брови, но ничего не сказала на это глубокомысленное замечание Чернышёва. — А тут подвернулся столь подходящий случай — эта барышня, которая много лет пытается вылечиться от чахотки на Мадейре. Что, если она совершенно излечилась и вместе со своей тетушкой, которая ее везде сопровождает, вернулась домой, в Вену?

— Тетушка может осложнить дело, — заметила Полина Степановна. — О тетушке вы мне ничего ранее не говорили.

— Действительно, это досадное упущение, — согласился министр, — но я полагаю, что его будет легко исправить. Может быть, тетушка упала за борт во время шторма, когда корабль плыл от Мадейры? — с надеждой предположил он. — В море ведь всякое может случиться.

— Тогда об этом написали бы в газетах, и наверняка сыскались бы свидетели, — покачала головой Полина Степановна. — Боюсь, это нам не подходит.

— Попала под карету? — предположил жизнерадостный министр. — Или гораздо проще: умерла от старости?

— Тогда в Вене ко мне приставят еще кого-нибудь из родственников, — вздохнула его собеседница, обмахиваясь веером. — Нет, нам нужно что-то другое.

— Я поговорю с нашими лучшими агентами, — оживился Чернышёв. — Может быть, у кого-нибудь из них окажется подходящая тетушка, которая...

— Которая по причине отсутствия должных навыков сразу же провалит мою миссию, — холодно сказала Полина Степановна, и глаза ее колюче сверкнули. — Ваше превосходительство, а где сейчас Алексей Каверин?

— Алексей Константинович? — изумился граф. — Боже мой, сударыня, неужели вы полагаете, что этот храбрый офицер сумеет изобразить вашу тетку?

— Я нахожу, что для блага родины Алексей Константинович способен изобразить кого угодно, — вывернулась Полина Степановна. — А без подходящей тетушки у меня почти наверняка возникнут сложности с выполнением задания. Так где он теперь?

— На Мадейре, — с неудовольствием ответил министр. — Поймите, Полина Степановна, он приглядывает за... за нашей барышней.

— Приглядывает? — отчего-то возмутилась Полина Степановна. — Что это значит? Он вскружил ей голову? Обещал жениться? Так он удерживает ее на Мадейре, да?

— Полина Степановна, Полина Степановна, — покачал головой граф, — по правде говоря, я не знаю, какие методы использует господин Каверин, но следует признать, что они чрезвычайно эффективны. Не забудьте, что одно неосторожное письмо с Мадейры, в то время как вы находитесь в Вене, и все — нашим планам конец! Поэтому Алексей Константинович делает все, чтобы вы смогли действовать без помех под видом... под видом этой барышни. Сама барышня наполовину француженка, семья ее матери бежала из Франции еще во время революции и осела в Австрии. Наша мадемуазель говорит по-французски и по-немецки, как вы, и это обстоятельство вам тоже на руку.

— О да, — кивнула Полина Степановна, — но тетушка, господин граф, тетушка! Когда мы с вами обсуждали план прошлый раз, ни о какой тетушке речи не шло!

— Что касается тетушки, то я, право, не знаю, как с ней быть, и всецело полагаюсь на ваше благоразумие, — дипломатично промолвил министр, которого уже начал утомлять этот разговор. — Вообще я уверен, что никто не сумеет справиться с данным делом лучше вас. Его императорское величество, которому я обо всем доложил, также одобряет мое решение.

— Насколько я понимаю, — сказала его собеседница, с преувеличенным вниманием разглядывая рисунок на своем веере, — мне придется действовать в весьма сложных обстоятельствах, на свой страх и риск. А поскольку ставки могут оказаться весьма значительными, я требую, чтобы наши люди в Вене и вообще никто не был осведомлен о моих действиях.

— Полностью согласен с вами, секретность прежде всего, — поклонился Чернышёв. — Тем более что эта история с письмоводителем показала, что мы никому не можем доверять. В крайнем случае вы всегда можете обратиться к нашему агенту Сотникову за помощью. Вы помните пароль?

— Да-да, ликер и сотерн, — кивнула Полина Степановна. — А что именно господин Сотников будет делать в Вене?

Граф улыбнулся.

— Это секрет, сударыня. Могу сообщить вам только одно: у вас будет великолепное прикрытие, которое совершенно отвлечет на себя внимание наших противников. Таким образом, вы сможете делать все, что сочтете нужным.

— Я чрезвычайно ценю предусмотрительность вашего превосходительства, — с очаровательной улыбкой ответила дама, — но главное — чтобы ваше прикрытие ненароком не спутало мне карты. Вы понимаете, о чем я?

— Вам не о чем волноваться, сударыня, — галантно отвечал Чернышёв. — Строго между нами, Полина Степановна, не позавидую я тому человеку, который пожелает хоть в чем-то вам помешать. Даже я, грешный, и то менее всего хотел бы оказаться в рядах ваших недругов.

— О, мудрость вашего превосходительства всем известна, — отозвалась дама, поднимаясь с места и складывая веер. — Но вы мне льстите, сударь. Я такой же человек, как и все, просто я привыкла всегда добиваться своего.

— Кто бы сомневался, — пробормотал про себя министр, когда дама, шурша вишневым с золотом гроденаплевым[1] платьем, покинула кабинет. — Но именно это сейчас нам нужнее всего.

Он позвонил в колокольчик и велел подобострастному лакею пригласить из приемной очередного посетителя.

ГЛАВА 3

Приключения страждущих путешественников. — О том, как важно прорываться именно туда, куда следует. — Станционный смотритель и кое-какие особенности его характера. — Чрезвычайно поучительная беседа о рае.

— Нале-гай!

Прекрасным майским утром 1841 года Владимир Гиацинтов, весь в грязи и с расцарапанной щекой, смотрел, как из канавы вытаскивают их экипаж. Путешествие в Вену не задалось с самого начала.

[1] Гроденапль — разновидность шелковой ткани.

Не успели офицеры в сопровождении денщика Васьки выехать из Петербурга, как у колеса треснула спица. Кучер — широкоплечий бородатый мужик с угрюмым лицом, отзывавшийся на имя Степан Козырев, — тут же заверил господ, что это ничего, была бы ось цела. Ось, однако, сломалась, когда офицеры подъезжали к Пскову. Ее починили у местного умельца и поехали дальше, но через полсотни верст сломалась уже вторая ось.

Возле Минска у экипажа отвалилось левое заднее колесо, и хорошо еще, что это произошло не на мосту, иначе офицеры вместе с кучером и денщиком неминуемо свалились бы в реку. Наконец, не доехав каких-нибудь полверсты до станции, расположенной в 62 верстах от Бреста, экипаж на совершенно пустынной дороге ухитрился-таки загреметь в канаву, из которой его сейчас пытались извлечь сбежавшиеся на подмогу мужики, к которым присоединился и Васька. Ими распоряжался все тот же неутомимый Степан, в то время как Балабуха и Гиацинтов, по счастью, отделавшиеся при падении лишь парой царапин, стояли несколько поодаль и угрюмо наблюдали за происходящим. Радоваться им было нечему, потому что одна из лошадей повредила ногу, а на починку экипажа требовалось время, и по всему выходило, что им удастся добраться до Вены никак не раньше июня.

— Не жизнь, а какое-то божье наказание, — проворчал Балабуха. — Ты посмотри, драгун, какую развалюху они нам дали! Казенный экипаж, тоже мне! А лошади? Ведь это черт знает что такое! То они расковываются на полдороге, когда на сто верст вокруг не сыскать кузницы, то начинают хромать, как только мы выедем со станции. Как будто проклятье над нами висит какое-то, честное слово!

— Не дрейфь, артиллерист, — отозвался Гиацинтов весело, хлопнув его по плечу. — Бог даст, прорвемся.

Балабуха недоверчиво поглядел на него.

— Как говорил наш полковник, — сказал Антон наконец, подпустив в голос изрядную толику иронии, — надо знать, куда прорываться, милостивый государь. А то можно так прорваться, что вообще проклянешь тот миг, когда туда полез.

— Ты что, уже жалеешь, что согласился на это дело? — удивился Владимир.

— Согласился! — хмыкнул здоровяк. — Ежели ты не заметил, нашего согласия никто и не спрашивал. Все уже было решено без нас.

— Да ты что, Антоша? Ведь граф Чернышёв как раз спросил, не против ли мы...

— Ну да, не против ли мы получить казенную квартиру в крепости, а если нет, почему бы нам не прокатиться в Вену, чтобы отыскать какого-то прощелыгу. Брось, Вольдемар! Не те мы фигуры, чтобы спрашивать нас, что мы хотим делать.

— Должен признаться тебе, — промолвил Владимир после небольшой паузы, — что если ты не принимаешь всерьез поручение министра, то я намерен приложить все силы, чтобы его выполнить. Это все, что я имею вам сказать, милостивый государь.

— Экий ты, Владимир Сергеевич, — проворчал Балабуха. — Ну я же тоже не собираюсь есть казенный хлеб даром. Я только одного не могу понять — почему, если наша миссия такая важная и нужная, нам дали такой дрянной экипаж? Неужели нельзя было найти чего-нибудь получше?

— Дружнее, братцы, — надсаживал глотку Степан, — налегай!

Экипаж вытащили из канавы, и офицеры подошли ближе — посмотреть, что осталось от их рыдвана. Вопреки их опасениям, он пострадал не так сильно, хотя одно стекло вылетело и два колеса из четырех подлежали замене, не говоря уже о прочих мелочах.

— Ладно, — решился Гиацинтов. — Айда на станцию!

И он с Балабухой зашагали по дороге, в то время как мужики, которым Степан посулил по алтыну, тащили за офицерами экипаж, а Васька нес вещи. Лошадей, одна из которых сильно хромала, Степан распряг и повел за собой.

На станции Владимир и Балабуха нашли грустного человека неопределенного возраста, который дремал у окошка над горшком с геранью. Когда романисты пишут: «неопределенного возраста», неопределенность эта обыкновенно простирается от 40 до 70 лет и никогда не затрагивает более молодые годы, хотя, казалось бы, и в юности можно выглядеть вполне себе неопределенно. Точности ради скажем, что смотрителю уже исполнилось 47 и что он порядком понаторел в битвах с путешественниками, которые вместо того, чтобы покойно сидеть дома и блаженствовать, распивая чаи с малиновым вареньем да почитывая толстые журналы, зачем-то куда-то ездили и бессовестно изнашивали колесами своих экипажей дороги необъятной Российской империи. По натуре смотритель был домоседом, что, впрочем, вовсе не помешало ему в молодости сбежать от жены, которая ему наскучила. Однако теперь на всех, кто путешествовал и, стало быть, задавал ему лишнюю работу, он смотрел косо, и не было в свете такой силы, которая заставила бы его дать лошадей путешественнику, который чем-либо оказался ему несимпатичен.

Не зная этих тонкостей и даже не подозревая о них, бесхитростный Гиацинтов объяснил смотрителю ситуацию и предъявил выправленную по всей форме подорожную.

— Нам нужен кузнец, — закончил Владимир, — и лошади.

Смотритель приоткрыл один глаз, шумно почесал под мышкой и вздохнул. По его внутреннему ощущению — а своему внутреннему ощущению он доверял всегда, — офицеры, несмотря на все сопроводительные бумаги, были не слишком важными персонами, и он вовсе не намеревался потакать им сверх меры.

— Кузнец Фома уехал пьянствовать на свадьбу к сестре, — печально ответил смотритель. — Завтра обещался быть, значит, появится дня этак через три.

— А лошади?

— Свободных лошадей нет, ваше благородие.

— Врешь небось, — вмешался Балабуха. — Давай почтовую книгу, борода!

— Пожалуйте, — с готовностью отвечал смотритель, придвигая к нему по столу засаленный гроссбух.

Балабуха, хмуря брови, прочитал последние записи. Помещица Осипова — 6 лошадей... Дворянка Полина Степановна (фамилия написана неразборчиво) — 3 лошади... Генерал Мелюзгин — 9...

— Вот басурман!

Одна тройка ушла с почтой.

— Значит, нет лошадей, — подытожил Гиацинтов.

Вошедший Степан значительно кашлянул в кулак.

— Там на конюшне еще одна тройка, ваше благородие, — доложил он.

Балабуха обернулся и грозно поглядел на смотрителя.

— Это курьерская, ваше благородие, — твердо отвечал тот. — Для курьера или фельдъегеря, которые на службе государевой.

— А я что, по-твоему, для своего удовольствия путешествую? — рявкнул Балабуха. Белки его глаз налились кровью.

— Полно тебе, Антон Григорьевич, — вмешался Гиацинтов. — Все равно ведь надо сначала экипаж починить... Скажите, любезнейший, кроме этого Фомы, поблизости больше нет никакого кузнеца?

Смотритель задумался. Владимир сунул два пальца в карман и извлек из него гривенник. Грустный человек бросил на блестящую монету взгляд, полный укоризны, и Гиацинтов вытащил еще один гривенник. Смотритель поднял левую бровь и стал почесывать ее со скучающим видом. Серебряные монеты со звоном упали на стол и, покрутившись, застыли на месте. Смотритель кашлянул и поглядел отсутствующим взором куда-то мимо Балабухи. Невольно тот покосился в ту же сторону, а когда через долю мгновения снова повернулся к смотрителю, на столе было пусто. Антон вытаращил глаза. Вздохнув со смиренным видом, смотритель пригладил усы, насупился и изрек:

— Вообще-то, если вам позарез нужно чинить карету, то к Фоме лучше не обращаться — пьет, зараза, как рыба. Зато рябой Ванька, который тут неподалеку...

— Ну так пошли за ним человека!

И примерно через полчаса Ванька уже был на месте и принялся за дело.

Смотритель кликнул свою жену. Она вышла и предложила офицерам откушать чем бог послал. После щей, поросенка с хреном, расстегаев и кофею путешественники почувствовали себя значительно увереннней, тем более что подавала блюда востроглазая плутовка Дуня, дочка смотрителя, которая то и дело оборачивалась на красивого Гиацинтова.

Когда импровизированный обед подошел к концу, Балабуха остался в избе, — как он уверял, его очень интересовали украшающие стены лубочные картинки. Гиацинтов же, наоборот, пошел поглядеть, как спорится дело у рябого Ваньки. Дуня, замешкавшись, хотела было последовать за Владимиром, но тут Антон окликнул ее и чрезвычайно вежливо попросил объяснить ему, какая именно битва изображена на самой большой картинке, и она осталась.

Владимир заглянул на задний двор, на котором Ванька колдовал над останками многострадального экипажа под присмотром денщика Васьки и бдительного Степана. Как сказал кучер, «еще пара часиков, ваше благородие, и можно в путь, если будут лошади».

Над высоким клевером жужжали мохнатые шмели и скользили стрекозы с прозрачными крылышками, отливавшими всеми цветами радуги. Розовели цветущие яблони, белели нежные вишни. Желтая вислоухая собака свернулась калачиком в тени плетня и дремала. У колодца, распустив белоснежные крылья, бродил большой красивый гусь. Завидев Гиацинтова, он вытянул шею и сказал: «Кра-кра».

Владимир постоял на месте, ни о чем не думая, наслаждаясь хорошей погодой и красотой окружающей природы. Солнце припекало. Вдоль дороги бежали полосатые верстовые столбы. Прочтя надпись на одном из них, Гиацинтов понял, что до ближайшей станции 20 верст. Назойливая муха попыталась сесть ему на щеку, но он, мотнув головой, отогнал ее. В следующее мгновение вдали, между вишневыми деревьями, показалась черная точка, которая стала медленно расти, приближаясь к станции.

Невольно Владимир подался вперед. Точка заинтересовала его. Иногда она исчезала из виду, когда дорога шла под гору, но вскоре вновь появлялась на следующем подъеме. То она брела зигзагами, то спотыкалась и падала, но через минуту опять поднималась на ноги и неуклонно продвигалась вперед. По мере продвижения точка обрела светловолосую голову, серый сюртук, серые же панталоны, пунцовый жилет, когда-то роскошный, а теперь разорванный галстух, огромный фингал под левым глазом и множество кровоподтеков на молодом, симпатичном, открытом лице.

Преодолев последний подъем, незнакомец оказался всего в каких-нибудь двух десятках метров от Гиацинтова. Теперь было ясно видно, что это и впрямь был невысокий, ладно скроенный молодой человек лет 25 или около того, которого недавно кто-то весьма чувствительно отколошматил. Шатаясь, неизвестный сделал два или три шага, но сил у него уже не оставалось, и, взмахнув руками, он рухнул в дорожную пыль.

— Кра! — недовольно сказал гусь, вместе с Владимиром наблюдавший за этой сценой.

Человек, лежавший на дороге, не шевелился. Поколебавшись, Гиацинтов быстро двинулся вперед.

— Эй, сударь! Эй! Что с вами?

Но сударь лишь издал слабый стон и закрыл глаза.

Гиацинтов в отчаянии огляделся по сторонам. На краю колодца стояла большая деревянная бадья. Недолго думая, Владимир схватил ее, быстро зачерпнул воды и выплеснул ее всю на незнакомца, облив при этом и свои брюки.

Результаты не замедлили сказаться. Во-первых, молодой офицер в мокрой одежде почувствовал себя нелепо и неловко, и во-вторых, незнакомец издал нечто вроде бульканья, открыл глаза и не без труда принял сидячее положение. Сначала он увидел сказочное дерево, осыпанное белыми цветами, затем какую-то необыкновенную птицу, похожую на лебедя, и наконец — высокого стройного молодого человека с темными волосами, хрустальными глазами, ямочкой на подбородке и лицом ангела.

— Сударь, — пролепетал незнакомец, — скажите мне: я в раю?

— Нет, — удивленно ответил Владимир. — Вы недалеко от станции.

Его собеседник глубоко вздохнул.

— Значит, я не умер? — без особой радости спросил он.

— Насколько я могу судить — нет, — заверил его собеседник.

— И слава богу, — сказал странный незнакомец, после чего вновь потерял сознание.

ГЛАВА 4

Уланы переходят в наступление. — Явление Августа в майский день. — Машенька, Катенька, Лизонька и некоторые другие. — Чернильная душа агента Сотникова.

Приблизительно в то же самое время, когда Гиацинтов на дороге завел с незнакомцем беседу о рае, в избушке станционного смотрителя имел место не менее интересный разговор, в котором участвовали черноглазая красавица Дуня и плечистый гигант Балабуха. Судя по всему, они никак не могли оторваться от лубочной картинки, изображавшей битву.

— Так-с, Дуня, ну а эти, с султанами на шлемах, кто?

— Уланы, — отвечала Дуня, пожимаясь и хихикая.

— Ну а эти, которые вон тут на лошадях скачут? — Произнося эти слова, Антон придвинулся к Дуне совсем близко.

— Это кавалеристы, — отвечала красавица, потупившись.

Поскольку собеседники уже перебрали гренадеров, кирасиров, лейб-гвардейцев, артиллеристов, драгун и прочие роды войск, по всему следовало, что дело идет к решительному наступлению. Балабуха кашлянул, скосил глаза на картинку и наклонился к Дуне, но тут дверь яростно грохнула, ударившись о стену, и в избушку влетел Владимир Гиацинтов. Дуня моментально отскочила от громадного офицера и стала с удвоенным усердием смахивать пыль со стола.

— Антон Григорьич! — воскликнул Владимир. — Там на дороге человек... в тяжелом состоянии... Надо бы перенести его сюда, да доктора к нему!

— Да сделаем, об чем речь, — буркнул Балабуха сердито. Судя по всему, он искренне переживал, что не успел всесторонне обсудить с Дуней разворачивающееся на картинке генеральное сражение.

Через несколько минут раненый незнакомец уже лежал на кровати в домике станционного смотрителя, и сердобольная хозяйка растирала ему виски уксусом. Придя в себя, бедняга схватился за голову и застонал.

— Не бойтесь, — сказал ему Гиацинтов, — вы в безопасности. Однако кто же это вас так отходил?

Поняв, что ему и в самом деле ничего не угрожает, незнакомец заметно успокоился и рассказал следующую историю. Его зовут Август Добраницкий, и он польский шляхтич. Несколько месяцев тому назад он повстречал в Киеве девушку и влюбился в нее. Узнав, что она живет в этих краях, он приехал сюда, чтобы быть ближе к предмету своей страсти. К несчастью, девушка оказалась из богатой семьи, в то время как он, Добраницкий, богатством похвастаться не может. К еще большему несчастью, отец девушки, деспот и самодур, заметил, что молодой человек явно неравнодушен к его дочери, и в недвусмысленных выражениях предложил ему убираться подобру-поздорову. Август, разумеется, не послушался, после чего сегодня утром на него напали подосланные отцом девушки люди и жестоко избили. Что было дальше, он не помнит, и как он добрался до станции, не помнит тоже. После того, что случилось, жизнь ему вовсе не мила, и вообще он не знает, куда ему теперь податься. Без девушки его существование не имеет смысла, но ужасное подозрение, что ей, скорее всего, известно о его позоре, жжет его душу каленым железом (при этих словах Добраницкий почему-то покосился на Дуню).

— Вот бедняга! — сочувственно промолвил Антон, которому во время рассказа Августа вспомнились все его собственные горести. — Не повезло тебе, однако!

— И что же вы будете теперь делать? — спросил Владимир.

Выяснилось, что Добраницкий этого не знает, но все же склоняется к тому, чтобы написать прощальное письмо любимой и пустить себе пулю в лоб.

— Эк куда хватил! — проворчал Балабуха. — Из-за женских глаз — стреляться! Тьфу! Да ни одна женщина на свете этого не стоит.

Поляк гордо вскинул голову.

— Сразу же видно, что вы никогда не любили по-настоящему, — пылко возразил он. — А я не смогу жить без моей Маши. Не смогу!

— Поначалу, конечно, оно всегда так, — отпарировал задетый за живое Балабуха. — А вы все-таки попробуйте, авось у вас получится.

— Я бы и хотел, — искренне ответил Август. — Но ничего не выйдет. От любви не существует лекарств.

— Это только так говорится, — вмешался Владимир. — Между прочим, древний поэт Овидий написал на сей счет целую книгу, которая так и называется: «Лекарство от любви».

— И что, она многих вылечила? — с сомнением спросил Добраницкий.

— Ну, раз ее до сих пор читают, значит, не так уж она плоха, — заметил Гиацинтов. — Постарайтесь для начала уехать как можно дальше от вашего предмета страсти, и вы сами увидите, что любовь не выдерживает больших расстояний.

— Возможно, это так, — вздохнул Август, — но дело в том, что я не настолько богат, чтобы позволить себе хорошее путешествие. — Он поднялся с кровати, но ноги еще плохо держали его. Добраницкий покачнулся и ухватился за стену, однако и в этом положении ухитрился отвесить офицерам глубокий поклон. — Благодарю вас, господа, за участие и желаю вам всего доброго. Прощайте!

Балабуха и Гиацинтов переглянулись.

— Может, возьмем его с собой? — неожиданно спросил Антон. — Обидно ведь видеть, как человек пропадает, в сущности, ни за грош.

— Но наше поручение... — нерешительно начал Владимир.

— А при чем тут оно? — удивился силач. — В конце концов, Чернышёв ведь не запрещал нам брать попутчиков... Эй, Август! Хочешь прокатиться с нами до Вены?

Добраницкий обернулся. На его лице было написано искреннее изумление. Нет, ну а что еще вы бы почувствовали, если бы совершенно незнакомые люди просто так пригласили бы вас составить им компанию и поехать за тридевять земель?

— До Вены? — на всякий случай переспросил Август. — Вы сказали — до Вены?

— Так точно, сударь, — весело промолвил артиллерист. — Посмотришь мир и заодно печаль свою развеешь. Ну так как?

— Но дело в том, — сконфуженно признался Добраницкий, — что у меня при себе совсем мало денег.

— Э, пустяки, — отмахнулся Балабуха. — У нас их хватит на всех. Решено: ты едешь с нами.

— Ну, раз вы так настаиваете... — Август пожал плечами. — Хотя, с другой стороны, почему бы и нет?

И на следующее утро в отремонтированном экипаже троица искателей приключений выехала по направлению к российско-австрийской границе, причем смотритель, вопреки своему обыкновению, дал им самых резвых лошадей. Все дело было в том, что не только Балабуха жаждал беседовать с Дуней об уланах, идущих в атаку, но и Август, хотя его сердечная рана была свежа как никогда, обратился к красавице за разъяснениями по тому же самому вопросу. Смотритель встревожился и решил, что чем дальше и чем скорее господа окажутся от станции (и от его дочери), тем лучше будет для всех. Поэтому экипаж был починен куда быстрее, чем обычно, и лошади нашлись в мгновение ока.

— А что вы собираетесь делать в Вене, господа? — спросил Добраницкий.

Балабуха кашлянул и покосился на Владимира, предоставляя тому право отвечать.

— У нас там друг, — объяснил Гиацинтов. — И, как на грех, он куда-то запропастился.

— Ничего, найдется, — успокоил их Август. — Вена — город веселый, а некоторые венки — очень даже хорошенькие штучки!

— А ты что, там был? — удивился Балабуха.

Добраницкий картинно закатил глаза.

— О! Куда только меня судьба не заносила!

Мимо путешественников текли хаты, плетни, равнины, цветущие деревья, верстовые столбы. Добраницкий высунулся в окно и громко выражал свое восхищение красотами окружающей природы. Он болтал, не закрывая рта, но — странное дело — почему-то его болтовня ничуть не утомляла, а наоборот, освежала, как хороший душ, хотя то и дело Августа, что называется, заносило. Судя по его речам, он объездил чуть ли не весь земной шар, был накоротке знаком со многими вельможами и при этом обнаружил такое знание цирковых фокусов, какое вряд ли приветствуется в высшем свете. Прямо на глазах у изумленных офицеров он продемонстрировал несколько трюков с картами и монетами, но тотчас же спохватился и стал говорить, что интересуется фокусами исключительно ради развлечения, чтобы была возможность развлечь дам, когда им скучно.

— И не жаль тебе, что ты уже не увидишь свою зазнобу? — поддразнил его Балабуха.

Добраницкий вздохнул.

— Катеньку-то? Да, Катеньку очень жаль!

— Ты же вроде говорил, что ее Машей зовут, — заметил Владимир.

— Правда? — искренне поразился Август. — Ну да, сначала была Катенька, а Маша — потом. То есть наоборот. Сперва — Маша, потом — Катя, а после Кати... Ну, это не в счет.

Невольно Владимир насторожился.

— Скажи, Август... Ведь ты же вроде поляк, а по-русски говоришь почти без акцента. Как это?

— Я всегда был способным к языкам, — объяснил Добраницкий. — Мой дядя епископ... я говорил вам, что у меня дядя — епископ? Так вот, он всегда твердил, что мне надо идти в священники, потому что у меня язык хорошо подвешен и я умею беседовать со всяким. Я и при дворе бывал, то есть при разных дворах...

— Неужели? — протянул Балабуха, от которого не укрылась реакция Гиацинтова. — И как там, при разных дворах?

— По-разному, — вывернулся Август, чувствуя, что разговор переходит на скользкую почву. — Но придворная жизнь вообще не для меня. Вот путешествия я люблю. Новые люди, новые впечатления...

Экипаж подпрыгнул на очередном ухабе, и Добраницкого мотнуло к стенке. Он охнул и поднес руку к голове.

— Что, больно? — посочувствовал Балабуха.

— И не говорите! — пылко воскликнул Август. — Эти канделябры — ужасно тяжелые штуки!

И внезапно в карете наступило вязкое, как желе, молчание.

— Постой-постой, — подозрительно проговорил Владимир. — Это какие еще канделябры?

Добраницкий замялся, но отступать было некуда.

— Э... ну... Те, которыми меня дворня отколотила. Я вам же рассказывал!

— То есть они взяли канделябры, — очень вежливо промолвил Балабуха, — потом засели в кустиках, чтобы, значит, тебя подстеречь...

— При чем тут кустики, — рассердился Добраницкий, — все было в большой гостиной, просто...

Тут он понял, что проговорился, и прикусил язык. Но было уже поздно.

— Август, скажи мне честно, — потребовал Балабуха, ухмыляясь. — Ты что, шулер? Потому что никого другого канделябрами не лупят, насколько мне известно.

— Что вы выдумываете, господа, — обиделся поляк. — Уверяю вас, я пострадал за честь дамы!

— Ага, за честь дамы треф! Знаем мы вас!

— Господа, клянусь, вы ошибаетесь! Просто Лизонька...

— Так-так, уже Лизонька появилась! Кстати, когда она была — до Маши с Катей или после?

— Нет, Лизонька была после Оленьки... или до?

— Ха-ха, драгун, я так и знал! — веселился Антон, подмигивая Гиацинтову. — А эта Лизонька часом не присутствовала, когда тебя канделябрами вразумляли?

— Ну, если хотите знать, — сердито вскричал Август, — то вот вам! Не было там никакой Лизоньки или тем более Оленьки! Просто меня занесло в гости к одному здешнему помещику, который без карт жить не может... составилась компания, сели играть, и тут я заметил, что один из игроков плутует. Он понял, что я сейчас его выдам, и подбросил мне крапленые карты.

— То есть ты не плутовал? — спросил Балабуха, про себя дивясь изворотливости их нового знакомого, который никак не хотел сознаваться в своем ремесле. — И ты не шулер?

— Нет, я не шулер! — оскорбленно ответил Добраницкий. — Могу поклясться... чем могу поклясться? Да хотя бы здоровьем своей невесты, вот! Чтоб ей жить долго и счастливо...

— А откуда же ты знаешь такие карточные приемы, как те, которые только что нам показывал?

— Оттуда, что я часто играю! Потому и выучил наизусть все нечестные фокусы, чтобы никто не смог меня... как это у вас говорится... объегорить.

— Антон, ей-богу, ну нельзя же быть таким недоверчивым, — вмешался Владимир. — Словом, шулер подбросил тебе карты и...

— И поднял крик, что я плутую! А эти канделябры, бронзовые, фунтов по десять каждый... И ведь главное, верных шесть тысяч было у меня в кармане! Совершенно честно, заметьте, без всякого плутовства! Но уж кто родился под несчастливой звездой... тому ни в чем не везет! Ни в любви, ни в картах! Так что, господа, приготовьтесь к худшему! Вы подобрали самого невезучего человека в Российской империи, которому никогда ничего не удается. Словом, если вы хотите живыми добраться до Вены, то лучше вам высадить меня прямо тут, на дороге, потому что со мной вам ни в чем не будет удачи! Такой уж я уродился!

Он отвернулся, скрывая слезы. Балабуха смущенно кашлянул в кулак.

— Знаешь, Август, — признался Гиацинтов после небольшой паузы, — мы вообще-то тоже не очень везучие. Правда, Антон?

— Ага, — вздохнул Балабуха. — Скажу тебе больше, Август: таких неудачников, как мы, ты точно еще не встречал.

— Правда? — недоверчиво спросил поляк, переводя взгляд с усатого гиганта на изящного Гиацинтова с тонким лицом.

— Правда, — подтвердил гигант. — Так что тебе, можно сказать, посчастливилось. Или наоборот.

И все трое засмеялись.

— Значит, мне можно остаться с вами? — приободрившись, спросил Август. — Вы меня не прогоните?

— Да оставайся, об чем речь, — сказал Балабуха, пожимая плечами. — Экий ты, Август, смешной все-таки!

И, хотя Добраницкий клялся, что такого несчастливца, как он, не сыскать, экипаж благополучно прибыл на станцию Яблоньки, от которой уже рукой было подать до австрийских владений. Посовещавшись, Добраницкого вписали в пашпорт Антона как его слугу, после чего перекусили и поехали дальше. На ночь путешественники остановились в небольшой гостинице, где водилось множество блох, но Август, выказав недюжинную смекалку, сумел где-то раздобыть персидского порошку, и трое друзей, а также Васька, смогли заснуть спокойно. Не спал только кучер, на которого не хватило порошку: он то и дело ворочался и вздыхал.

Утром путешественники сменили лошадей и вновь тронулись в путь. Через несколько часов они без всяких хлопот пересекли границу, и Российская империя осталась позади. Экипаж въехал на территорию Австрийской империи.

* * *

Его превосходительству военному министру
графу Чернышёву в собственные руки.
Донесение особого агента Сотникова.
Совершенно секретно, разглашению не подлежит.

Ваше превосходительство,

как и было мне поручено, я сопровождаю в Вену известных вам господ Б. и Г. Покамест все обстоит благополучно, они приняли меня за того, за кого я себя выдаю, и даже не подозревают, кем я являюсь на самом деле. Впрочем, если бы у них явилась хотя бы тень подозрения, я сумел бы легко развеять ее, ибо эти господа явно не семи пядей во лбу и имеют пагубное пристрастие верить каждому высказанному слову. Я мог бы привести вашему превосходительству поразительные доказательства сей нелепой привычки, но, так как я пишу свое донесение на последней российской станции перед границей, мне приходится поневоле поторопиться. Скажу лишь вашему превосходительству, что таким господам, как вышеупомянутые Б. и Г., не место в славных рядах нашей службы и что ваше превосходительство хорошо сделает, ежели по завершении миссии откажется от их услуг раз и навсегда.

Вскоре мы покидаем российскую территорию, однако при каждой удобной оказии я буду слать вашему превосходительству подробные донесения установленным порядком. Кроме того, имею довести до сведения вашего превосходительства, что экипаж, предоставленный для путешествия, оказался не так хорош, а лошади вообще никуда не годятся.

Засим остаюсь
вашего превосходительства покорнейший слуга
агент Сотников.

ГЛАВА 5

Явление лягушачьего оркестра. — Спасительная вывеска. — Расхождения в императорах и роковые последствия таких расхождений. — Выстрел.

— Ужасно есть хочется, — повторил Балабуха во второй или третий раз.

Судя по звукам, раздававшимся в карете, внутри артиллериста прочно обосновался целый лягушачий оркестр, вдохновенно исполнявший какую-то болотную симфонию. Бурчание в желудке Антона порою становилось таким громким, что без труда заглушало стук колес.

— Кажется, там в корзине была копченая рыба, — несмело заметил Владимир. — И вишневая наливочка, которую мы купили еще перед границей.

Балабуха сердито покрутил головой.

— Да ты что, драгун? Все это уже давно Август слопал.

— Что, и наливку тоже? — вскинулся Гиацинтов.

— А наливку он первым делом оприходовал, — горько сказал Балабуха. — Губа не дура у этих поляков, доложу я тебе!

И он сердито покосился на Добраницкого, который, приоткрыв рот, спал счастливым сном. За время пути все его ссадины зажили, и даже здоровенный фингал под глазом почти прошел.

— Ладно, — решился Гиацинтов и высунул голову наружу. — Эй, Степан! Как увидишь какую-нибудь гостиницу или трактир, остановись. Артиллерия должна подзаправиться. — И он подмигнул Балабухе.

— Ну ты выдумаешь тоже! — обиделся тот.

Экипаж въехал в небольшой городок и остановился перед двухэтажной гостиницей, на грубо намалеванной вывеске которой было выведено: «Золотой лев». Внизу под надписью красовалось изображение этого самого льва — настолько далекое от оригинала, что без надписи опознать этого зверя было бы весьма затруднительно.

— Август, — крикнул Владимир, — вставай!

— Ни за что и никогда, — быстро забормотал тот во сне, — ни за что на ней не женюсь! — Но он тут же открыл глаза и подскочил на месте. — А? Что? Где мы?

— Черт его знает, — прогудел Балабуха, пожимая мощными богатырскими плечами. — Вылезай!

Троица друзей выбралась из кареты, причем Август все время усиленно зевал и тер глаза (которые у него, кстати сказать, были небесно-голубого цвета).

— Перекусим и отправимся дальше, — объявил Гиацинтов. — Васька! Помоги кучеру с лошадьми.

В мрачном сводчатом зале сидели человек пять или шесть, не больше. Двое торговцев с длинными усами, офицер — гусар в доломане и красиво расшитом ментике, старый, похожий на моржа полковник с косым шрамом через все лицо, какая-то невзрачная личность в штатском и пьяница, который дремал в углу за столом, положив голову на руки. Грузный хозяин гостиницы переваливающейся походкой подошел к Гиацинтову и осведомился, чего желают господа.

— Выпить бы чего-нибудь, — сказал Балабуха, выразительно кашлянув и пригладив усы, — а то в горле совсем пересохло.

Хозяин понимающе кивнул и сказал, что у них есть превосходное токайское, а также мозельское, и еще...

— А водка?

Нет, водки нет. Не угодно ли господам токайского? Очень хорошее вино.

— Они что, сбесились? — проворчал Балабуха. — Даже водки не держат! Совсем пропащая гостиница!

— За границей водку не пьют, — вмешался Владимир.

— Вот те на! — удивился артиллерист. — А что же они пьют?

Гиацинтов пожал плечами.

— Вино.

— Ты что, смеешься надо мной? — недоверчиво спросил Балабуха. — Вино — это же слабенькая кислятина, тьфу!

— Антон, — сердито сказал Владимир, — уймись. Сначала нам надо чего-нибудь поесть... Что вы можете нам предложить?

Сошлись на жареном гусе, пироге с яблоками, паштете и бутылке токайского, после чего компания села за стол и стала ожидать, когда доставят заказ.

— Может, перекинемся в карты? — спросил Добраницкий, потирая руки.

— Раскладывай пасьянс, — осадил его Балабуха.

Август, который, как и все азартные игроки, ненавидел пасьянсы, подскочил на месте.

— Шутить изволите, господа! Пасьянс! Да чтоб того, кто эти пасьянсы придумал...

Но тут, щекоча ноздри райским ароматом, в зал вплыл жареный гусь на подносе, который несла ловкая русоволосая девица в подоткнутом фартуке, и Добраницкий сразу же забыл обо всем на свете. К его разочарованию, девица подошла сначала к Гиацинтову. Мало того, что она по несколько раз вытерла все его приборы, так плутовка еще собственноручно отрезала ему самую лучшую часть гуся, после чего не поленилась сбегать еще и за вином, напрочь проигнорировав при этом усатого артиллериста и голубоглазого поляка. Раз десять спросив, не нужно ли чего еще господину, и получив наконец заверения в том, что, если что-то понадобится, ее непременно позовут, девица удалилась, покачивая бедрами и то и дело оглядываясь на Владимира. Добраницкий и Балабуха только ошеломленно переглянулись.

— И чем он их берет? — проворчал артиллерист, принимаясь за еду. — Не пойму!

Однако он вскоре забыл о своей обиде, потому что токайское и в самом деле оказалось самого лучшего качества и золотом искрилось в бокалах.

— Ну, за что пьем? — спросил Балабуха, поднимая бокал.

— За нас, — просто предложил Владимир. Добраницкий от избытка чувств только согласно кивнул.

— Господа, — громогласно заявил гусар за соседним столом, — предлагаю всем присутствующим выпить за императора Фердинанда, да хранит его бог! Гип-гип, ура!

Гиацинтов поморщился и отставил бокал. Балабуха, ничего не заметив, залпом опрокинул свой и одобрительно крякнул.

— Недурственно, — объявил он, принимаясь за гуся.

— А вы что же не пьете? — спросил раскрасневшийся гусар у Владимира. — За императора Фердинанда, сударь!

Владимир спокойно улыбнулся.

— Простите, сударь, но я не подданный его величества. И вообще, у меня совершенно другой император.

— А-а, — вызывающе протянул гусар. — Вот оно что! Значит, нашим императором вы брезгуете?

— Почему брезгую? — удивился Владимир. — Я ему не подданный, с какой стати мне пить за него?

Август замер, держа в руке недопитый бокал. Как человек, побывавший во множестве передряг, он первым почувствовал, что разговор плавно скатывается к банальной ссоре, а ссоры в те времена имели обыкновение заканчиваться очень и очень плохо.

— Сударь, — вспыхнул гусар, — вы невежа!

Глаза Владимира сузились.

— А вы, сударь, попросту пьяный дурак, — не сдержавшись, выпалил он.

И тут в гостиничном зале наступила тишина. Слышно было только, как чирикает под потолком воробей, несколько минут назад влетевший в распахнутое окно.

— Так, — сказал гусар в пространство. — Это, сударь, серьезное оскорбление.

— Не знал, что правда так оскорбляет, — парировал Владимир.

— Вы ответите за это!

— Да ради бога. — И Гиацинтов, пожав плечами, принялся за паштет.

— Я вызываю вас! Если, конечно, вы в состоянии драться, — презрительно добавил офицер. — На крестьянина вы все же не похожи.

— Господа! — попытался вмешаться хозяин. — Господа! Помилосердствуйте...

— Не волнуйтесь, — сказал ему полковник со шрамом через лицо, — все по законам чести. Господина

Ферзена оскорбили, и он имеет полное право требовать удовлетворения.

Гусар повернулся к нему и церемонно поклонился.

— Рад, что вы на моей стороне, сударь. Прошу оказать мне честь быть моим секундантом.

— С удовольствием, — отвечал полковник. — Однако, может быть, господин пожелает извиниться?

— И не подумаю, — ответил Гиацинтов заносчиво.

Надо сказать, что такое поведение вовсе не было привычно для Владимира. По натуре он был довольно мягок и уступчив, тогда как среди его полковых товарищей в чести были задиристость, нахрапистость и даже наглость. Но у Гиацинтова имелось одно свойство: он на дух не выносил самоуверенных глупцов, таких, как этот Ферзен. Кроме того, он считал, что, раз ввязавшись в драку, отступать назад бесполезно. Блестя светлыми глазами, Владимир перегнулся через стол к опешившему артиллеристу.

— Антон! Будешь моим секундантом?

— Да ты что? — сказал Балабуха, багровея. — Какие дуэли, Владимир Сергеич? Мы ведь на службе, пойми! Нам запрещено...

— Значит, не будешь, — безжалостно перебил его Гиацинтов. — Август! Ты ведь, кажется, дворянин?

— Потомственный шляхтич, — гордо объявил Добраницкий, выпятив грудь. — Если хочешь знать, родись я на год раньше, я бы вообще был сейчас графом. Но мой старший брат, чтоб ему жить долго и счастливо...

— Твою родню мы обсудим как-нибудь в другой раз, ладно? Пока скажи вот что: ты будешь моим секундантом?

— Где?

— На дуэли с этим гусаром. — И Владимир кивнул на подбоченившегося Ферзена.

— Ой, — несмело сказал Добраницкий. — Дуэль — это же... Вы что же, будете убивать друг друга?

— Вроде того, — подтвердил Владимир.

— До смерти? — жалобно спросил Август.

— А это уж как получится, — прогудел Балабуха. — И вообще, это смешно! Какой из тебя секундант, Август?

— Попрошу не задевать мою честь неуместными замечаниями! — вспыхнул поляк. — Не бойся, Владимир Сергеич, я с тобой. Можешь на меня положиться, я все сделаю как надо.

— Вот и прекрасно, — отозвался Владимир. — Значит, решено.

Балабуха надулся и уставился в тарелку. К офицерам подошел полковник со шрамом.

— Позвольте представиться, полковник Людвиг Моргенштерн, — сказал он и чрезвычайно внимательно посмотрел на Владимира. — А вы, милостивый государь...

Гиацинтов назвал себя и своего секунданта.

— Вы задели господина Ферзена, — объявил полковник. — Поскольку он является оскорбленной стороной, то выбор оружия принадлежит ему. Напоминаю обеим сторонам, что, согласно правилам, с этого мгновения противники не имеют права общаться друг с другом иначе, как через посредство секундантов. — И он выдержал многозначительную паузу, словно ожидал услышать возражения, но никто не проронил в ответ ни слова. Август как ни в чем не бывало довершал истребление гусиной ножки, а Владимир хмуро смотрел куда-то мимо тарелки.

Балабуха толкнул плечом Добраницкого.

— Ну что, секундант? Иди договаривайся об условиях дуэли.

— Каких еще условиях? — испугался Август.

— Кто доставит оружие и прочее, — просипел артиллерист и сделал страшные глаза. — Ну!

С явной неохотой Добраницкий поднялся с места и вместе с Моргенштерном отошел в угол зала. Двое мужчин о чем-то заговорили вполголоса. Впрочем, говорил в основном полковник, Август же только кивал, со всем соглашаясь. Через несколько минут Добраницкий вернулся.

— Он предложил стреляться на пистолетах, — объявил поляк. — Барьеры на двенадцати шагах, оружие доставит он.

— И ты согласился? — вскипел Балабуха. — Владимир же плохо стреляет! Этот гусь гусарский уложит его, как малую пташку! Эх!

— Мне что, отменять наши договоренности? — несмело спросил Август.

— Нет, — коротко ответил Владимир. — Скажи ему, встречаемся через полчаса позади дома.

— Что, так торопитесь в рай? — язвительно осведомился гусар, слышавший его слова.

— Нет, — сухо отозвался Гиацинтов. — Мне и моим спутникам надо ехать дальше. Впрочем, если вы боитесь...

— Все, кто меня знает, могут подтвердить, что Иоганну Ферзену страх неведом, — напыщенно объявил гусар. — Что ж, через полчаса так через полчаса.

Он переглянулся с полковником и с завидным хладнокровием принялся за еду.

— Вольдемар, ты спятил? — рассердился Балабуха. — Это же против правил! Вы не должны говорить друг с другом!

— Тебя только это заботит? — парировал Владимир. — Налей-ка мне лучше еще стаканчик токайского.

— Бутылка пустая, — с отвращением доложил артиллерист. — Август все вылакал.

Он швырнул вилку в тарелку и яростно взъерошил свои короткие темные волосы.

— Ну ладно, — сказал Балабуха, немного успокоившись. — Если что случится, я сам вызову этого гусара плюгавого и отправлю его к праотцам. Пусть знает впредь, как цепляться к порядочным людям!

Гусар и впрямь не блистал красотой. Он был маленький, жилистый, с узким лобиком и пушистыми рыжеватыми усами. Физиономия у него была хитрая и, как показалось Балабухе, довольно-таки гадкая. Впрочем, следует учесть то, что по известной читателю причине Балабуха недолюбливал всех гусаров без исключения.

Ровно через час дуэлянты и их секунданты собрались на маленьком лужке позади гостиницы. Полковник Моргенштерн принес пистолеты в изящном футляре, обитом алым бархатом, и отмерил 12 шагов между барьерами. Был ясный погожий день, и только несколько кудрявых облачков кое-где висели в ярко-синем небе. В высокой траве стрекотали кузнечики.

— Ну что ж, — важно изрек полковник, — пора заряжать оружие.

Он взял один пистолет, Добраницкий — другой, причем едва не уронил его — до того игрок боялся всякого оружия. Глядя, как Моргенштерн заряжает пистолет, Август дрожащими руками стал насыпать порох, причем даже не заметил, как насыпал слишком много. По его лицу крупными каплями катился пот. Владимир же, наоборот, внешне выглядел невозмутимо спокойным, хотя сердце так и колотилось у него в груди.

«Гусеница ползет по травинке... Какая она смешная... — Он бросил взгляд на своего противника. — Какое важное лицо у этого Ферзена... Можно подумать, он готовится совершить какой-то подвиг. Ну вот, уже кончили заряжать пистолеты, полковник кладет их в ящик... Пора!»

— Прошу, господа, — сказал полковник, подойдя к ним и протягивая открытый футляр, в котором валетом покоились заряженные стволы. Гусар взял ближайший пистолет, Владимир — тот, который остался. Его вдруг охватило странное безразличие.

«Неужели можно умереть? Вот так просто? Ничего больше не видеть, не чувствовать, никого не любить, не страдать... просто уйти, стать никем и ничем...»

— По местам, господа! — торжественно произнес полковник; по его лицу было видно, что он прямо-таки наслаждается своей ролью. — Как только я взмахну шляпой, сходитесь!

Балабуха, стоя у окна гостиницы, видел внизу перед собой ярко-зеленый луг и на нем четыре фигуры. Моргенштерн и Добраницкий стояли рядом, а оба противника заняли исходные позиции. Барьеры были обозначены двумя саблями, на лезвиях которых играло солнце, и лучи его зажигали в темно-каштановых волосах Владимира золотые нити. Солнечный зайчик скакнул по лицу гусара, тот поморщился, дернул головой.

«Черт! — думал Балабуха. — Никогда не замечал, что Владимир такой высокий... Слишком хорошая мишень!»

Его руки сами собой сжались в кулаки.

На лугу полковник взмахнул шляпой. Август, стоя позади него, утирал пот, который ручьями катился по его бледному, взволнованному лицу.

— Сходитесь!

Добраницкий вздрогнул и уронил платок, которым вытирал лицо, поднял его, но в следующее мгновение уронил снова. Теперь, когда Гиацинтов шел вперед, двигаясь, может быть, прямиком к своей смерти, этот непокорный лоскут ткани показался ему, бог весть отчего, ужасно смешным. Он улыбнулся и пропустил момент, когда, не дойдя до барьера одного шага, гусар неожиданно зажмурил один глаз и прицелился.

— Боком! — заорал Балабуха, не помня себя. — Боком становись! Рукой закройся! А, черт подери!

Владимир удивленно поднял глаза, и в следующее мгновение грянул выстрел.

Вслед за этим послышался нечеловеческий вопль, и Иоганн Ферзен, как-то по-собачьи подвывая, осел на траву.

К нему бросились секунданты. Владимир, ничего не понимая, переводил взгляд с раненого на пистолет в своей руке. Он совершенно точно помнил, что даже не успел выстрелить.

— Рука! — выл гусар. — Моя рука! А-а!

Пистолет (очевидно, тот самый, в который Добраницкий насыпал двойную порцию пороха) взорвался у него в руке. Взрывом Ферзену оторвало три пальца.

Поняв, что именно произошло, Август приободрился и подошел к Владимиру.

— Наша взяла, — доложил поляк, блестя глазами. — Похоже, что дуэль окончена!

— А что там случилось все-таки? — несмело спросил Владимир.

— Да похоже, что пистолет был неисправен, — беззаботно отвечал Добраницкий.

Из руки Ферзена хлестала кровь. Его секундант приблизился к Гиацинтову, извинился и сказал, что дуэль не может иметь продолжения.

— Фу, слава богу, — сказал Владимир по-русски, отдавая полковнику пистолет. — Мне очень жаль, конечно... Идем, Август.

Друзья вернулись в гостиницу, где их уже ждал Балабуха. Ферзена, который от боли потерял сознание, перенесли в свободную комнату, и хозяин вызвал к нему врача.

— Все в порядке? — спросил Балабуха. — Господи, как я рад!

И от избытка чувств он стиснул в объятиях сначала Гиацинтова, а потом маленького Августа, который только жалобно пискнул, когда его сдавили мощные лапы артиллериста.

— Ей-же-ей, — сказал Балабуха, отпустив его и грозя ему пальцем, — ты, каналья, пересыпал пороху! Ну, повезло тебе, что тот пистолет попал к гусару, не то я бы шею тебе свернул!

— Антон Григорьевич, — оскорбился Август, — да что вы такое мелете! Да я бывалый секундант, и сам на дуэлях дрался! Стыдно, честное слово!

— Врун, — проворчал Балабуха. — Врун, а молодец! Ну что, други, вернемся и раздавим еще одну бутылочку токайского? Больно мне это вино по душе пришлось!

— Выпьем! — подхватил Добраницкий. — За победу!

— За победу! — И Балабуха, обняв друзей за плечи, увлек их в зал.

...В то время как они заказали еще одного гуся и принялись пировать, в комнату к измученному, бледному Ферзену заглянула невзрачная личность в штатском, которая давеча сидела в общем зале.

— Ну что, Иоганн? — холодно спросила личность. В ее речи слышался заметный иностранный акцент. — Так я и знал, что ты не справишься. Растяпа!

Гусар приоткрыл глаза и жалобно что-то промямлил.

— Тебя, кажется, ясно предупредили, — продолжала личность. — Они ехали по этой дороге и никак не могли миновать «Золотой лев». От тебя требовалось лишь что? Вызвать главного на дуэль и разделаться с ним. А что теперь? Лежишь тут, как свинья, и истекаешь кровью. Тоже мне, храбрец!

Ферзен облизнул пересохшие губы кончиком языка.

— Я... я все сделаю, — проговорил он, запинаясь от волнения и боли. — Можете мне верить! Если уж я взялся... Я знаю все, все! И задаток... Я его непременно отработаю!

Личность покачала головой.

— Нет, — сказала она медленно. — Ты нам больше не нужен. Теперь мы будем действовать наверняка. Эти господа не доедут до Вены. А ты пока, — обратился говорящий к гусару, — лежи, поправляйся. А не поправишься, можешь сдохнуть. Все равно от тебя никакого проку.

И личность, по-змеиному улыбнувшись, покинула комнату. Раненый проводил ее измученным взглядом и закрыл глаза.

* * *

Его превосходительству
военному министру Чернышёву.
От особого агента Сотникова.
Совершенно секретно.

Имею честь довести до сведения вашего превосходительства, что в приграничном австрийском городке господа Г. и Б. напились до такой степени, что оскорбили патриотические чувства гусара 16-го полка господина

Иоганна Ферзена, который был вынужден вызвать одного из забияк, а именно господина Г., на дуэль. За исход оной дуэли господину Г., который лыка не вязал и не мог удержать в руках пистолета, надо, вне всяких сомнений, благодарить само небо, ибо пистолет господина Ферзена взорвался во время выстрела, вследствие чего продолжение дуэли сделалось решительно невозможным. Чем далее еду я с этими господами, тем более на них дивлюсь, ибо никогда прежде не встречал офицеров, с такой легкостью готовых запятнать честь своего мундира неблаговидными поступками. Засим остаюсь

вашего превосходительства
верный, преданный и покорнейший слуга,
агент Сотников.

ГЛАВА 6

Таинственная Полина Степановна. — Как горничная Маша потеряла дар речи и вновь обрела его в самый подходящий момент. — Тайна желтого чемоданчика. — Приключение в «Золотом льве».

— Должна сказать, что я нахожу ее совершенно невзрачной особой, — сказала Полина Степановна, глядя на маленький портрет, который она держала в руке. — И волосы черные! Нет, ну что мне делать с черными волосами?

Пока наши герои тряслись в скверной карете по буеракам и колдобинам Российской империи, которые в ней по неизвестной причине именуются дорогами, таинственная собеседница военного министра с комфортом передвигалась в превосходном экипаже, запряженном резвыми лошадьми. Верная привычке всем запасаться заранее, Полина Степановна захватила с собой невероятное количество вещей на все случаи жизни, так что ее карета больше походила на Ноев ковчег в миниатюре. Помимо вещей, Полина взяла с собой горничную Машу, в которой была вполне уверена, и кучера Пахома, который выглядел так представительно, так величаво, что встречные экипажи нередко сами уступали им дорогу.

По пути между станциями Полина Степановна размышляла о том, как ей лучше всего взяться за исполнение своего задания, важность которого была ей отлично известна. Портрет, присланный неведомым агентом Кавериным с Мадейры, некоторым образом являлся частью ее миссии, и все же Полина была портретом недовольна. На нем изображалось вялое, невыразительное личико, обрамленное черными локонами, которые составляли разительный контраст с собственным цветом волос нашей героини.

— Полина Степановна, так ведь всегда можно надеть чужие волосы, — заметила Маша и, чтобы подкрепить свои слова, достала из чехла роскошный парик с тугими завитыми локонами. Полина поглядела на него и насупилась.

— Не люблю парики, они глупо смотрятся, — проворчала она. — И вообще черные волосы мне не идут.

— Вам все идет, — решительно объявила Маша, отлично знавшая свою госпожу.

— Ты, Машенька, врушка, — вздохнула Полина. — Но ничего не поделаешь, придется смириться с этим монстром... Давай сюда парик.

— Вот сюда напустить локоны и сюда, — говорила Маша, колдуя над париком, — и совсем не будет видно, что это не ваши волосы.

— Совсем? — недоверчиво спросила Полина.

— Ей-богу, сударыня!

— Подай зеркало, — капризно распорядилась молодая женщина.

Зеркало явилось и объявило, что Полина Степановна на свете всех милее, всех румяней и белее, а кому это не нравится, тот волен искать себе другую сказку.

— Ну... ничего, — промямлила Полина, вертя головой так и эдак, чтобы лучше разглядеть себя.

— Да что там, вы смотритесь просто чудесно! — объявила Маша.

— Да уж, умеешь ты убеждать, — вздохнула ее госпожа и, отложив зеркало, принялась изучать досье с подробностями жизни своей будущей героини, которое Алексей Каверин также прислал с Мадейры.

Это был скучный перечень родственников, который следовало знать назубок, личных привычек (цвета, книги, любимая собачка в детстве) и прочих мелочей, которые могли в будущем совершенно не пригодиться, но если ими пренебречь, могли и погубить. Полина Степановна отложила досье и покачала головой.

— И все-таки мне совершенно непонятно, что делать с тетушкой... И с тобой, Маша!

— А что я? — заволновалась горничная. — Я же всегда при вас, Полина Степановна! Разве я когда вас подводила?

— Не в этом дело, просто у венской барышни не может быть русской горничной. То есть она может быть, но это вызовет массу ненужных расспросов... и, конечно, подозрений.

— Вы хотите обойтись без меня? — обиженно спросила Маша, надув губы.

— Ты же не умеешь говорить по-немецки в совершенстве? Значит, будешь жить на отдельной квартире с Пахомом и встречаться со мной, только когда я прикажу.

— Полина Степановна! Ну я же по-французски умею... от вашего парикмахера выучилась... и по-немецки немножко... Неужели этого мало?

— Этого недостаточно, Машенька, — вздохнула Полина. — Вот если бы ты знала немецкий, как его знают жители страны, или хотя бы с грехом пополам португальский, чтобы я выдала тебя за свою горничную, которую я привезла с Мадейры, или...

Она задумалась.

— Или что? — поспешно спросила Маша.

— Или вообще не говорила бы, — закончила Полина.

— То есть была бы немая? — с надеждой спросила горничная.

Полина Степановна кивнула.

— Вот тогда я могла бы тебя оставить, а иначе...

— Так я больше ни слова не скажу! — торжественно объявила Маша. — Как только прибудем в Австрию, молчок! Ни словечка! И клещами из меня ничего не вытянут!

— Надо бы тогда потренироваться заранее, — с сомнением заметила практичная Полина. — Потому что кто привык разговаривать, тому трудно остановиться.

— Хорошо, — покорно ответила служанка. — Так я молчу?

— Ну, попробуй помолчать.

— Разговаривать мне нельзя, — оживилась Маша. — Ну а мычать хотя бы можно?

— Можно, — великодушно разрешила ее госпожа.

Она была уверена, что бойкая Маша, у которой был весьма острый язычок, не продержится и получаса, однако служанка и в самом деле погрузилась в молчание и не прерывала его. Решив ее испытать, Полина Степановна попросила:

— Маша, подай мне зеркало!

Маша закивала, что-то неразборчиво промычала и вручила госпоже зеркало.

— А что, — задумчиво промолвила Полина, — пожалуй, кое-что у нас может получиться. Маша, теперь слушай внимательно: я — человек, который хочет побольше узнать про твою госпожу. Теперь тебя зовут Мария, и на имя Маша ты откликаться не должна. Послушай-ка, Мария! Правда, что твоя мадемуазель ужасная зануда?

— Да ну вас! — оскорбилась Маша. — Сами вы зануды, каких поискать!

— Ага, Машенька, попалась! — покачала головой Полина Степановна. — Получается, ты все-таки не можешь меня сопровождать.

— Полина Степановна! Ну я клянусь... Я сегодня весь день буду молчать! Ни словечка больше не скажу!

— Маша, ты уже обещала и не сдержала свое слово!

— Нет, Полина Степановна, это другое! Испытайте меня еще раз!

— Хорошо, — с сомнением в голосе отозвалась ее собеседница. — Итак, еще раз. Мария, это правда, что твоя госпожа на редкость противная особа?

Маша в ответ замычала и затрясла головой.

— А, да ты немая! Что же госпожа тебя держит? Ты, верно, дурочка, да?

Маша открыла было рот, чтобы обидеться, но вовремя вспомнила, что говорить нельзя, и только развела руками, показывая полное смирение.

Видя, что Маша настроена решительно, Полина Степановна пошла в атаку и от лица мифического неизвестного принялась честить себя, Машу и Пахома на все корки. Но Маша только молчала, разве что лишь порою протестующе мычала и вообще казалась прямо-таки образцовой немой.

— Маша, честное слово, ты меня удивляешь, — призналась Полина Степановна. В следующее мгновение их экипаж издал какой-то сдавленный чавкающий звук, дернулся и остановился.

— Это еще что такое! — возмутилась Полина и высунулась наружу. — Пахом! Пахомушка, что там такое?

— Да лужа, сударыня! — ответил кучер с убитым видом.

— И что с ней, почему мы стоим? — изумилась Полина.

— Да это не лужа, — кипятился кучер, — это какое-то болото! А с виду лужа как лужа, кто же знал, что прямо на дороге у них такое... — Он поудобнее перехватил вожжи и хлестнул лошадей. — Но, родимые! Вывозите!

Но родимые не вывезли. Экипаж застрял в трясине крепко, и хуже всего было то, что эта трясина неведомым образом образовалась аккурат посреди дороги.

— Конечно, весенние дожди виноваты, — подытожила Полина Степановна, брезгливо оглядев желтоватую глинистую жижу, в которую их экипаж провалился на глубину чуть ли не в полметра. — И казнокрады, правительство же выделяет деньги на улучшение дорог, причем немалые!

Маша замычала и энергично закивала.

— Попытаюсь-ка я разгрузить экипаж, — объявил Пахом. — Вещичек-то у вас, сударыня, все-таки немало... вот они и мешают нам выбраться.

— Что значит немало? — вскинулась Полина. — Всего двадцать два чемодана... не считая мелких! Да я вообще, можно сказать, в этот раз ничего с собой не взяла!

Пахом, который знал, что по поводу вещей с госпожой препираться бесполезно, только покачал головой, после чего принялся отвязывать чемоданы и переносить их на обочину. Однако даже после того, как он снял все дорожные сундуки и помог Маше с Полиной Степановной выбраться из кареты, та не сдвинулась с места.

— Придется звать на помощь, — удрученно промолвил Пахом. — Крепко мы завязли, ох, крепко!

— Ну так зови, чего ты ждешь? — уже сердито ответила Полина Степановна.

Она была не на шутку раздосадована. В самом деле, прежде наша героиня была по части дорог исключительно удачлива. В своих многочисленных путешествиях она почти никогда не попадала в передряги, подобные этой. Да, бывало, что экипаж застревал на полпути, что какие-то мелочи ломались, но все налаживалось с прямо-таки необыкновенной быстротой.

В этот раз, впрочем, никакой быстроты не предвиделось, зато неподалеку собрались зеваки — мужики и несколько мальчишек, которые наперебой давали свои советы по поводу того, как следует вытаскивать экипаж, и обменивались замечаниями, на их взгляд, крайне глубокомысленными, а на взгляд Полины — донельзя нелепыми.

— А карета-то, карета!

— Эк какая игрушечка, англинская, небось!

— То-то и оно, что англинская, для наших дорог не приспособленная.

— Главное, чтобы колеса остались целы, а то в прошлом месяце тут тоже бричка барина увязла.

— Да что там увязла, чуть ли не утопла...

— Вместе с чиновником, хе! А он по казенной надобности, значит...

Наконец с помощью нескольких дюжих мужиков, которые согласились за деньги толкать экипаж сзади, в то время как Пахом понукал лошадей, удалось кое-как извлечь карету из трясины, в которую она угодила. Однако тут выяснилось, что оба передних колеса нуждаются в починке, а вся нижняя часть кареты — в основательной чистке от жижи, которая налипла на нее и принялась стремительно засыхать под ярким солнцем, попутно приобретая крепость цемента.

— Верьте слову, сударыня, — молвил утомленный Пахом, — никак, ну никак нельзя ехать дальше! Чиниться надо.

— А вы езжайте на постоялый двор, — посоветовал один из мужиков. — Там рядом и кузнец есть, и передохнуть можно с дороги-то!

Деятельная Полина Степановна, которая терпеть не могла отдыхать, все же была вынуждена согласиться, тем более что двор оказался всего лишь в половине версты отсюда. Однако, когда многострадальная карета наконец достигла двора, хозяин объявил, что кузнец и вообще мастер на все руки Ванька куда-то отлучился, потому как у господ, ехавших по соседней дороге, тоже приключилась оказия с экипажем.

Тут у Полины Степановны сделалось такое лицо, что даже Пахом крякнул, почесал в затылке и счел за благо убраться подальше. Маша что-то промычала, обращаясь к госпоже.

— Ах, да прекрати ты, в самом деле! — сердито вскричала Полина и топнула ногой.

Кипя от раздражения, она проследовала в дом, а Маша отправилась проследить за вещами и, если понадобится, помочь Пахому отчистить экипаж от грязи.

— Вишь, а горничная-то немая, — сказал вихрастый половой Степашка, обращаясь к своему товарищу. — А барыня на нее кричит, значит... Нехорошо!

Хорошенькая востроглазая Маша сразу же пришлась ему по сердцу, и через некоторое время он отправился посмотреть, как она устроилась. Он застал такую картину: Маша одиноко сидела на груде чемоданов, больше напоминающей гору Арарат, а в десятке шагов от нее Пахом, который свято верил, что никто, кроме него, не имеет права заниматься лошадьми или каретой, чистил колеса и днище от грязи.

— Здравствуйте, красавица, — сказал Степашка Маше, улыбаясь во весь рот. — Как это вы удачно к нам заехали!

Пахом мрачно покосился на него и стал скрести с удвоенной силой.

В это время на двор влетела тройка, тащившая коляску, в которой ехал сдобный, румяный, одетый с иголочки молодой человек с каштановыми волосами, расчесанными со всем возможным тщанием, и усами, которые обличали в их обладателе заправского франта. На пухлых румяных устах молодого человека застыла восторженная улыбка, которая была так крепко к ним привинчена, что никогда их не покидала. Что бы ни говорил Андрей Андреич Мериносов (а вновь прибывший звался именно так), выражал ли он соболезнование, молился ли, разговаривал с вышестоящими или с простыми мужиками — улыбка не сходила с его лица, даже когда обстоятельства вовсе не располагали к тому, чтобы улыбаться.

— Что, опять беда? — вскричал он. — И кто же? Мне говорили, какие-то путешественники, но от этого Ерошки толком ничего не добьешься!

Кабатчик доложил ему, что в лужу на дороге провалился экипаж какой-то барыни или барышни, толком не разберешь, но хорошенькая и сердитая, аж жуть. При этих словах Мериносов почему-то слегка пригасил свою улыбку.

— Гм... Пожалуй, пойду-ка я представлюсь ей. Вдруг ей что-нибудь понадобится...

— А вы давно у госпожи своей служите? — выспрашивал тем временем Степашка у Маши, горя любопытством.

Маша подумала и сделала широкий неопределенный жест.

— Что, с детства? — догадался Степашка. Маша энергично кивнула и стала подниматься с чемоданов.

— Это ты зря торопишься, — успокоил ее Степашка. — Я только что слышал колокольчик Андрей Андреича. Если он твою госпожу возьмет в оборот, она еще долго отсюда не уедет.

— Ы? — искренне удивилась Маша, делая большие глаза.

— Ага, — подтвердил Степашка и, зачем-то понизив голос и оглянувшись на Пахома, стал рассказывать о Мериносове.

Меж тем улыбчивый Андрей Андреич расшаркался перед Полиной Степановной, выказал намерение приложиться к ручке и как бы между делом попытался выведать ее обстоятельства: куда она путешествует, зачем и почему. Полина, которой Мериносов инстинктивно не понравился с первого взгляда, отвечала уклончиво, но ее собеседник не отставал.

— А экипаж у вас какой богатый, — говорил Мериносов, косясь за окно. — Жаль, как жаль, что Ванька уехал! Вы не хотите отведать здешней ухи? Наш хозяин так ее готовит, что просто ах! — И он выразительно поцеловал кончики своих пальцев.

Но Полина Степановна, у которой рыба всегда ассоциировалась с чем-то костистым и малоэстетичным, твердым голосом уху отвергла.

— Однако, если не починят экипаж, вам уж верно придется тут заночевать, — сказал Мериносов, улыбаясь еще шире. — Почему бы тогда не попробовать заодно и ушицы?

Еще более твердым, прямо-таки стальным голосом Полина Степановна выразила надежду, что экипаж починят непременно, что избавит ее от ночлега в этом облюбованном насекомыми месте.

— А не то я буду жаловаться! — закончила она, сверкая глазами. — Государю императору!

«Эк куда хватила!» — помыслил Андрей Андреич, счастливо улыбаясь. Бедняге было невдомек, что при желании Полина Степановна могла нажаловаться хоть обер-прокурору Святейшего синода, хоть главнокомандующему российской армии, хоть его императорскому величеству, причем все эти лица выслушали бы ее самым внимательным образом.

Тут явилась немая Маша и стала подавать госпоже какие-то знаки. Радуясь, что горничная догадалась избавить ее от общества этого невыносимого типа, Полина поднялась с места и, наскоро извинившись, проследовала за Машей. Однако за порогом горничная вовсе не обрела языка, а стала махать руками и делать какие-то маловразумительные знаки.

— Маша, мне это надоело, — сердито сказала Полина Степановна. — Условимся так: немая ты только для всех остальных, а со мной, когда никого нет поблизости, говоришь, как обычно. Ну?

Маша вздохнула и опустила руки.

— Сударыня, — горячо прошептала она, — у них тут заговор!

— Против кого? — остолбенела Полина.

— Против вас, — горестно объявила Маша. — И всех проезжающих. Тут, видите ли, две дороги, и та, по которой поехали мы, короче. А неподалеку тут живет помещик Мериносов...

— И?

— Ему принадлежит местная земля. И этот постоялый двор — тоже его.

— И?

— Так лужа на дороге — как раз его рук дело! С виду она такая неприметная, но если в нее попадешь, уже не выберешься. И все экипажи ломаются, которые туда попадают... А когда карета ломается, вам волей-неволей приходится ехать на ближайший постоялый двор, ждать кузнеца, платить ему... Вы заказываете обед, потом ужин... за комнату платите... в карты играете...

— В карты? — спросила Полина Степановна таким тоном, что Маша невольно затрепетала. — В какие еще карты?

— Ну, если бы вы были мужчиной, вы бы играли в карты, от скуки, — объяснила Маша. — С Мериносовым. Если предстоит большая игра, так он прямо к себе зазывает, в имение... От него только что как раз очередные путешественники уехали, да еще какой-то господин попался, который путешествовал по своей надобности... Тот господин играл нечисто, и его того...

проучили маленько... Да только остальные господа, судя по всему, были не лучше. Они Мериносова чуть не обставили...

Полина Степановна тяжело вздохнула. Вот вам и объяснение всему: яме на казенной дороге, услужливым мужикам, которые наперебой советовали ей именно этот постоялый двор, улыбчивому Андрею Андреичу...

— Знаешь что, Маша, — распорядилась Полина, — достань-ка мой маленький чемоданчик. Который желтенький такой... Да, и скажи мне вот что: откуда ты все это узнала?

— Да от слуги, Степашки, — отвечала Маша. — Он видит, что я немая, ну и... разболтал мне все, думая, что дальше меня уж точно не пойдет. Видите, как полезно иной раз быть немой?

Когда Полина Степановна вернулась в дом, Андрею Андреичу сразу же бросилась в глаза произошедшая в ней перемена. Молодая женщина объявила, что экипаж починят неизвестно когда, стало быть, ей все-таки придется отведать здешней ухи, и она искренне надеется, что господин Мериносов составит ей компанию. Очень жаль, конечно, что ей нечем себя занять в ожидании кузнеца. Будь здесь ее муж, она бы с удовольствием сыграла с ним в карты... так, по-дружески.

— О, сударыня, — оживился Андрей Андреич, — так вы играете в карты?

И, потирая свои маленькие выхоленные ручки, шепотом велел хозяину распорядиться насчет ухи, да чтобы та была погуще и повкуснее.

Полина отдала ухе должное, после чего Маша принесла нераспечатанные колоды карт, выуженные из того самого желтого чемоданчика.

— Сыграем по маленькой? — с надеждой предложил Андрей Андреич, искрясь медоточивой улыбкой.

— Отчего же не сыграть? — отвечала Полина Степановна. — Только учтите: много вы у меня выиграть не сможете, потому как я женщина бедная.

«Знаем, знаем мы твою бедность! — улыбнулся Мериносов. — Вон экипаж какой ладный, небось не одну сотню рублей стоит... Такие даже в Петербурге и то нечасто попадаются!»

— Ну-с, начнем, — предложил он, вскрывая колоду.

Полина Степановна начала и, к величайшему своему удовольствию, выиграла три гривенника. Потом проиграла пару рублей, потом один отыграла, потом проиграла снова. День клонился к вечеру, хозяин по знаку Мериносова принес свечи и удалился. Полина играла, выигрывала и проигрывала, следя за тем, когда именно Мериносов дает ей выигрывать, чтобы поддержать в ней интерес к игре. Куча золота и серебра перед Андреем Андреичем все росла и росла, и все шире и самодовольнее становилась его улыбка. Полина Степановна раскраснелась и твердила, что вот прямо сейчас она все отыграет. Хозяин, уже давно привыкший к подобным сценам, помалкивал да улыбался в усы. Уже на кону были последние сто рублей Полины Степановны, уже должна была она неминуемо пойти ко дну, как подстреленный коварным пиратом королевский фрегат. И тут случилось чудо: Полина отыгралась, потом еще раз, и еще, и еще. Хозяин и слуги, собравшиеся в зале, остолбенели... Они не понимали, что происходит. Под конец Полина Степановна выиграла все, даже два рубля, проигранные вначале, и хладнокровно сгребла деньги в ридикюль.

— Многоуважаемая, — простонал Андрей Андреич, который не верил своим глазам, — вы невероятно везучи! Смею ли я просить о том, чтобы отыграться? На сей раз играем моими картами, — добавил он как бы невзначай.

Волосы его, лежавшие гладко, когда он только приехал, теперь стояли дыбом от напряжения, словно невидимые карточные черти весь вечер немилосердно таскали его за вихры.

— Отчего же не отыграться? — отвечала Полина с любезнейшей улыбкой.

И, воспрянув духом, Андрей Андреич послал Степашку за своей особенной колодой, которая уже принесла ему не одну сотню рублей. Полина Степановна, извинившись, отлучилась на несколько минут и по возвращении столкнулась со Степашкой в дверях. Ни половой, ни хозяин, ни Мериносов не обратили на это никакого внимания. Дрожащими руками Андрей Андреич распечатал колоду.

— Три тысячи рублей! — объявил он.

— Это почти все, что я у вас выиграла, — хладнокровно заметила Полина Степановна. — Но эти деньги теперь мои, а у вас есть 3000 рублей? Предупреждаю вас, на честное слово я не играю и векселя не принимаю.

Пришлось послать за деньгами — заначкой, которую Андрей Андреич хранил на черный день. И, едва он увидел свои карты, Мериносов понял, что этот черный день наступил.

«Тогда, — позже рассказывал Степашка любопытным, — я в первый раз увидел, как он перестал улыбаться. Честное слово!»

«Как же так? — мыслил раздавленный Андрей Андреич. — Ведь моя колода... Ведь я совершенно был уверен!»

Увы, он даже не подозревал, что Полина Степановна подменила его колоду своей, как бы невзначай столкнувшись со Степашкой в дверях.

«Мошенница! — удрученно помыслил Мериносов. — Все ясно: разъезжает по дорогам да обманывает таких простаков, как я... А я-то попался... Как последний карась!»

Жаловаться было бесполезно: на что? На то, что его крапленую колоду подменили другой крапленой колодой? И уж, поверьте мне, никто на свете не чувствует себя хуже, чем шулер, одураченный еще более ловким шулером.

— Пожалуйте три тысячи, — ласково молвила Полина Степановна, и в глазах ее полыхнули сапфировые искры.

Убитый, растерянный, совершенно потухший, отдал последние деньги Андрей Андреич Мериносов и, сгорбившись, засеменил прочь. Даже колокольчик его тройки и тот дребезжал жалобно и надрывно, когда коляска ехала со двора, словно чувствовал обиду, нанесенную его хозяину.

Наутро Ванька починил экипаж, Пахом погрузил в него вещи, и Полина Степановна вместе со своими людьми отбыла восвояси. Однако она поймала себя на том, что чувствует себя в безопасности, только когда окончательно миновала владения чрезмерно находчивого Андрея Андреича.

По расчетам Полины, она по-прежнему опережала в пути офицеров, которые должны были служить прикрытием для ее тайной миссии. Поэтому молодая женщина была крайне раздосадована, когда, подъехав к гостинице «Золотой лев», она увидела возле нее обшарпанный экипаж и рядом с ним — человека, который нашей героине был известен как особый агент Никита Сотников.

— Мы уже за границей, — шепнула Полина Маше. — Запомни: ты — Мария! И ни слова не говорить!

Маша покорно кивнула. По правде говоря, все это ужасно ее забавляло, и в то же время она была горда, что хоть в качестве немой служанки может помогать своей госпоже в ее нелегкой работе.

Не заходя в общий зал, Полина Степановна попросила предоставить ей и ее слугам отдельную комнату и принести еды, потому что они очень спешат.

— Как вам будет угодно, — поклонился хозяин. — Вы будете смотреть на дуэль? За отдельную плату, кстати сказать, небольшую, я могу дать вам комнату с очень хорошим видом.

— О какой дуэли вы говорите? — осведомилась Полина.

Узнав, что русский офицер собрался стреляться с австрийским гусаром Иоганном Ферзеном, Полина Степановна переменилась в лице и слегка придушенным голосом ответила, что дуэли — ее страсть с детства и она не будет спать спокойно, если своими глазами не увидит, чем сегодня все кончится.

«Ведь известно же, что Ферзен — отличный стрелок... Ах, недотепы, недотепы! Как будто их не предупреждали, что дуэли в Особой службе разрешены лишь в исключительных случаях, когда на карту поставлена безопасность страны...»

Спрятавшись за занавеской, она следила за приготовлениями к дуэли.

— Маша! Подай-ка мне зеркальце!

Раз она не могла помочь Гиацинтову, оставался только один способ: помешать его врагу. Поймав зеркальцем отраженный солнечный луч, Полина ухитрилась в конце концов направить его в лицо Ферзену.

Тот зажмурил один глаз, дернул рукой и выстрелил.

«Попал?»

Однако выяснилось, что пуля благодаря солнечному зайчику ушла куда-то вбок, и к тому же пистолет взорвался в руке стрелявшего. Полина Степановна сразу же увидела, что продолжение дуэли невозможно.

«Конечно, бывает, что пистолеты взрываются, хоть и редко... Этому недотепе чертовски повезло! Может быть, всему виной мой солнечный зайчик, который мог зажечь порох раньше времени...»

И, почти уверенная в том, что Гиацинтов обязан жизнью именно ей, Полина Степановна в прекрасном настроении уселась за стол — воздать должное хозяйской еде.

ГЛАВА 7

Ухаб преткновения. — Таинственный замок на холме. — О том, кого боятся даже самые храбрые артиллеристы. — Привидения, которые не живут в погребе.

— Ты знаешь, что я заметил? — спросил Добраницкий у Балабухи, когда вечером следующего дня экипаж друзей огибал большой холм.

— Нет, — зевая, ответил артиллерист.

— В Австрии, — доверительно сообщил Добраницкий, — не такие дороги, как у нас.

За окнами кареты сгущались сумерки. Где-то заухала сова, и вдали протяжно завыл какой-то зверь — не то волк, не то одичавшая собака. Путешественники, изрядно утомившиеся от бесконечного пути, клевали носом, и только Добраницкий все еще пытался хоть как-то поддержать разговор.

— В самом деле? — ответил Владимир на слова Августа. — Почему?

— На дорогах у них, — таинственно промолвил Добраницкий, — нет ухабов.

Очевидно, ему не следовало этого говорить, потому что в следующее мгновение раздался громкий треск, и экипаж, эпилептически дернувшись, остановился.

— Я так и знал! — воскликнул Балабуха, окончательно проснувшись. — Сглазил!

Владимир распахнул дверцу и высунул голову наружу.

— Что случилось, Васька?

— Да все экипаж! — с досадой отвечал денщик, ехавший рядом с кучером. — Опять сломался, окаянный! Да еще этот на дорогу не смотрит...

— Это я не смотрю? — обиделся Степан. — Я, может, уже все глаза просмотрел! По-твоему, я даром на казенной службе столько лет состою?

— Ну спасибо, ну удружил! — бушевал в карете Балабуха, свирепо косясь на сглазившего их попутчика.

Добраницкий съежился и втянул голову в плечи.

— Да я-то тут при чем? — попробовал возразить он, но его никто не слушал.

Кучер снял каретный фонарь и отправился осматривать повреждения. Офицеры с денщиком присоединились к нему. Начал накрапывать дождь.

— Ну, что там? — спросил Владимир, поспешно натягивая на себя дорожный плащ.

— Обод колеса полетел! — со злостью ответил кучер.

— А его нельзя того, починить? — поинтересовался Балабуха.

— Чем я его буду чинить? — вскинулся Степан. — Да и темно, как в... чернильнице!

Впрочем, это еще было не самым худшим. Дело в том, что мелкий дождик уже перерос в проливной. Деревья угрожающе зашумели ветвями, в отдалении грозно проурчал гром. Ругаясь последними, а также предпоследними словами, которые только по чистой случайности не попали в разряд последних, кучер пошел отпрягать лошадей.

— Ну и что теперь? — прокричал Балабуха, перекрывая шум дождя. — До ближайшего городка верст десять, не меньше!

Молния прочертила в небе ослепительный зигзаг, и в ее свете стал ясно виден замок, расположенный на вершине холма. Вспышка угасла, и замок скрылся за стеной ливня. До ушей путешественников долетел раскатистый рокот грома.

— Видели? — крикнул Владимир, когда гром стих. — Пойдем туда, попросим у хозяев ночлега!

— Ой, — несмело сказал Август, высовывая нос из-за отворота плаща. — Что-то не нравится мне все это!

— Уберем карету с дороги, — распорядился Гиацинтов, — возьмем вещи и пойдем в замок. Степан! Отпряг лошадей?

— Так точно, ваше благородие!

— Хорошо! Бала... Балабуха, стой! Куда ты, черт! Ведь надорвешься же!

Но Балабуха уже налег на оглобли, крякнул и легко, словно это была детская игрушка, скатил экипаж с дороги.

— Вот это силища! — восхитился Добраницкий.

— Забирай вещи, — велел артиллерист Ваське, — и идем! Нечего тут под дождем торчать!

Однако оказалось, что денщик не в состоянии в одиночку справиться с вещами, потому что на предыдущей станции офицеры накупили всякой снеди, которая занимала немало места. Пришлось трем друзьям помочь ему со скарбом и часть чемоданов и сумок самим потащить на холм. За ними Степан вел лошадей, которые совсем намокли и понуро опустили головы. Ноги разъезжались в вязкой жиже, ветер дул в лицо и в спину, и справа, и слева. А дождь, паршивец, припустил еще пуще.

Ворота замка оказались открыты. Владимир толкнул створку, и она отворилась. Радуясь, что скоро они окажутся под крышей и смогут передохнуть и обсушиться, наши герои вступили во двор. Ветвистая молния на долю секунды распорола небо, и почти сразу же в уши ворвался ужасающий рев грома.

— И почему у них во дворе так темно? — недоумевал Балабуха. — Ни один фонарь не светится!

— Может, это они из экономии? — предположил Владимир, зябко ежась.

Подойдя к массивной входной двери замка, Гиацинтов громко постучал. Никто не ответил.

— Дай-ка я, — отодвинул его Балабуха.

После того как он три раза ударил кулаком по двери, весь замок неминуемо должен был обрушиться до основания, однако этого почему-то не произошло, и на стук никто не отозвался.

— Никто не идет, — констатировал артиллерист с удивлением. — Спят они там все, что ли?

— Дайте-ка я попробую, — вмешался Август. Однако он не стал стучать, грохотать и поднимать шум, а лишь легонько потянул дверь на себя. С ужасающим скрежетом та подалась.

— Вот черт! — сказал Балабуха сокрушенно. — Однако почему у них тут все нараспашку?

— Не знаю, — признался Добраницкий. — Вообще-то, когда я увидел этот замок, мне показалось, что он необитаем. Видите ли, дома, в которых живут люди, выглядят несколько... э-э... иначе.

Словно в ответ на его слова, в небе вновь вспыхнула молния, и тут только Владимир разглядел, что многие стекла в окнах выбиты, стены покрыты побегами глициний и плюща, а кладка местами осыпалась.

— Ну, все-таки крыша над головой лучше, чем ничего, — сказал он. — Пошли, ребята!

Кучер повел лошадей в конюшню, а троица искателей приключений и их слуга переступили порог.

— Надо бы свет зажечь, — прозвенел во мраке голос Гиацинтова.

— Щас, — оживился Балабуха. — У меня тут где-то была свечечка... Васька! Что ты стоишь столбом? Помоги зажечь свет!

И через несколько минут бледный огонек осветил внутренность большого и, очевидно, когда-то поражавшего своей роскошью зала. На стенах висели заржавленные доспехи и заплесневелые от времени картины — портреты рыцарей и дам. Напротив друзей оказалась широкая лестница, чьи перила были густо затканы паутиной. Неожиданно Балабуха издал дикий вопль и выронил свечу. Стукнувшись о пол, та погасла.

— Что? Что такое? — вне себя выкрикнул Гиацинтов.

— Пауки! — жалобно ответил из темноты голос гиганта.

— Ну и что? — сердито ответил Владимир.

— Боюсь я их, проклятых! — простонал Балабуха. — Вот хошь верь, хошь нет! Ничего на свете не боюсь, только их одних, чтоб им пусто было!

— Август! — распорядился Владимир. — Подбери свечу. Она тут, на полу, возле тебя.

— Вижу, вижу!

Свет был вновь зажжен, и трепещущий огонек осветил сконфуженное усатое лицо Балабухи, тонкие черты Гиацинтова и голубые глаза поляка.

— Август, — спросил Владимир, — ты не боишься пауков, случаем?

— Нет, — ответил Добраницкий, подумав. — Я только привидений боюсь.

— Тогда отдай сюда свечу! — сердито сказал Гиацинтов, забирая у него огарок. — Идем!

Они осмотрели первый этаж и по лестнице поднялись на второй. Всюду их встречали сырость, запустение, полусгнившая мебель и тонкий мышиный писк где-то под половицами.

— Да, — со вздохом констатировал Владимир, — в этом замке давно никто не живет.

— В таком месте хорошо жить только привидениям, — поддержал его Добраницкий, дрожа всем телом.

Они осмотрели несколько комнат и остановились на просторной гостиной, в которой имелся большой камин. Август порылся в ящиках комода и обнаружил пук свечей, до которых не успели добраться прожорливые мыши. Васька принес из соседней комнаты высокие старинные подсвечники, друзья поставили в них свечи и зажгли их, после чего в гостиной стало значительно светлее. Приободрившись, друзья сняли мокрые плащи и попытались развести огонь в камине. Балабуха своими богатырскими лапищами разодрал на части старинный сундук, и вскоре тот весело полыхал в очаге, пуская искры. Пришел кучер, доложил, что с лошадьми все в порядке и что он пока побудет внизу, на конюшне. Сундук вскоре сгорел, и Балабуха с Добраницким приволокли из соседней комнаты целый шкаф, после чего поляк куда-то исчез. Через несколько минут друзья услышали его вопли и, до смерти перепугавшись, бросились ему на выручку. Оказалось, однако, что Август всего лишь звал их поглядеть на запасы, хранившиеся в погребе. Здесь были винные бутылки, покрытые пылью и плесенью, шампанские вина, коньяки и даже бочки с пивом.

— И как ты их обнаружил? — поразился Балабуха.

— Интуиция! — гордо объявил Август, осторожно стряхивая пыль с одной из бутылок. — Вот, не угодно ли? Винцо тысяча семьсот шестьдесят девятого года!

— Ничего себе! — пробормотал Владимир. — Это же год рождения Наполеона!

— И как их только не растаскали? — покачал головой Балабуха. — До чего же честный народ эти австрийцы!

— Ты сам догадался поискать погреб? А еще говорил, что привидений боишься! — поддразнил Августа Гиацинтов.

— Ой, панове, я вас умоляю, — простонал Добраницкий, скорчив плаксивую физиономию. — Где вы видели, чтобы привидения жили в погребе?

Дюжина наиболее почтенных бутылок была принесена на второй этаж и торжественно водружена на круглый стол. Туда же поставили окорок, хлеб, колбасу и прочую снедь, которую путешественники притащили с собой. На первом этаже Август нашел три позолоченных старинных кубка, и вскоре друзья пировали вовсю, забыв о дожде и всех своих дорожных невзгодах. О верном Ваське и незадачливом кучере тоже вспомнили, выделив им еды, пару бутылок и кубки попроще, всего лишь из чистого серебра.

В то время как наши герои блаженствовали в заброшенном замке, в небольшом лесочке на расстоянии примерно версты от них мокли под проливным дождем 12 человек, которыми предводительствовал уже знакомый нам невзрачный субъект в штатской одежде — тот самый, что недавно беседовал с Ферзеном в гостинице «Золотой лев». Уже несколько часов он и его сообщники сидели в засаде, поджидая карету, которая совершенно точно должна была ехать мимо них, но тем не менее словно сквозь землю провалилась. А дождь между тем стал лить как из ведра.

— Ну куда, куда же они делись? — шипел предводитель, то и дело поглядывая на дорогу. Однако последняя оставалась пустой, как дырявые карманы бедного родственника.

— Может, они поехали каким-нибудь другим путем? — высказал робкое предположение один из сидящих в засаде, которому до смерти надоело мокнуть под дождем.

— Но тут нет другого пути! — рявкнул невзрачный субъект.

Через полчаса, однако, даже он не выдержал.

— Вольфганг! Ступай-ка вперед да посмотри, не остановились ли они где-нибудь! Как узнаешь, сразу же возвращайся!

Вольфганг кивнул, вылез из засады и покорно затрусил по дороге. Вернувшись через каких-нибудь три четверти часа, он доложил, что карета, которую они ждут, стоит без лошадей возле дороги, а в окнах Проклятого замка виден яркий свет. Предводитель нахмурился.

— Это тот самый замок, про который болтают, что там водятся привидения?

— Да, — несмело сказал Вольфганг. — Нехорошее место, сударь!

— Чепуха, — оборвал его предводитель. — Вперед, ребята! Они не ждут нашего нападения, и мы застигнем их врасплох. — Разбойники начали ворчать, но он прикрикнул на них: — Что такое? Вам за что деньги платят, вы, падаль, тупой сброд? А ну живо, марш!

И отряд в 12 человек двинулся по направлению к замку, в котором их ждали всего пятеро противников — трое друзей, их слуга и их кучер.

ГЛАВА 8

Необыкновенные предсказания одной цыганки. — Сон артиллериста. — Незваные гости. — Привидение, которое всегда появляется вовремя.

Стояла темная ночь, как нельзя лучше подходящая для злодейства. В камине замковой гостиной догорали последние угли. Балабуха и Добраницкий спали, причем здоровяк артиллерист храпел так густо и громко, что распугал всех мышей в округе. Антон Григорьевич выпил три бутылки вина, но поляк и тут обставил его, выпив четыре, после чего Балабуха признал свое поражение и даже сел играть с ним в карты, предупредив, впрочем, что мухлежа не потерпит. Август же, нисколько не стесняясь, объявил, что все равно обставит его и Балабуха даже не поймет, с помощью какого приема его объегорили. Артиллерист проиграл и потребовал объяснений. Август, которому, очевидно, уже море было по колено, показал ему, что именно он сделал и как. Без всякого стеснения друзья стали обсуждать самые разные приемы мухлевания, но тут Балабуха стал широко зевать, а Добраницкий признался, что у него слипаются глаза. Вскоре друзья уже спали мертвым сном, как и Васька, устроившийся в соседней комнате. С непривычки он выпил слишком много, и теперь ему снились диковинные пестрые сны.

Не спал только Владимир, на долю которого досталось всего лишь полбутылки вина 1769 года. В жизни Гиацинтов был склонен к воздержанию, и поэтому ему единственному из друзей удалось сохранить более или менее трезвую голову. Он сидел, подперев щеку кулаком, и задумчиво смотрел в висящее напротив него большое мутное зеркало. Из головы его не выходила одна мысль — о цыганке, которая сегодня днем предсказала ему возле трактира, что его ждут великие опасности, почести, любовь и слава. Узнав об этом предсказании, Балабуха поднял товарища на смех, заявив, что если бы цыганки предсказывали что-то другое, их бы всех давно как следует высекли; но Гиацинтов был суеверен и оттого поверил каждому слову. Опасности его не смущали — вся их служба была одной сплошной опасностью. Почести и слава, пожалуй, могли иметь место, если он хорошо выполнит свое дело и разыщет пропавшего Жаровкина. А вот любовь... Любовь, с его точки зрения, была самой интересной частью предсказания. И, в конце концов, разве не сказал тот же Добраницкий, что среди жительниц Вены попадаются прехорошенькие штучки?

— Конечно, совершенно неважно, красавица она или нет, — вслух размышлял Владимир. — Главное, чтобы в ней была изюминка... чтобы от нее нельзя было глаз отвести. Вообще, должен вам сказать, — обратился он к своему размытому отражению, — до жути любопытно все это. Живешь себе, живешь, ни о чем не подозревая, и вдруг бац — в один прекрасный день встречаешься со своей судьбой. — Тут его мысли приняли иное направление. — Интересно, какие у нее будут глаза? — Он выпятил губы и вопросительно посмотрел в зеркало. — Ужасно хотелось бы знать. Вообще, не худо бы представлять заранее, где ты с ней встретишься, а то в самый ответственный момент непременно нападает смущение, и оттого производишь на даму самое неблаговидное впечатление. — Он вздохнул. — Проклятая робость! Если бы не она, я бы подошел к даме и сказал бы...

Внизу в роще жутко заухала сова, в переходах замка заунывно загудел ветер, и в следующее мгновение в дверном проеме за спиной Гиацинтова показалась женская фигура. Увидев незнакомых людей, фигура замерла на месте.

— Я бы сказал ей, — продолжал Владимир, который так ничего и не заметил, — «Сударыня, до чего вы прекрасны! Всю свою жизнь я мечтал о встрече с вами».

Тут Балабуха вывел такую громкую руладу, что сам же на мгновение пробудился от своего храпа. Артиллерист тяжело заворочался на диване и, приподняв голову, неожиданно увидел в дверях воздушное видение в белом платье, причем ему показалось, что видение это висит в воздухе, не касаясь пола. Кроме того, он готов был поклясться, что таинственная незнакомка не отражается в зеркале, которое висело на стене напротив. «Сон», — смутно подумал артиллерист. Глаза его закрылись, и он вновь захрапел.

— Нет, — вздохнув, промолвил Владимир, занятый своими мыслями, — это пошло. Я бы сказал ей: «Сударыня! Всю свою жизнь я готов служить вам. Я...»

И он замер, потому что ему почудилось, что позади него стоит какая-то женщина, молодая и, разумеется, прекрасная; краем глаза он уловил движение какого-то светлого пятна и даже ощутил нечто, похожее на аромат тонких духов. Но, конечно, все это оказалось лишь плодом его разыгравшейся фантазии, потому что, когда он обернулся, сзади него никого не было.

Молния яркой вспышкой озарила небо. Чувствуя, что он все-таки выпил лишнего, Владимир поднялся с места, растирая виски, и подошел к окну. Тут всякие мысли о видении в белом разом вылетели у него из головы, потому что он увидел внизу, у замка, темные фигуры каких-то вооруженных людей.

— Проклятье! — вырвалось у офицера. Он заметался, бросился к спящим друзьям и стал их расталкивать. — Антон! Август! Просыпайтесь немедленно! Васька, где ты? Васька!

Но денщик не отзывался, а друзья Владимира в ответ только мычали, вяло отмахивались от него и никак не желали открыть глаза.

— Антон! Антон! — Гиацинтов что есть силы тряс Балабуху, но это было все равно что пытаться сотрясти столетний дуб. Неожиданно Владимира осенило. — Антон, берегись, пауки! Всюду пауки!

Балабуха с воплем: «Картечь! Заряжай картечью!» подскочил на месте и открыл глаза. Добраницкий, зевая, все пытался что-то спросить, но Гиацинтов опередил его.

— Друзья, там внизу какие-то люди! У них оружие! По-моему, они не с добром пришли сюда!

— Ясно, — проворчал артиллерист, мигом протрезвев. — Где моя пушка... а, где мои пистолеты?

Снизу до друзей долетел какой-то стон.

— Черт, они прикончили кучера! — вырвалось у Владимира.

Балабуха только пожал плечами.

— Все равно он никуда не годился, — философски заметил он, заряжая пистолеты. — Держи, Август! Сегодня ночью оружие тебе точно пригодится.

— А что мы будем делать? — несмело спросил Добраницкий, принимая один из пистолетов, который так и плясал в его руке.

— Будем обороняться до последнего, — хладнокровно отвечал Гиацинтов.

— От кого? — изумился Добраницкий. — Может быть, это какая-нибудь ошибка?

— Разумно, — усмехнулся артиллерист. — Встретишь кого-нибудь из тех, кто явился к нам в гости, можешь спросить.

Выйдя в соседнюю комнату, гигант попытался разбудить Ваську, но тщетно: денщик был совершенно пьян.

— Тьфу! — плюнул Балабуха. — Ну что ты с ним будешь делать!

— Ладно, — сказал Владимир, заткнув за пояс два пистолета и взяв в руку третий. — Оставь его здесь. Рассредоточиваемся!

И друзья, покинув гостиную, разошлись в разные стороны, причем гигант Балабуха ступал бесшумно, как мышь.

Навстречу ему попался один из разбойников.

— Извините! — коротко сказал Балабуха, стукнув его рукоятью в лоб. — Простите! — добавил он, врезав по затылку другому нападавшему. — Кажется, жизнь налаживается, — подытожил он, уложив третьего, и, отдышавшись, двинулся дальше.

Оставив позади комнату с камином, Гиацинтов спустился по какой-то лестнице и оказался в продуваемой ветрами галерее, где под ногами хрустели отбитые куски кирпича. Дождь перестал, и из-за туч наконец-то выплыла луна. В ее свете Владимир увидел, что через несколько шагов от его ноги начинается провал.

— Надо вернуться, — сказал он себе.

Однако, повернувшись, он неожиданно утратил дар речи. В десятке шагов от него стояла бледная женщина, чьи черные волосы развевались по ветру, как змеи. Лицо было красивое, но бледное и наводящее невольный страх, отчего молодой офицер даже попятился. Незнакомка улыбнулась и шагнула вперед.

— Су... сударыня, — пролепетал Владимир, — как вы сюда попали? Здесь небезопасно, там внизу люди, которые... они...

Но тут язык окончательно прилип к его гортани, и молодой человек замер, не в силах вымолвить более ни слова.

— О, — сказала незнакомка чарующим голосом, — я давно уже не боюсь людей!

— В самом деле? — выдавил из себя Владимир.

— Они не в силах причинить мне зла, — объяснила женщина.

Гиацинтов растерянно моргнул, гадая, происходит ли это все наяву или вино все еще оказывает на него свое действие. Когда он снова посмотрел на то место, где только что находилась таинственная незнакомка, ее там не было.

— Береги себя! — неожиданно шепнул чей-то голос совсем близко от него. Грянул выстрел, и пуля выбила фонтанчик пыли из кирпича, ударившись в стену возле его головы. Опомнившись, Владимир бросился в нишу.

Бах! Бах!

И тут он услышал смех — жуткий, потусторонний смех, от которого у него перехватило дыхание. Затем что-то белое, полупрозрачное полетело в вышине под сводами замка, и хохот усилился.

— Караул! — в ужасе пискнул один из нападавших, отступая. — Призраки! Они здесь! Спасайся, кто может!

Его товарищ уже сломя голову мчался прочь.

— Ха-ха-ха-ха-ха!

Раскаты потустороннего смеха летели по переходам следом за ним, а в другом крыле замка заинтригованный Август поднял голову и прислушался.

«Интересно, кто это там смеется? Какой странный смех, — он поежился, — от него по коже прямо мурашки бегут...»

— Боже... боже! — пролепетал разбойник, выскакивая под дождь. Он с размаху отбросил пистолет и замер на месте, наткнувшись, как на стену, на холодный взгляд главаря, который остался снаружи. Очевидно, тот придерживался максимы известного полководца, что главнокомандующий не может (и не должен) воевать за свою армию.

— Вы прикончили их? — сурово спросил главарь. Рот его недобро сжался.

— Там... там... — бормотал разбойник, тыча пальцем в замок. — Там привидения! Женщина... графиня, которая когда-то тут жила... Она бродит здесь ночами, эта неприкаянная душа! Я сам ее видел! И слышал! Это не сказки, это действительно... Она существует!

— Чушь, — коротко ответил главарь и, взором стерев в порошок своего нерадивого подчиненного, вошел в замок.

«Что-то тут не так, — думал Владимир, пробираясь по переходам и лестницам, — что-то совсем не так с этим замком!»

Грянул выстрел, отбросивший молодого человека к стене. Он почувствовал, как по груди текут горячие струйки крови. «Ранен... Бежать...» Однако ноги не держали его.

Как во сне, Владимир увидел приближающуюся фигуру, которая наставила на него дуло пистолета. А потом он увидел белое пятно, соткавшееся из воздуха позади его врага. Он успел еще услышать зловещий хохот, от которого стыла в жилах кровь, — и потерял сознание.

* * *

— Владимир!

— Владимир Сергеевич! — настойчиво тянули над его ухом чьи-то голоса.

— Драгун! Да ты что, сомлел?

— Какое сомлел, Антон? Ты что, не видишь — он ранен!

— Ранен? В плечо? Да это просто царапина, подумаешь — кожу содрало, эка невидаль! Драгун, черт тебя дери!

Владимир открыл глаза и увидел склонившиеся над ним встревоженные лица Балабухи и Добраницкого.

— Ну, слава богу! — воскликнул Август. — А то мы испугались! Ты такой бледный тут лежал!

Застонав, Владимир попытался сесть, но это удалось ему не сразу. Было уже совсем светло. Внезапно он вспомнил, что произошло этой ночью.

— Антон... — начал он несмело. — Что я пропустил? Что тут было?

— Ну что было, что было, — проворчал гигант, накладывая повязку ему на плечо. — Ну, напали на нас эти братцы-разбойнички, да, видно, я их хорошо пугнул, потому что они бежали так, что только пятки сверкали. Потом я битый час искал вот этого, — он кивнул на Добраницкого, — который забился в какую-то щель, а потом мы хватились, что тебя нет. Весь замок обошли, насилу тебя нашли. Ты тоже хорош! — напустился он на Августа. — «На дуэлях дрался, на дуэлях», а как до настоящей драки дошло, так сразу же в сторону! Храбрец!

— Я вовсе не испугался! — рассердился Август. — Просто...

Тут он запнулся и покраснел.

— Просто — что? А? — сощурился Балабуха.

— Просто я увидел привидение! — выпалил Добраницкий. — Я же сказал вам: я ничего не боюсь, кроме привидений!

— Ага, привидение он увидел, держи карман шире!

— Клянусь, Антон Григорьевич! Такая бледная женщина, со сверкающими глазами, и волосы такие...

— Черные, — закончил за него Гиацинтов. — Как змеи.

Август разинул рот. Балабуха недоверчиво обернулся к Владимиру:

— Постой-постой! Так ты что, тоже ее видел?

— Видел, — потупился молодой офицер.

— Ха! — хмыкнул гигант и помог ему подняться на ноги. — Ну, вот что я скажу вам, братцы. Пить надо меньше, иначе не то что привидения увидишь, а и чертей зеленых! Вот!

— По-моему, Антон Григорьевич... — насупился Август. Но Балабуха даже не дал ему закончить.

— Вот ты, Август, после четырех бутылок вчера ведь лыка не вязал. Верно?

— Ну положим, — неохотно согласился Добраницкий. — А с ним как быть? Он ведь почти ничего не пил!

Балабуха пожал плечами.

— Если человек к вину непривычен, то и от одного стакана можно потерять разум, — просто ответил он. — Впрочем, я вам не препятствую. Хотите верить в эти ваши привидения — на здоровье... Эй, Степан! Иди сюда!

— А наш кучер... его разве не убили? — спросил Владимир у Добраницкого.

— Какое там, оглушили только, — ответил за поляка Балабуха. — Ну как, Степан, обстоят дела с каретой?

К друзьям приблизился всклокоченный хмурый кучер и дал полный отчет о том, как проходит ее починка.

— Васька наш тоже проспался, только что, через час тронемся в путь, — сообщил Балабуха. — Как голова, Степан?

— Да ничего, ваше благородие, — ответил кучер и, морщась, дотронулся до шишки на затылке.

— Ничего, с кем не бывает, — степенно заметил Балабуха. — На, держи. Вот тебе деньги на водку... на вино то есть. Да смотри, сразу все не пропивай!

— Постараемся, ваше благородие, — отвечал кучер, кланяясь.

— Ну, то-то же! — важно сказал Балабуха и махнул рукой, отпуская его.

* * *

Его превосходительству
военному министру Чернышёву.
От особого агента Сотникова.
Совершенно секретно.

Докладываю вашему превосходительству, что мы движемся к городу Вене. Путешествие протекает нормально, только экипаж все еще оставляет желать лучшего. Намедни заночевали в одном замке, где господа Г. и Б. затеяли потасовку с местными жителями, каковая окончилась, впрочем, вполне благополучно (для господ, а не для жителей). Прошу великодушно простить меня, более не могу писать, ибо чернила кончаются. Засим остаюсь вашего превосходительства покорный слуга и смиренно припадаю к стопам вашего превосходительства в чаянии, что вы не оставите меня своею милостью.

Душевно преданный вам агент Сотников.

ГЛАВА 9

Непотопляемая тетушка. — Ливень, вино и прочие радости. — Кое-что о тайной жизни привидений.

— Собственно говоря, теперь мне почти все ясно, — говорила Полина Степановна, рассеянно глядя на переменчивый пейзаж за окном. — С барышней мы разобрались, с париком тоже. Служанка — немая Мария, то есть ты. Все документы при мне. Но вот тетушка...

— Далась вам эта тетушка, Полина Степановна, — проворчала Маша, чихнула и застенчиво потерла нос. — Мало ли что могло с ней случиться! Умерла от старости, к примеру...

— Она еще не такая старая, — возразила Полина.

— Съела что-нибудь не то?

— Нет, не годится. У меня не так много теток, чтобы вот так сразу ее травить!

— Утонула, купаясь в море.

— Зачем ей купаться? Она уже не в том возрасте!

— Тогда осталась на Мадейре, — вдохновенно предложила Маша.

— А зачем?

— Затем, что у нее тоже чахотка, например. Или она вышла замуж за местного жителя.

— Ты, Машенька, не понимаешь, — вздохнула Полина Степановна. — Тетушка позарез нужна мне в Вене, потому что иначе ко мне приставят еще какую-нибудь родственницу, которая может все испортить. Молодая девушка не может жить одна, это неприлично.

— Может, я смогу изобразить тетушку? — предложила Маша. — Ведь когда меня не видят — ну, как горничную, — я же могу сыграть кого-нибудь еще?

— Машенька! — изумилась Полина Степановна.

— А тетушка тоже может быть немая, — оптимистично продолжала Маша. — Что такого — у нее был удар, к примеру, и она больше не говорит. Подберем мне паричок, нанесем морщины — и готово!

— Машенька, ты просто чудо, — объявила Полина Степановна, раскрасневшись. — Ты подала мне совершенно замечательную мысль, только вот тетушку будешь изображать не ты, а... кое-кто другой. Решено!

И, сразу же воспрянув духом, она стала мысленно перебирать детали предстоящего задания, чтобы определить, не забыла ли она ненароком чего-нибудь.

«Я есть, тетушка отныне тоже есть, горничная есть, Пахом живет отдельно, ухаживает за лошадьми, когда надо, я прибегаю к его услугам. Если вдруг понадобится помощь, или в случае провала обращаться к агенту Сотникову... Пароль... пароль...»

— Боже мой!

— Что такое, Полина Степановна? — всполошилась Маша.

— Кажется, я забыла... — начала Полина Степановна с несчастным видом. — Господи, да это же вздор какой-то! О каком вине он говорил? И граф Чернышёв еще был так горд, что придумал настолько оригинальный пароль...

— Вы о чем это, Полина Степановна?

— Маша! Умоляю тебя, прямо сейчас, вспоминай все вина, какие ты знаешь! Это очень важно...

— Шампанское?

— Нет!

— Белое вино?

— Нет! Другое!

— Тогда красное?

— Не белое, не красное, а конкретное! С названием!

— Да вы же знаете, сударыня, я совсем не пью... Водка?

— Господи, ну какая водка! Нет!

— Токайское? Сотерн?

— Нет! Сотерн — это отзыв! А вот то, что я должна сказать, не помню, ей-богу, не помню... Напрочь из головы вылетело... а записывать я не стала! И вообще, пароли не записывают, а запоминают! Ах, боже мой... Поммар? Шамбертен? Шабли? Нет, не шабли... Кюрасо? Вермут? Портвейн?

— Глинтвейн? — встрепенулась Маша.

— Нет, не глинтвейн! Другое!

И Полина Степановна принялась перебирать названия вин. Она петляла по Европе, по всем странам, где выращивали виноград и производили из него мало-мальски пристойные напитки. Она оживила в памяти Германию с ее рейнвейном и мозельским, Португалию с портвейном и мадерой, Испанию с хересом, Италию с кьянти, завернула даже в Англию, потому что там имелись бренди и джин, но едва она угодила во Францию, голова у нее пошла кругом. Бордо, сент-эмильон, коньяк, шартрез, абсент... а шатонёф дю пап? А марго? А медок, а божоле, а о-медок, а мерсо, а кот-дю-рон, кот-де-бур, анжуйское, бургундское, бенедиктин... и десятки, сотни других?

К чести ее следует сказать, что Полина Степановна боролась, что она стояла до конца, но вскоре стало ясно, что она потерпела сокрушительное поражение. Пароль, придуманный хитроумным графом Чернышёвым, затерялся, скрылся, исчез среди стройных рядов бутылок, фляжек и емкостей, плоских и пузатых, стройных и приземистых, больших и маленьких, дешевых и дорогих.

— Я сойду с ума! — простонала Полина, отчаявшись. — И ведь главное — я никогда, никогда еще не забывала паролей! А тут...

Она махнула рукой, не договорив, и тут до ушей наших путешественниц долетело оглушительное «крраах-тах-ррах!» грома.

— Кажется, дождь начинается, — сказала Маша робко, поглядев за окно.

На самом деле дождь шел уже некоторое время, просто Полина и Маша, увлеченно обсуждавшие спиртные напитки, его не заметили.

— И стемнело, — заметила Полина Степановна. — Между прочим, мы уже должны были добраться до города... Пахом Евсеевич, а Пахом Евсеевич! Куда ты нас завез?

— Это дорога, сударыня! — обиделся кучер. — Куда она ведет, туда я и еду! Я же не могу по воздуху лететь...

— Город где? — крикнула Полина Степановна. — Куда ты его дел, Сусанин?

— Откуда мне знать? Города нет, только вон какой-то замок виднеется. А ругаться нехорошо, сударыня, ей-богу, нехорошо!

— Когда я тебя ругала? — искренне удивилась Полина.

— А вот этим... Ссаниным обозвали. Нехорошо, сударыня, я ж столько лет верой и правдой вам служу, а еще до того — вашему папеньке!

Рев грома прервал их беседу и заставил Полину Степановну спрятать голову в карету и закрыть окно.

— Ой, Полина Степановна, — несмело проговорила Маша, — может быть, нам лучше остановиться?

— Это почему?

— А вдруг в нас молния ударит? Я же читала, что такие случаи бывали.

— В меня не может ударить молния, — сухо ответила Полина Степановна. — Я нахожусь на государственной службе.

Тут снаружи загрохотало, заурчало и заревело так грозно и недружелюбно, словно в небесной канцелярии кто-то недолюбливал службу вообще и государственную службу — в частности. Смирившись, Полина велела кучеру ехать к замку, видневшемуся невдалеке.

— Попросим ночлега, — добавила она, — а дальше видно будет.

Однако ее стало покалывать скверное предчувствие, едва она узнала в рыдване, стоявшем на дороге без лошадей, карету своих коллег. Еще не хватало ей пересечься с ними!

— Так, посмотрим, нет ли тут поблизости другого жилья, — быстро объявила Полина Степановна. — Маша! Достань-ка мне из желтого чемоданчика подробную карту, на которой обозначены все здешние владения.

Изучив карту, Полина нахмурилась. Мало того, что кроме этого замка поблизости не было ничего, так еще и сам замок пользовался дурной славой, потому что в нем жили привидения.

— Ничего не поделаешь, придется попроситься к привидениям на ночлег, — проворчала Полина Степановна, складывая карту. — Пахомушка! Постарайся не попадаться никому на глаза, хорошо? В этом замке могут оказаться люди, которые... которым видеть меня вовсе не обязательно.

Карета въехала в распахнутые ворота. Завидев в одной из конюшен чужих лошадей, Полина Степановна велела Пахому завернуть в другую конюшню, расположенную немного поодаль.

— А теперь что? — спросила Маша, помогая госпоже сойти на землю.

Полина Степановна немного подумала.

— Я пойду на разведку, — объявила она. — Если мои предположения верны, в этом замке есть люди.

— А привидения? — Маша вся аж извелась от любопытства.

— Привидения, Машенька, — назидательно молвила Полина, — встречаются только в сказках. Дай-ка мне лучше фонарь!

— Я пойду с вами, — пролепетала Маша. — Я тут не останусь!

— Тут же Пахом, — напомнила Полина Степановна.

— Все равно, — твердо ответила Маша. — С вами надежнее.

И вдвоем они двинулись в замок, причем служанка несла фонарь. Пахом остался с лошадьми.

С первого же взгляда Полина Степановна поняла, что здесь давно никто не живет. Однако ее беспокоило, что офицеров и агента Сотникова нигде не было видно.

— Ой, Полина Степановна, — пролепетала Маша, дрожа так сильно, что даже фонарь в ее руке закачался. — Слышите? Ой, как страшно...

Откуда-то и в самом деле доносилось грозное, нечеловеческое урчание.

— Может, вернемся обратно? — предложила Маша, дрожа еще сильнее. Фонарь заплясал в ее руке так, что готов был вот-вот упасть.

Не отвечая, Полина двинулась туда, откуда доносился странный звук, и вскоре оказалась у дверей одной из комнат. Здесь наводящий оторопь шум усилился. Не утерпев, Полина приотворила дверь и шагнула внутрь.

Ее предчувствия полностью оправдались: она увидела здоровяка Балабуху, который лежал на диване и храпел так, что стекла в рамах ходили ходуном. Спиной к Полине, возле зеркала сидел Владимир Гиацинтов и что-то бормотал себе под нос. Стол был уставлен пустыми бутылками и тарелками с остатками недавнего пира.

Маша, не утерпев, тоже заглянула одним глазом в дверь. Разочарованию девушки не было предела, когда она поняла, что устрашающий шум был всего лишь храпом Балабухи.

Через мгновение, неслышно притворив дверь, к Маше присоединилась Полина Степановна.

— Идем отсюда, — шепотом распорядилась госпожа. — И помни: они не должны нас видеть! Ни в коем случае!

Однако, когда женщины бегом вернулись в конюшню, их встретил встревоженный кучер.

— Полина Степановна... Возле замка какие-то люди! По-моему, они не с добром пришли сюда!

— Сколько их? — быстро спросила Полина.

— Да человек десять, не меньше!

— Приготовь пистолеты, Пахомушка, — мгновенно оценив обстановку, распорядилась Полина. — Маша! Где моя пудра, самый светлый тон? Заодно достань-ка мою кружевную шаль! И возьми какую-нибудь палку, что ли...

— Зачем? — несмело спросила Маша.

— Мы с тобой, — загадочно ответила Полина, — сейчас поиграем в привидения. Кстати, где мой черный парик? Не завитой, а другой, с распущенными волосами?

...Читателю уже известно, каким образом Полина Степановна и Маша поддержали славу замка с привидениями. Зловещий хохот Полины и усердие Маши, которая, нацепив шаль на палку, водила ею в воздухе и несколько раз бросала шаль вверх, сделали свое дело: нападающие бежали без оглядки. Однако все едва не испортил Владимир Гиацинтов, который нос к носу столкнулся с Полиной.

Еще немного, и он бы понял, что она никакое не привидение, но тут началась стрельба, и его ранили. Рассердившись, Полина Степановна подобрала с пола доску и угостила главаря хорошим ударом по голове, после которого он уже не мог командовать так, как раньше. Вдвоем с Машей Полина спустила бесчувственное тело главаря с лестницы, причем это случилось на глазах у кое-кого из его подручных. В полном ужасе те бежали из замка, побросав оружие.

Наутро, едва дождь кончился, Полина Степановна приказала Пахому запрягать лошадей и уехала задолго до своих незадачливых коллег. До Вены оставалось всего несколько дней пути.

ГЛАВА 10

Господин посланник. — Личность исчезнувшего проясняется. — Комната с часами, которые никто не заводил.

Итак, в июне трое друзей уже без особых приключений добрались до Вены, после чего сразу же принялись за дело. Добраницкий занял у Гиацинтова деньги и пошел разведывать игорные дома, а офицеры отправились в посольство, где их уже ждал секретарь посла, Николай Богданович Берг. Это был белобрысый узкоплечий юноша с тонкой талией, тонким носиком, тонкими губами и отточенными, как лезвие кинжала, манерами. Ремесло свое он, впрочем, знал хорошо, ибо не успели офицеры протомиться в приемной и пяти минут, как их уже пригласили в кабинет к Ивану Леопольдовичу, российскому посланнику при венском дворе.

— Пожалуйте, господа, граф Адлерберг ждет вас.

Большие часы манерно проворковали четыре раза, когда офицеры переступили порог кабинета посланника. Это было уютное, почти домашнее помещение, обставленное очень изящно и ничуть не похожее на холодные официальные николаевские апартаменты. Возле стола, постукивая по нему пальцами, стоял человек лет 55, сухощавый, светловолосый, с высоким плешивым лбом и выпуклыми голубыми глазами, под которыми обозначились мелкие морщинки. Балабуха заметил, что посланник был кавалером трех высоких орденов, которые разбрызгивали на его груди разноцветные искры, а наблюдательному Владимиру бросилось в глаза совсем другое. Он видел, что, несмотря на парадный костюм и внешний лоск, милейший Иван Леопольдович явно нервничает. Интересно, почему?

— Je vous salue, messieurs[1], — сказал посланник, дернув левым краешком губ, что, очевидно, должно было означать улыбку. — J'espère que vous avez fait un bon voyage[2].

Гиацинтов на том же изысканном французском заверил его, что путешествие было таким чудесным, что лучше не придумаешь.

— A! Magnifique, magnifique[3], — с явным облегчением промолвил посланник.

После чего Владимир Сергеевич вручил ему письма и объяснил цель их с Балабухой миссии.

— Да-да, я уже знаю об этом, — произнес посланник в ответ.

Показалось ли Гиацинтову или при этих словах в лице графа Адлерберга и впрямь промелькнуло нечто похожее на недовольство?

---

[1] Приветствую вас, господа (*франц.*).

[2] Надеюсь, ваше путешествие прошло благополучно (*франц.*).

[3] Прекрасно, прекрасно (*франц.*).

— Ваше начальство в Петербурге дало вам очень лестную характеристику, — продолжал посланник. — Надеюсь, что вы отыщете этого Жаровкина, потому что мне самому его исчезновение очень, очень не по душе.

И он дернул правым краешком губ.

— Значит, Жаровкин до сих пор не объявился? — уточнил Гиацинтов.

Посланник покачал головой.

— Нет. И меня это весьма беспокоит.

— Могу ли я задать вашему превосходительству несколько вопросов? — быстро спросил Владимир.

— Ну разумеется, сударь, — после крохотной паузы ответил граф, на этот раз даже не пытаясь симулировать улыбку.

— Относительно Жаровкина, — пояснил Владимир, не сводя с графа пристального взора. — Во-первых, как его полностью звали?

Адлерберг немного оживился.

— Минуточку, здесь у меня записано все по этому делу... — Он сел за стол, выдвинул один из ящиков и выудил из него маленький листок. — Да... Жаровкин Сергей Алексеевич, тридцати двух лет от роду, холост, вероисповедания православного. Приметы: рост средний, волосы темные, глаза карие; особая примета — последний сустав мизинца на левой руке отсутствует.

— Вы уже обращались с этим описанием в полицию? — осведомился Гиацинтов.

— Нам пришлось. — Граф слегка поморщился, произнося эти слова.

— И они так ничего и не обнаружили?

— Ничего.

— Теперь, — сказал Владимир, — нам бы хотелось узнать поточнее обстоятельства его исчезновения.

— Пожалуйста. — Иван Леопольдович взглянул на листок. — Двадцатого апреля сего года письмоводитель Жаровкин вышел в город незадолго до обеда, но к вечеру не вернулся. На следующее утро он также не появился в посольстве. Когда прошло уже три дня, а его все не было, мы начали беспокоиться. Я знаком с венским начальником полиции и попросил его негласно навести справки. Может быть, у Жаровкина были какие-нибудь неприятности, или он, к примеру, упал в реку и утонул... Однако среди утопленников его не обнаружили, и поиски в венских злачных местах тоже ничего не дали. После этого я был вынужден рапортовать о случившемся в Петербург.

Офицеры переглянулись. Стало быть, с момента исчезновения Жаровкина прошло ни много ни мало полтора месяца. А между тем всякому известно, что пропавшую жену и пропавшего человека следует начинать искать сразу же после исчезновения, и чем скорее, тем лучше.

— Значит, он исчез и больше не объявлялся, — пробормотал Владимир. — Вы не скажете нам, ваше превосходительство, что вообще за человек он был?

Его превосходительство снисходительно улыбнулся, и уже по этой улыбке Балабуха понял, что его товарищ совершил непростительный промах, задав столь бестактный вопрос.

— Боюсь, господа, что я не настолько часто сталкивался с ним, чтобы иметь о нем какое-либо определенное суждение. — Посланник немного помедлил. — С работой своей Жаровкин справлялся хорошо, и нареканий к нему у меня не было.

Чертов немецкий сухарь, мелькнуло в голове у Балабухи.

— А как давно он работал в посольстве?

— Полтора месяца... нет, два. Он прибыл на место в конце февраля. Прежний письмоводитель вышел в отставку, и из Петербурга на смену ему прислали Жаровкина.

Значит, человек работал в посольстве всего несколько недель и бесследно исчез. Это тоже было чрезвычайно странно.

— У вас еще есть ко мне какие-либо вопросы, господа? — осведомился посланник.

— Нет, ваше превосходительство, — с поклоном отвечал Владимир. — Для начала мы бы желали осмотреть комнату, которую занимал Жаровкин, и, если возможно, побеседовать с его сослуживцами. Вдруг кто-нибудь из них вспомнит что-то полезное.

— Действуйте, как сочтете нужным, — сказал посланник и позвонил в колокольчик. Вошел секретарь. — Николай Богданович! Будьте любезны, проводите господ в комнату Жаровкина и возвращайтесь. Мы должны с вами закончить тот документ.

— Слушаюсь, ваше превосходительство, — отвечал секретарь, кланяясь.

* * *

Берг показал офицерам комнату, которую занимал Жаровкин. Ничего особенного — кровать, рукомойник, стопка чистых листов бумаги, чернильница, маленький кургузый шкапчик, простые часы, камин и колченогий стол. Часы давно никто не заводил, и они стояли.

На вопросы, которые ему задавал Владимир, Берг отвечал примерно то же, что и посланник. Жаровкин производил хорошее впечатление, работой не манкировал, был аккуратен, трудолюбив и усерден. Много ли он пил? Да нет, кажется, не пил вовсе. Был ли неравнодушен к слабому полу? Возможно. Вообще он был довольно открытый, приветливый человек, а такие дамам нравятся. Имелись ли у него друзья? Кажется, он был накоротке со вторым письмоводителем Чечевицыным, а пару раз Берг видел его вместе с Дорогиным, служащим посольства.

— Ну, а как насчет денег? Деньги у письмоводителя водились?

Берг немного подумал, прежде чем ответить:

— Вероятно, в финансах исчезнувший письмоводитель все-таки не был стеснен.

— Почему вы так решили?

Берг улыбнулся. Дело в том, что служащие посольства получают не так уж много денег. Нет, он не жалуется, просто констатирует факты. Время от времени чиновники перехватывают друг у друга мелочь до получки. Так вот: Жаровкин никогда ни у кого не занимал.

— Простите, господа, но граф ждет меня. Если у вас более нет вопросов...

Однако Гиацинтов удержал его.

— Только один вопрос, самый последний. Всем известно, что в посольствах попадаются, гм, самые разные документы. Так вот, не имел ли Жаровкин доступа к... словом, к таким бумагам, которые могли бы... могли бы представлять интерес для иностранных держав?

Секретарь кивнул, тем самым показывая, что понимает сущность вопроса. Да, Сергей Алексеевич имел доступ к таким бумагам. Точно так же как и сам Берг, и Чечевицын, и некоторые другие посольские служащие.

— Благодарю вас, — сказал Владимир и отпустил его. Секретарь ушел.

— Ну и что ты обо всем этом думаешь? — внезапно спросил Балабуха.

— Не нравится мне все это, — откровенно признался Гиацинтов. — Человек проработал всего несколько недель и бесследно исчез. Похоже, что он не нуждался в деньгах и к тому же имел доступ к важным документам. Сам собой напрашивается вывод, что он приторговывал секретными сведениями. Но почему он исчез? Испугался разоблачения? Или мы просто поспешили с выводами? Знаешь что, друг Балабуха, давай-ка как следует осмотрим его вещи. По вещам легче всего узнать характер человека.

— Ага, — согласился артиллерист и принялся за кургузый шкапчик.

ГЛАВА 11

Деньги от австрийского канцлера, а точнее, полное их отсутствие. — Пуговица Добраницкого и попытки ее оторвать. — Неожиданный свидетель в «Венской усладе». — Девушка в белом.

По законам шпионского жанра, во время обыска офицеры непременно должны были найти толстую пачку кредитных билетов с собственноручной надписью канцлера Меттерниха «Плата агенту Жаровкину за предательство родины», либо связку секретных бумаг с информацией, не подлежащей оглашению, либо еще какие-нибудь чрезвычайно компрометирующие вещи. Однако вместо всего этого офицеры узнали, что у письмоводителя Жаровкина было две запасные пары исподнего белья, шесть жилетов яркой расцветки с костяными пуговицами, две трубки, табакерка с хорошим турецким табаком, три рубашки, томик стихотворений Гейне, черные панталоны и черный сюртук. Также офицерам удалось обнаружить пять штук носков (один — правый — отсутствовал), нитки, иголку, ножницы, ночной горшок и запасные ботинки довольно хорошей кожи. Ни кошелька, ни денег, ни личных документов, вообще ни единого клочка бумаги, если не считать стопки чистых листов на столе. На всякий случай Гиацинтов просмотрел их все, но ничего не нашел.

— Пусто? — спросил Балабуха.

— Похоже, что так, — нехотя признался Владимир.

— Простукаем пол и стены? — предложил Балабуха в порыве энтузиазма.

— Давай, — без особого энтузиазма согласился его товарищ и, притянув к себе ворох одежды бесследно сгинувшего письмоводителя, принялся вторично обшаривать ее.

Следует сказать, что ни в стенах, ни под половицами, ни в ножках стульев, ни в столе, ни в шкапчике никакого тайника обнаружить не удалось, однако чуть позже усилия Гиацинтова были наконец вознаграждены. При более тщательном осмотре сюртука он выудил на свет божий клочок бумажки, завалившийся за подкладку. Карман, как оказалось, был дырявым.

— Ну, что там? — спросил Балабуха, сгорая от любопытства.

Владимир склонил голову набок, разбирая неразборчивые каракули.

— Чашка шоколаду... Грушевый пирог... Счет от тринадцатого апреля.

— За неделю до исчезновения, — напомнил Балабуха.

Офицеры со значением переглянулись.

— Там есть название ресторации? — спросил Антон.

— Есть. «Венская услада». И адрес... погоди-ка... Черт, уголок с адресом оторван!

Дверь распахнулась, и на пороге показался Август Добраницкий. В его внешности произошла разительная перемена. Во-первых, он переоделся в модный костюм изысканнейшего темно-серого оттенка. Во-вторых, на голове у него примостился высокий цилиндр. И в-третьих, в правой руке Август держал тросточку и небрежно поигрывал ею.

— Однако ты не терял времени даром! — заметил ему Балабуха.

— Что поделаешь, изящество у меня в крови, — самодовольно признался Август.

— В этом костюме ты похож на шута горохового, — не преминул уколоть его Антон.

— Что еще, кроме зависти, может говорить его устами? — заметил Добраницкий в пространство. — Ну как, ваш друг еще не нашелся?

— Нет, — сокрушенно признался Владимир. — Но мы его обязательно отыщем.

— Искренне на это надеюсь, — сказал Август, поворачиваясь к двери. — Если я вам понадоблюсь сегодня, я в «Венской усладе».

— Где? — в один голос спросили пораженные офицеры.

— В «Венской усладе», это заведение, которое... А что?

Балабуха кашлянул и взял Добраницкого за пуговицу, глядя на него сверху вниз.

— Август, голубчик, нам очень нужно туда попасть. Проводи нас!

— Да ради бога, Антон Григорьич! Э-э, только не надо отрывать пуговицу, этот сюртук совсем новый, то есть почти новый. Будь он новый, он бы обошелся мне в три раза дороже!

— Август, хватит болтать! Веди нас!

* * *

Это было чистенькое, вкусно пахнущее пирожными заведение, которое язык не поворачивался обозвать трактиром. Трое друзей уселись за столик и вопросительно переглянулись.

— Сначала сделаем заказ, — решил Гиацинтов. К их столику уже шел кельнер.

— Что угодно господам?

— Мне кофе с шартрезом, — быстро сказал Владимир. — И грушевый пирог. Один мой друг говорил, что ваши грушевые пироги — просто чудо!

— Да, о них так многие говорят, — довольно равнодушно отозвался кельнер. — А другие господа что будут?

Добраницкий попросил обычный кофе и пирожное, Балабуха — бутылку токайского, однако в ответ услышал, что вино у них не подают. Артиллерист открыл было рот, чтобы возмутиться, но тут Владимир так посмотрел на него, что Антон понял: возражать не следует. Надувшись, он попросил кофе и «чего-нибудь на ваш выбор».

— Рекомендую пирожное «Принцесса»... Сейчас вам все принесут.

Кельнер уже собирался отойти к другому столику, и Владимир решил пойти напролом.

— А вы не помните моего друга? Такой мужчина средних лет, темноволосый. У него еще был поврежден левый мизинец.

Кельнер пожал плечами.

— К нам заходит очень много народу, сударь, — сказал он в свое извинение и пошел принимать заказ у румяной дамы, которая только что вошла в «Усладу» под ручку с каким-то фатом.

Владимир сердито стукнул ладонью по столу.

— Ничего не выходит, — выпалил он с раздражением.

— Может, дать ему денег? — предложил Добраницкий. — Деньги очень освежают память.

— Надо будет попробовать, — отозвался Владимир.

Он отвернулся и стал смотреть на хозяина в белом фартуке, который за стойкой бережно раскладывал пирожные. В заведении в этот час было совсем немного народу. Хромоногая девушка с грустными глазами подметала пол, другая, бойкая и расторопная, вытирала свободные столы и меняла цветы в стоящих на них вазах. Владимир вздохнул и поглядел за окно. Мимо по улице скользили изящные ландо и тряские кареты, а напротив располагалась мастерская модистки[1], в витринах которой красовалось множество шляпок. Из мастерской вышли две женщины, барышня и служанка, и двинулись к наемному экипажу, стоявшему у обочины. На девушке было белое муслиновое платье с яркими цветами и капор, украшенный горой лент и искусственных цветов. Лица ее Владимир не видел — его затеняли широкие поля. Но тут озорник ветер, прилетевший с Дуная, выказал явное намерение схватить шляпку и утащить ее с собой. Девушка испуганно вскрикнула, поднесла руку к капору и невольно подняла голову. Лишь на долю секунды молодой офицер

[1] Модистка — создательница женских шляпок.

увидел ее глаза, и в следующее мгновение на улице между ним и незнакомкой проплыло ландо, на запятках которого стояли два лакея. Когда оно скрылось из виду, девушка и ее спутница уже исчезли.

— Сударь... — робко протянул кто-то над ухом Гиацинтова.

Владимир перевел дыхание и поднял глаза. Возле него стояла хромоногая девушка, которая только что убирала пол.

— Я правильно поняла, вы ищете господина, у которого был поврежден мизинец? Правда, он давно к нам не заходил, но...

— Да-да, — поспешно сказал Гиацинтов, — я бы очень желал его найти. Так вы помните его?

— Да. Весной, в апреле, он заходил к нам каждый день.

«Так-так», — гулко сказал кто-то в мозгу Владимира.

— А потом вдруг перестал... — продолжала девушка, робко поглядывая на красивого офицера. — Он всегда был очень вежливый, не то что иные господа.

— А почему вы его запомнили? — брякнул Гиацинтов и тут же устыдился своего бестактного вопроса. Она была калека, а у Жаровкина был поврежден палец. Не было ничего удивительного в том, что она обратила на письмоводителя внимание.

— Луиза, — недовольно окликнул девушку хозяин из-за стойки, — не отвлекай господ!

Владимир обернулся к хозяину и широко улыбнулся.

— Простите, я всего лишь спросил фройляйн, какое мороженое мне лучше взять... Говорят, ваше мороженое — самое лучшее в Вене!

— А, ну тогда... — смягчился хозяин.

Владимир повернулся к девушке и незаметно вложил в ее руку золотой. Хромоножка покраснела.

— Скажите, мой друг... Он с кем-нибудь встречался здесь?

Девушка озадаченно нахмурилась.

— Нет, никогда... Он всегда был один.

— И никто с ним не заговаривал, никто не подсаживался...

— Насколько я помню, нет.

Что ж, по всему выходило, что единственная ниточка, которая у них имелась, вела в никуда.

— Мне кажется, ему просто нравилось у нас, — добавила девушка. — Он все время садился за один и тот же столик и оставался за ним по несколько часов. Хозяин не возражал, потому что он всегда что-нибудь заказывал... И читал газету. Меня обычно посылали за ними...

И тут в мозгу Владимира внезапно что-то словно щелкнуло. Сидел по несколько часов за одним столом... Читал газету... И ни с кем не общался. Вот оно что!

— А за каким столом он сидел? — быстро спросил молодой офицер.

Девушка кивнула на маленький стол у самого окна.

— Вот за этим.

Владимир вскочил с места так стремительно, что чуть не опрокинул стул.

— В самом деле? А как именно он садился? Так, так... Благодарю вас.

...Сначала он увидел улицу, по которой по-прежнему катили экипажи. Потом — угол мастерской модистки и возле мастерской — дом, на который Владимир раньше не обратил внимания. Здание стояло в глубине улицы, отгороженное от нее высокой кованой решеткой.

Судя по всему, оно было построено еще тогда, когда ни Владимира, ни его спутников не было на свете. Это был двухэтажный особняк с высокими окнами и стройными колоннами, изящный и даже красивый, но Гиацинтову, бог весть отчего, почудилось в нем что-то зловещее. Он обернулся к девушке.

— Большое спасибо вам, фройляйн... Теперь еще один вопрос. Вы не помните тот последний раз, когда мой друг сидел тут? Может быть, тогда случилось что-нибудь... что-нибудь особенное?

Хромоножка задумалась.

— Последний раз... это было, по-моему, двадцатое число, хотя я могу ошибиться... Ну да, двадцатого Бригитта разбила вазу и хотела свалить вину на меня... — Она покачала головой. — Нет, ничего такого не произошло. Ваш друг долго сидел на своем обычном месте, читал газеты, потом встал, расплатился и быстро ушел...

— Значит, ничего? — упавшим голосом спросил Владимир.

— Ничего такого не было, сударь...

— Что ж, — сказал Гиацинтов, незаметно вручая ей еще один золотой, — это уже что-то. Благодарю вас, фройляйн.

Хромоножка отошла, украдкой косясь на него. Кельнер принес заказ, и Владимир спросил дополнительно самого дорогого мороженого.

— Я чувствую, тебе удалось напасть на след, — прогудел Балабуха. — Давай выкладывай!

Владимир наклонился к нему через стол.

— Жаровкин использовал «Усладу» как наблюдательный пункт, — шепотом сказал он. — Мне кажется, он наблюдал за домом напротив.

Слушая его, артиллерист озадаченно нахмурил брови.

— Зачем? — напрямик спросил он.

— Не знаю, — честно ответил Гиацинтов. — Но, кроме этого, у нас пока ничего нет. Доедай свое пирожное, мы сейчас нанесем туда визит.

— Понял, — кивнул артиллерист, и пирожное, лежавшее на его тарелке, скрылось из глаз еще быстрее, чем два гривенника в руке станционного смотрителя.

— А ты, Август, — обратился Владимир к поляку, — можешь погулять пока, развеяться. В конце концов, ты вовсе не обязан с нами искать нашего... беспутного друга.

— Да вы что, господа? — обиделся Август. — Как же я могу вас бросить — мало ли что случится! Вдруг вам понадобится моя помощь? Нет-нет, вы от меня не отделаетесь, даже не надейтесь!

— Ладно, — решился Владимир. — Тогда пойдем все вместе.

Он доел мороженое, лучезарно улыбнулся хромоногой девушке, которая по-прежнему подметала пол, и поднялся из-за стола.

ГЛАВА 12

Дом, в котором никто не живет. — Явление ключницы. — Трость, которая ни с того ни с сего вознамерилась поплавать. — Неожиданная находка, проливающая свет на многое.

Владимир толкнул калитку, которая со скрипом отворилась, и трое друзей гуськом зашли в маленький сад, окружавший дом.

«Почему меня не покидает какое-то тягостное чувство?» — спрашивал себя Владимир и не находил ответа.

— Хороший дом, — сказал Добраницкий, важно постукивая по дорожке своей новенькой тросточкой.

Балабуха тревожно кашлянул.

— По-моему... э... тут никто не живет.

Но Владимир только упрямо покачал головой.

— Зачем Жаровкину наблюдать за домом, в котором никто не живет? Кто-то да должен здесь находиться!

— Зачем ему вообще наблюдать за каким-то домом? — упрямо возразил артиллерист. — Какой в этом смысл, объясни мне?

— Может, ваш друг занимался шантажом? — оптимистично предположил Добраницкий. Заметив негодующие взгляды друзей, он только плечами пожал. — А что? Шантаж, если за него браться с умом, — страшно прибыльное дело!

Офицеры переглянулись. В самом деле, шантаж куда лучше, чем продажа секретных сведений, объяснил бы неожиданное исчезновение Жаровкина.

Каждый день он сидел в «Венской усладе»... Каждый день наблюдал за этим домом...

Нет, что-то тут нечисто.

— Что угодно господам? — спросил дребезжащий старческий голос.

И перед троицей друзей предстала древняя сморщенная старуха. На поясе у нее висело множество ключей.

— Э... гм... — сказал Владимир. — Мне говорили, что этот дом сдается.

Он широко улыбнулся, но его шарм, действовавший безотказно на молоденьких девушек, по-видимому, не произвел на старуху никакого впечатления.

— Вы ошибаетесь, — холодно сказала она. — Этот особняк принадлежит покойному графу фон Рихтеру и никогда не сдавался внаем.

«Принадлежит — покойному? — мелькнуло в голове у Владимира. — Как покойному вообще может что-то принадлежать?»

— Скажите, а граф фон Рихтер... — начал он, пытаясь удержать старуху, которая явно собралась выпроводить их отсюда. Но тут в беседу встрял невыносимый Добраницкий.

— Интересно, а граф фон Рихтер — это случайно не тот самый, что был женат на панне Бельской из Варшавы?

Старуха повернулась, на ее лице мелькнуло удивление.

— Верно, сударь, это она самая и есть. А откуда...

— О! — воскликнул Август. — Так я ведь ее дальний родственник! Верите ли, когда-то даже ухаживал за ней, но она предпочла графа. — Август скорбно покачал головой. — Неудачный был брак, весьма неудачный! Говорят, граф был малость не в себе.

— Мир его праху, — кисло сказала старуха. — Должна сказать, сударь, что вы недалеки от истины, хотя так говорить и не подобает.

— Он, кажется, покончил с собой? — с умным видом спросил Август.

— Застрелился, — отозвалась старуха. — Туда ему и дорога, пустой он был человек, пустяковый. — Она прищурилась. — А вы, сударь, значит, поляк?

— Ну разумеется! — обидчиво воскликнул Август, после чего двое компатриотов завязали живую беседу по-польски. Судя по тому, что старуха несколько раз улыбнулась, а однажды даже рассмеялась, отчего морщин на ее лице стало в два раза больше, дело явно шло на лад.

Пока они разговаривали, Балабуха переминался с ноги на ногу, а Гиацинтов стоял в стороне и грыз ногти, как всегда, когда ему приходилось сильно нервничать. С детства он не мог избавиться от этой привычки, хотя прекрасно сознавал, насколько она нелепа.

Наконец Август снял цилиндр, низко поклонился противной ключнице и отпустил ей какой-то витиеватый комплимент, на который она засмеялась и махнула рукой. После чего улыбающийся поляк вернулся к друзьям, а ключница поднялась по ступенькам и скрылась в доме.

— Ну, что? — набросился на Августа Балабуха. — Что она тебе сказала?

— Панна Бель... то есть графиня Рихтер в этом доме больше не живет, — доложил Добраницкий, блестя глазами и покачиваясь на носках. — Уехала в конце апреля, и с тех пор в доме никто не появлялся.

— Скажи, Август, — неожиданно спросил Владимир, — а ты и вправду ей родственник?

— Кому? — поразился Добраницкий.

— Ну, этой... панне Бельской?

— А, так вы об этом? Ну, так все мы друг другу родственники по Адаму и Еве, разве нет? Так что я сказал чистую правду. В свое время панна Бельская пользовалась в Варшаве большим успехом — правда, надо сказать, это было довольно давно. А вообще я ее почти не знал, так, только слышал кое-что.

— В самом деле? — заинтересовался Владимир. — И что же о ней говорят?

Добраницкий пожал плечами.

— Например, что ее муж застрелился, потому что ему опротивело носить рога, которыми она регулярно его украшала.

— Вот бедняга-то! — участливо вздохнул Балабуха.

— И все прочее в таком же роде, — добавил Август. — Но она, по-моему, только была рада овдоветь. Фон Рихтер был довольно богат, и в одной Вене ей досталось в наследство два дома, не говоря уже обо всем прочем.

Владимир нахмурился.

— Два дома? Постой, а второй какой?

— А, не знаю, — махнул рукой Август. — Где-то на озере, не в самом городе, а за городом. Старуха упоминала, что графиня любила туда ездить.

— И ты не спросил у нее адреса? — воскликнул Владимир.

— Ну не спросил, ну и что? — рассердился Август. — Наверняка любой извозчик в Вене знает, где находится загородный дом графини фон Рихтер! Тоже мне, невидаль!

— А ведь точно! — сказал Балабуха. — Ну что, Владимир, едем? Ты ведь у нас главный!

Гиацинтов колебался недолго.

— Едем! — сказал он.

Они покинули сад, сели на первого попавшегося извозчика и велели ему везти себя к загородному дому графини фон Рихтер.

* * *

Далеко за холмами садилось солнце. На поверхности озера покачивались кувшинки, едва слышно шуршали камыши, да кое-где весьма непоэтично квакали лягушки. Какая-то птица в ветвях дерева пела протяжно и настойчиво, и ей отвечала другая, беззаботная и веселая.

Дом стоял недалеко от озера. Собственно говоря, это был не дом, а белая загородная вилла, увитая плющом. На решетчатых воротах подъездной аллеи красовался герб фон Рихтеров с замысловатым девизом: «Quod non ascendam».

— Это что такое? — спросил Балабуха, недружелюбно косясь на него.

— «Чего я только не достиг», — перевел Владимир. — Примерно так.

— И чего он не достиг? — проворчал артиллерист. — Сумасшедшего дома?

— Между прочим, — вклинился в беседу Добраницкий, — я вообще не понимаю, что мы тут делаем. Ворота-то заперты.

Владимир медленно двинулся вдоль берега озера. Балабуха, поколебавшись, зашагал за ним. Август, пожав плечами, присоединился к друзьям, и все трое вступили под тень деревьев.

— Двадцатого апреля, — негромко начал Владимир, глядя куда-то вдаль своими серыми прозрачными глазами, — наш друг Жаровкин пропал из посольства. Как нам удалось выяснить, он для чего-то вел наблюдение за домом графини Рихтер. Вскоре после его исчезновения графиня Рихтер куда-то уезжает, а оба ее дома стоят закрытые. Вы верите в совпадения? Я — нет.

— Ну, смотря в какие совпадения, — весело сказал Август. Он набрал горсть камешков и, зажав трость под мышкой, стоял на берегу и по одному швырял их в воду. — Если твоему партнеру с первой сдачи приходит четыре туза и со следующей тоже, это просто значит, что он не умеет мухлевать, только и всего.

— Август! — укоризненно сказал Балабуха.

— Я просто высказал свое мнение, — объяснил Добраницкий.

— Ты забыл еще об одном обстоятельстве, — заметил артиллерист, обращаясь к Владимиру. — Пока мы ехали сюда, нас дважды пытались убить. Понимаешь теперь, чем все это пахнет?

Владимир ответил не сразу.

— Я предпочитаю думать, что дуэль и нападение разбойников никак не связаны с... с нашей поездкой, — добавил он, покосившись на Августа. — Иначе получается, что кто-то уже все знает о нас... и намерен во что бы то ни стало нам помешать.

Последние слова он произнес вполголоса, чтобы их слышал один Балабуха, однако от молодого офицера не укрылось, что Добраницкий вытянул шею, пытаясь разобрать, что говорит Гиацинтов. Одно это показалось Владимиру очень, очень подозрительным.

— Друзья, — внезапно промолвил Август, — я должен кое в чем вам признаться. Вы так хорошо ко мне относитесь, а я...

— Неужели ты промышляешь шантажом? — поинтересовался Балабуха.

Август вспыхнул.

— Как вы могли так обо мне подумать! Это же черт знает что такое!

— Он пошутил, — примирительно заметил Владимир. — Так что ты собирался нам сказать?

— Я хотел объяснить, — немного остыв, проворчал Август, — что все ваши неприятности исключительно из-за меня. Я же говорил вам, что я невезучий! И вообще...

Договорить он, однако, не успел, потому что неожиданно его нога скользнула по глине. Добраницкий заверещал и отчаянно взмахнул руками, пытаясь удержать равновесие. Трость выпала у него и плюхнулась в воду.

— Караул! — завопил Август. — Моя трость!

Но та уже скрылась под водой.

— Ворона! — сердито буркнул артиллерист.

— Брось, Август, — махнул рукой Владимир. — Пусть ее плывет, купишь себе другую.

— Да на что мне другая, — возмутился Август, — я хочу только эту! Голубчик, — умильно обратился он к Балабухе, — Антоша! Не достанешь ее, а? Вон у тебя какие руки длинные!

Балабуха решительно покачал головой. После пауков он больше всего на свете не переваривал купаний в воде.

— Сам уронил, сам за ней и лезь! — фыркнул он. — Что я тебе, собака, что ли, — бегать за твоей палкой?

— Ах так! — вспыхнул Август. — Я-то, грешный, из кожи вон лез, помогал им, умасливал эту старую ведьму, — господи, если она мне ночью вдруг приснится, я же в тот же миг отдам богу душу! — старался для них, а они... Тоже мне, друзья!

Владимир почувствовал укол совести. Все-таки Август был прав, и они вели себя явно не по-товарищески.

— Ладно, — решился Гиацинтов. — Сейчас я достану твою трость, черт с тобой!

— Вот спасибо! — растрогался Август. — Вот это настоящий друг, не то что некоторые!

Владимир снял с себя обувь и верхнюю одежду. В воде он чувствовал себя как рыба и ничего не боялся.

— Ну, где твоя трость упала?

— Здесь! — кричал Август, показывая на воду у берега.

— А по-моему, там! — поправил его Балабуха.

Владимир вошел в воду и нырнул. Через несколько мгновений он показался на поверхности.

— Эй, Август! Тут ничего нет!

— Неужели пропала? — запричитал Добраницкий, ломая руки. — Господи, какая красивая трость была, я всю жизнь мечтал о такой! Я не переживу, не переживу этого!

Балабуха, который присел на берегу, покусывая травинку, только укоризненно покачал головой.

— Чудак человек! — проворчал он.

Владимир снова нырнул и, отфыркиваясь, вынырнул примерно через минуту.

— Нет? Нет? — стонал Август. — Но куда же она могла деться? Ведь это озеро, не река, и течения тут нету!

— Наверное, легла в ил на дне, — высказал предположение Балабуха.

Владимир ушел под воду и не показывался так долго, что Балабуха даже ощутил некоторое беспокойство. Однако через некоторое время голова Гиацинтова вновь показалась над поверхностью. В правой руке он сжимал заветную трость и торжествующе помахивал ею.

— Нашел! Нашел! — возбужденно закричал Август, приплясывая и хлопая в ладоши. — Нашел!

— Что так долго? — крикнул Балабуха. — Я уж начал было волноваться!

— Да там на дне какая-то веревка за меня зацепилась! — крикнул Владимир, тяжело дыша. — До сих пор еще не отвязалась, по-моему. — Он бросил трость Добраницкому, который ловко подхватил ее.

— Ну вот и ладушки, — сказал Балабуха. — Вылезай!

Однако, к его удивлению, Владимир только махнул рукой и вновь нырнул под воду.

— Что это с ним? — забеспокоился Август.

— Понятия не имею, — проворчал гигант.

Через минуту Владимир вновь показался из воды и зашагал к берегу, таща что-то за собой.

— Что ты там нашел? — с любопытством спросил артиллерист, подходя ближе. — Клад, что ли?

— Нет, — коротко ответил Владимир. — Просто мне стало любопытно, что это за веревка такая.

И вслед за этим он вытащил из воды здоровенный камень, замотанный в какие-то тряпки и обвязанный веревкой. От долгого нахождения в воде веревка размокла, и один ее конец действительно зацепился за щиколотку молодого офицера.

— Пока я вижу только камень, — объявил Август. — Зачем он вам?

Не отвечая, Владимир выбрался на берег и подтащил камень поближе, после чего распутал веревку и размотал тряпки. Ярко светило заходящее солнце, и в камышах по-прежнему одуряюще громко квакали лягушки.

— По-моему, это когда-то было сюртуком, — глубокомысленно изрек Балабуха. — А та желтая тряпка, похоже, была раньше жилетом. И что?

— Посмотри на пуговицы на жилете, — велел Владимир.

— Ну костяная пуговица, ну и что? — проворчал артиллерист. — Постой. Кажется, я недавно видел что-то похожее...

— Точно такие же пуговицы были на жилетах Жаровкина, — кивнул Владимир. — Видишь на ткани дыру и темные разводы? Лично я полагаю, что это след от ранения каким-то холодным оружием... и кровь. Понимаешь теперь, что все это значит?

ГЛАВА 13

Непреложные умозаключения. — Предложение ретироваться, пока ситуация не сделалась еще хуже. — Преимущества малого перед великим. — Открытие, сделанное благодаря мышиному бегству.

— Ты имеешь в виду, — медленно начал Балабуха, — убийство?

— Сам посуди, — отозвался Владимир. — Человек ни с того ни с сего бесследно исчезает, зато совершенно случайно мы находим его одежду. На ней след от ранения, возможно, смертельного, если судить по характеру нанесенного удара. Чтобы никто никогда не узнал о случившемся, одежду сняли, обернули ею тяжелый камень, для надежности обвязали его веревкой и утопили в озере. Тело, вероятно, вывезли куда-то и зарыли... зарыли, как я полагаю, там, где никому в голову не придет его искать. Не забудь еще о том, что наш Жаровкин для чего-то следил за домом графини Рихтер...

— Я же говорил, все дело в шантаже, — вмешался невыносимый Август. — Если взяться за него не так, как нужно, можно схлопотать нешуточные неприятности. Я мог бы рассказать вам не одну душераздирающую историю о том, как...

— Август!

— Пока у нас нет никаких доказательств того, что Жаровкин занимался шантажом, — напомнил Владимир, натягивая свою одежду. — И вообще, если ты знаком с графиней Рихтер...

— Я ее видел всего раз или два, — отозвался Добраницкий, — по-твоему, это можно считать знакомством? Вот с ее кузиной Изабеллой я был... э... некоторое время знаком.

— И близко? — ехидно спросил Балабуха.

— Ближе, чем следовало бы, — вздохнул Август. — По правде говоря...

— Август, — вмешался Владимир, — если честно, нас сейчас не интересует кузина Изабелла. Скажи мне лучше вот что: по рассказу ключницы получается, что графиня — вдова и, так сказать, вполне свободная женщина. Чем ее можно шантажировать, чтобы вызвать такую реакцию?

— Понятия не имею, — пожал плечами Добраницкий. — Но все Бельские слегка не в себе. Я совершенно точно знаю, что панна Изабелла, к примеру, жила со своим учителем французского, но по ее виду ты бы ни за что этого не сказал. А после учителя французского у нее был лакей, а после лакея — повар, а после повара — не помню, кто еще, и когда родители решили выдать ее замуж...

— Август, — прервал его Владимир, — я очень ценю твои познания, но, ей-богу, сейчас нам надо подумать, что делать дальше. Одежду Жаровкина мы нашли, но мы до сих пор ничего не знаем об обстоятельствах его смерти, а между тем это может быть очень важно.

— А по-моему, вы знаете все, что вам нужно, — парировал задетый за живое поляк. — Он вляпался в какую-то скверную историю и был убит. Этого, по-моему, вполне достаточно, чтобы забросить ваш камень обратно в озеро, вернуться в Вену и съесть еще немного чудесных пирожных, потому что нигде в мире их не умеют готовить так, как здесь.

Говоря, он сделал несколько шагов прочь, но, видя, что друзья не следуют за ним, остановился.

— Мы никуда не пойдем, — сказал Балабуха, хмуря свои густые брови. — Потому что мы должны понять все до конца.

Владимир сосредоточенно размышлял, то и дело поглядывая на красивый, ко всему безразличный дом за запертыми воротами. Ах, Жаровкин, Жаровкин... В какую же историю ты влез? Кому помешал настолько, что эти люди не остановились даже перед тем, чтобы тебя убить? Графине фон Рихтер, урожденной Бельской? Или кому-то еще? Что вообще за человек эта графиня, если не считать сплетен о ее увлечениях и застрелившемся муже? Темно, темно, темно, как в... чернильнице.

Нет, Балабуха определенно прав: надо будет все прояснить.

— Антон Григорьич, — негромко спросил Гиацинтов, — пистолеты при тебе?

— Так точно, — ответил несколько удивленный гигант.

— Тогда пошли, — распорядился Владимир.

— Куда?

— В дом.

Балабуха нахмурился. В некоторых случаях он умел соображать очень быстро.

— Думаешь, его там убили?

— Я не исключаю такой возможности. — Владимир, поморщившись, одернул рукава, прилипавшие к мокрому после купания телу, и поправил свои пистолеты. — Идем! А ты, Август, если хочешь, можешь возвращаться в Вену.

— Как это возвращаться, — возмутился их спутник, — а если вам понадобится помощь?

— У тебя есть оружие? — спросил Балабуха.

— Нет, — честно ответил Август. — Но если что, я буду громко кричать «караул».

— Очень это нам поможет! — проворчал артиллерист.

— Пусть идет с нами, если хочет, — вмешался Гиацинтов. — Только лучше держись сзади, а то мало ли что.

— Конечно, я буду держаться сзади, — успокоил их Добраницкий. — Впереди вы меня все равно идти не заставите.

— А что будем делать с одеждой Жаровкина? — спросил Балабуха. — Возьмем ее с собой?

Владимир задумался.

— Лучше, если у нас руки будут свободны, — сказал он наконец. — Оставим ее пока здесь, а на обратном пути заберем.

И трое друзей двинулись к воротам. Заходящее солнце золотило деревья в саду. Высокая ажурная решетка, окружавшая его, была не менее чем в полтора человеческих роста высотой.

Балабуха вздохнул, взялся за два соседних прута решетки и, крякнув, попытался их раздвинуть.

— Должен вам сказать, — выпалил Август, наблюдая эту картину, — что я воспитан в уважении к частной собственности.

— Тогда возвращайся на берег и стереги одежду, которую мы нашли, — отозвался Владимир.

— Вообще-то, — кашлянув, заметил Добраницкий, — больше всего я уважаю свою собственность, а к чужой почему-то не питаю особенного почтения. И вообще, я не представляю, кому могут понадобиться тряпки, которые вы нашли, так что никуда я не пойду. Даже не надейтесь!

Лицо гиганта сделалось совсем багровым, но ему удалось лишь незначительно сдвинуть прутья, и человек между ними пролезть бы точно не смог.

— Брось, Антон! — наконец сказал ему Владимир. — Попробуем перелезть поверху.

— Ты видел, какие там копья торчат? — проворчал Балабуха. — Совсем как наши русские штыки!

— Дайте-ка мне попробовать, — вмешался Добраницкий, подойдя к воротам.

Гигант весьма иронически поглядел на него сверху вниз.

— Август, ты что, хочешь в одиночку их открыть? Не выйдет. Там такой замок, что даже мне его не сорвать.

Август важно поднял указательный палец.

— Иногда господь избирает малое мира сего, чтобы посрамить великое, — объявил он, после чего нырнул в карман и извлек из него нечто вроде дамской шпильки. Владимир вытаращил глаза, а Добраницкий меж тем вручил ему свою трость, повернулся к воротам и стал колдовать над замком. Через полминуты ворота с тихим вздохом растворились.

— Вуаля, — важно сказал Добраницкий, разгибая чудо-шпильку и пряча ее в карман. — Прошу, панове.

— Ну ты и молодец, Август! — в восхищении промолвил Балабуха. — И как это у тебя получилось?

— Просто применяю некоторые полученные ранее знания, — объяснил Август, напыжив грудь и слегка покачиваясь на носках.

— А у тебя из-за этих знаний не было случайно столкновений с законом? — невинно осведомился Владимир, возвращая ему трость.

— Что вы, господа! — обиделся Добраницкий. — Я же себе не враг, в конце концов! И вообще, если хотите знать, я самый законопослушный человек на свете!

— Мы тебе верим, верим, — успокоил его Владимир. — Только ты на всякий случай держись сзади, а то мало ли что.

— Хорошо, — покорно сказал Август и юркнул за широкую спину артиллериста.

Владимир вытащил пистолет и двинулся вперед. Балабуха последовал его примеру.

* * *

Солнечные лучи, проходя сквозь окна, ложились на плиты пола большими скошенными прямоугольниками света. С первого взгляда было заметно, что тут уже много недель никто не жил. Зачехленная мебель, роскошные люстры, закутанные в мягкую ткань... На стенах — щиты, древнее оружие, там и сям — фигуры рыцарей в полных доспехах, стоящие в нишах. Но приподними забрало — и под ним обнаружится пустота... Владимир бесшумно подошел к лестнице и провел пальцем по перилам. На пальце остался белый след. Пыль... Всюду пыль...

— А, черт подери! — завопил Балабуха.

Добраницкий от избытка ума только что с жутким грохотом опрокинул фигуру одного из рыцарей, которую хотел, очевидно, рассмотреть поближе. Заржавленные доспехи рассыпались по полу.

— Идиот! — прошипел гигант, кое-как оправившись от испуга.

— Я ничего, я случайно! — оправдывался поляк.

Артиллерист только погрозил ему кулаком.

— Осмотрите дом, — сказал Владимир, дернув щекой. — Все комнаты, все помещения! Ни одного не упускайте!

— А что именно мы ищем? — приободрившись, спросил Август.

— Что-нибудь, — ответил Владимир.

— Ладно, — покладисто согласился поляк, хотя ровным счетом ничего не понял.

Друзья рассыпались по дому. Верный своей привычке, Добраницкий прежде всего зажег свечу и наведался в погреб, но нашел там всего несколько бутылок вина и одну бочку, судя по всему, порожнюю. Пожав плечами, Август засунул за отворот сюртука одну из бутылок, которая показалась ему больше всего заслуживающей внимания, пригладил волосы и двинулся наверх.

Гиацинтов осматривал помещения на втором этаже. Он выдвигал ящики комодов, открывал секретеры, рылся в шифоньерах. Какие-то тряпки, изъеденные молью... Высохший кусок сыра, такой черствый, что давным-давно превратился в камень... Сломанный кий... Кусок мела... А это что? Письмо на французском...

«Милостивый государь, благодарю за оказанную нам честь стать крестным отцом нашей дочери...»

Бумага слегка пожелтела на сгибах. Владимир бросил взгляд на дату. 1762 год.

Все не то. Все мимо...

Балабуха меж тем облюбовал первый этаж. Он прогулялся в кухню, заглянул зачем-то во все кастрюли — они были пусты, но одним своим видом приятно напоминали о пище. Гиганту до ужаса хотелось есть. В «Венской усладе» он так, чуток перехватил пирожного, можно сказать, только на зуб положил. Но, тщательно обследовав кухню, артиллерист обнаружил только заплесневелый кусок хлеба и, крайне недовольный, пошел осматривать другие помещения.

«А все-таки молодец этот Гиацинтов... — подумалось ему, когда он стоял на пороге утлого чуланчика, в котором как попало была свалена всякая старая рухлядь. — В первый же день, можно сказать, сделали дело... Теперь уж нас Чернышёв точно не сможет обвинить, что мы не справились с заданием».

Владимир меж тем закончил обыскивать очередную комнату и перешел в соседнюю. В сундуках лежали какие-то обветшалые ткани. Заметив столик с выдвижными ящичками, Владимир подошел и стал один за другим их вытаскивать.

Пачка затупившихся перьев... Давно пора их выбросить. Медальон с миниатюрой... На обратной стороне миниатюры надпись: «Камилла фон Рихтер. 1802 год».

Мимо.

Владимир извлек следующий ящик. В нем сидела маленькая серая мышка с умненькими глазками и длиннющим хвостом.

Не успел молодой офицер и глазом моргнуть, как мышка выскочила из ящика, приземлилась на лежащий на полу ковер и что есть духу кинулась бежать по нему в угол комнаты, где, очевидно, находилась спасительная норка.

— Сюда! Скорее сюда!

Услышав этот вопль, Балабуха опрометью кинулся прочь из чулана, но не рассчитал, что дверца была чересчур низка по его росту, и с размаху как следует приложился лбом о притолоку. Добраницкий, в это мгновение поднимавшийся по лестнице на второй этаж, подскочил на месте и бросился вверх, но запнулся о ступеньку и всем телом рухнул вперед.

— Сюда, скорее! Да где вы там все пропадаете!

Когда Балабуха и Добраницкий, отталкивая друг друга, наконец ворвались в комнату, где находился Владимир, они застали крайне странную картину. Их друг и предводитель стоял в углу на коленях и, отвернув угол ковра, изучал пол.

— Что, что такое? — возбужденно вскричал Балабуха.

— Дело в том, что... — начал Владимир, но тут бросил взгляд на Добраницкого и оторопел: — Август! Ты что, ранен?

— Я? — поразился тот. — Как? Куда?

— Да вон же, у тебя кровь течет! Так и хлещет!

— Кровь? — застонал Август. Поглядев на свой сюртук, он обнаружил на нем здоровенное кровавое пятно. — Ой! — Он закатил глаза, очевидно, собираясь уже падать в обморок, но все же догадался сунуть руку за отворот сюртука. — Ах ты черт! — выругался он. — Бутылка!

— Какая еще бутылка? — поразился Балабуха.

— Бутылка разбилась, когда я упал на лестнице, — горестно объявил Добраницкий, облизывая пальцы. — А вино-то, кстати, было очень даже ничего!

— Что за бутылка, откуда она взялась? — не отставал Владимир.

Август смущенно почесал нос.

— Из погреба, — нехотя признался он. — Тут, внизу.

— Август, — не выдержал Балабуха, — ты осел!

— А, а! — вскричал рассерженный поляк. — Осел, значит, да? А камень кто нашел? Тот самый, с одеждой? Если бы не я...

— Август!

— Если бы не моя трость, вы могли бы год ходить мимо этого озера и ничего бы не заметили!

— Август, — кротко сказал Владимир, — ты молодец. Помолчи только немного, ладно?

— Да я вообще ничего не говорю! — возмутился Добраницкий. — Очень надо!

— Ты что-то нашел? — спросил Балабуха у Владимира.

Тот кивнул и рассказал друзьям, что, когда из ящика стола выскочила мышь, она пробежала по ковру. Владимир машинально проводил ее взглядом и тут заметил на ковре какое-то подозрительное темное пятно.

— Кровь, — мрачно сказал артиллерист. Владимир утвердительно кивнул.

— На всякий случай, — объяснил он, — я приподнял ковер и на полу, возле самого края, обнаружил вот это.

— Дайте, дайте мне взглянуть! — нетерпеливо вскричал Добраницкий и, оттеснив гиганта, наклонился над полом. — Тут что-то написано! И буквы какие-то странные!

— Он писал своей кровью, — угрюмо ответил Гиацинтов.

На светлом полу явно виднелся ряд жирных, дрожащих, неуверенных букв. Их очертания сильно смазались, и все же написанное вполне можно было прочесть.

— Первая «с», — сказал Балабуха, морща лоб. — Вторая...

— «Е», нет, не «е»...

— Похоже на латинское «h», — неожиданно сказал Добраницкий. — Потом «е»...

— И латинское «m»... Chem...

— Эта черточка — «i», клянусь!

— Ну да, ну да, верно... А в конце... «n».

— Chemin, — прочитал вслух Владимир. — Да, верно... Chemin.

ГЛАВА 14

Место преступления. — Неописуемое коварство невидимого агента Сотникова. — Артиллерист свирепствует. — Озарение, которое нуждается в разъяснениях.

Первым нарушил внезапно наступившее молчание Балабуха.

— Значит, — тяжелым голосом сказал он, — его убили в этой комнате... то есть они думали, что убили его... Какое-то время он еще оставался жив и, лежа на ковре, истекая кровью, ухитрился незаметно написать на полу это слово... Наверное, ему было очень тяжело — вон какая в конце слова жирная черта... Он терял силы...

Добраницкий нахмурился.

— Chemin — это по-французски дорога? — внезапно спросил он.

— Верно, — сказал Гиацинтов.

— В смысле, дорога, которая ведет сюда? — уточнил Август. — Или имеется в виду какая-то другая дорога?

Офицеры озадаченно переглянулись.

— Что-то непонятно, — признался Балабуха.

— Вот-вот, и мне тоже, — закивал Добраницкий. — Положим, если бы я лежал в этой комнате — брр! — и истекал кровью, то я первым делом озаботился бы написать имя человека, который меня убил. При чем тут какая-то дорога и зачем, если уж на то пошло, писать ее по-французски?

— Мне кажется, я понял, — медленно промолвил Гиацинтов. — А ты, Антон?

— Э... гм... Кажется, я тоже понял, — нерешительно сказал Балабуха, косясь на него.

Владимир вернул угол ковра на место и поднялся на ноги.

— Вот что, друзья. Возвращаемся на берег озера. О том, что мы были в доме, никому ни слова. Август! Ты запрешь ворота, чтобы не было заметно, что мы тут побывали. Антон! Ты заберешь одежду. Она послужит доказательством того, что Жаровкин исчез не просто так, что его убили... И, конечно, графа Адлерберга тоже придется поставить в известность.

— В известность о чем? — сухо спросил гигант. — Тела нет! Жаровкина мы так и не нашли! И мы даже не знаем, за кем он следил из «Венской услады», как попал в этот дом, что тут делал и почему погиб! Ты вообще понимаешь, что по большому счету нам ничего не ясно?

Владимир искоса взглянул на него. Нет слов, иногда Балабуха умел рассуждать более чем здраво.

— В таком случае мы расскажем только то, что знаем наверняка. А если граф станет задавать вопросы, намекнем, что нам начальство запретило разглашать детали. И вообще, не зря нас в Петербурге так высоко ставят.

— Кто ставит? — поинтересовался Добраницкий.

— Да так, никто, — отмахнулся Балабуха. — Если говорить по справедливости, то просто чудо какое-то, что спустя столько времени мы хоть что-то нашли. Нам фантастически повезло!

— Да уж! — вздохнул Август и, свесив голову, стал уныло смотреть на безнадежно погубленный сюртук.

Через минуту наши герои покинули зловещий дом. Добраницкий запер ворота тем же манером, каким отворил их, и троица искателей приключений поспешила на берег озера, где их ожидал сюрприз.

Одежда убитого письмоводителя бесследно исчезла. Также исчез и камень, который ею обернули, прежде чем бросить в воду, и веревка, которой ее обвязали. Солнце по-прежнему золотило листву деревьев, и по-прежнему над озером щебетали птицы, но теперь в их пении Владимиру чудилось нечто зловещее, и он не без трепета задумался о том, какая же сила им противостоит.

Надо полагать, что Гиацинтова охватил бы еще больший трепет, если бы он узнал, что вскоре после того, как он с товарищами покинул дом, один из рыцарей в заржавленных доспехах ожил. Случилось это вовсе не по мистическим причинам, а из-за того, что внутри доспехов прятался неизвестный, который слышал разговоры наших героев от первого до последнего слова.

Бормоча себе под нос разные нелестные слова в адрес Августа, который опрокинул стоящего неподалеку рыцаря и едва-едва не обнаружил его собственное укрытие, неизвестный пробрался в комнату, где истекающий кровью письмоводитель написал странное послание, и принялся оттирать кровавые буквы. Через некоторое время от них не осталось и следа, а таинственный незнакомец покинул дом так же незаметно, как и явился в него. Далее он направился к отдаленному углу сада, где под раскидистым дубом безмятежно спали три здоровенных пса, о существовании которых наши герои даже не подозревали. На мгновение незнакомца охватил соблазн погладить собак, которых он не далее как час тому назад ловко усыпил с помощью начиненной снотворным приманки, но он рассудил, что лучше проявить свою любовь к животным в другое время и при других обстоятельствах. Подтянувшись на руках, незнакомец ловко перемахнул через ограду и зашагал к ожидавшей его неподалеку карете с наглухо зашторенными окнами.

* * *

Поздним вечером этого перенасыщенного событиями дня Гиацинтов сидел в комнате, которую ему отвели в посольском особняке, и сочинял донесение его превосходительству графу Чернышёву. Владимир любил изящный слог и питал склонность к хорошей литературе, но вот официальное крючкотворство никак ему не давалось, и фразы на бумаге выходили одна несуразнее другой.

«Ваше превосходительство,

имею честь доложить вам, что письмоводитель Жаровкин покамест не был нами обнаружен, однако его одежда нашлась на дне прелестного озера в окрестностях Вены...»

Нет, упоминание о прелестях озера никуда не годится. Чего доброго, военный министр усмотрит в нем неуместный сарказм со стороны стоящего ниже по званию, и тогда жди неприятностей. Лучше всего просто изложить все факты и не забыть подчеркнуть то обстоятельство, что неопровержимые улики, доказывающие гибель письмоводителя, были найдены офицерами в первый же день по прибытии в Вену. Пусть наверху как следует оценят их усердие, и неважно, что у этих улик вдруг выросли ноги и они куда-то скрылись, оставив своих открывателей с носом.

«Ваше превосходительство, приехав в Вену, мы с господином Балабухой немедленно принялись за работу. Осмотрев вещи исчезнувшего господина Жаровкина, мы обнаружили среди них обрывок счета, на котором сохранилось название заведения. С помощью господина Добраницкого...»

Так, а теперь, пожалуй, придется объяснять, что это за господин Добраницкий и откуда он вообще взялся, а на это, между прочим, уйдет не одна страница. Между тем донесение-то пишется вовсе не о господине Добраницком, а о господине Жаровкине Сергее Алексеевиче, который вел весьма подозрительный образ жизни и пропал при соответствующих обстоятельствах. Вздохнув, Владимир принялся переписывать донесение в третий раз, меж тем как в голове его текли мысли, одна причудливее другой.

Ах, ваше превосходительство, если бы вы знали, до чего же я устал! Глаза слипаются, и неудержимо тянет ко сну, а между тем надо еще написать вам подробный отчет, чтобы он ушел завтра утром с дипломатической почтой... Что же вам угодно знать, ваше превосходительство? Похоже, вы больше не увидите пропавшего письмоводителя, и он никогда не будет сочинять ни писем, ни каких-либо иных бумаг... Мертв он, злодейски убит, ваше превосходительство! Кем и за что — это еще предстоит установить... Возможно, тут замешана графиня Рихтер, а возможно... возможно... Все дело в том, что мы пока еще ничего толком не знаем, ваше превосходительство! Взять хотя бы этого самого Жаровкина — он ведь был довольно-таки странной личностью... Зачем-то следил за ее домом — зачем? Для чего ему далась эта эксцентрическая женщина, жившая весьма и весьма свободной жизнью? А может быть, прав Добраницкий, и Жаровкин между делом пытался шантажировать ее, за что и поплатился? Одни вопросы, слишком много вопросов... Но, ваше превосходительство, можете не волноваться, мы отыщем на них ответы, чего бы это нам ни стоило. Ведь не зря мне та цыганка нагадала почести, опасности, славу и любовь... Любовь, да... и у нее глаза, как у той... как у женщины в замке, которая мне приснилась, когда я выпил слишком крепкого вина... Белое платье с цветами...

Свеча оплывала... Уронив голову на руки, Владимир спал, в то время как в другой комнате того же самого особняка кто-то прилежно скрипел пером по бумаге, выводя слова донесения, обращенного все к тому же самому военному министру графу Чернышёву.

«Его превосходительству.

Срочно. Секретно. В собственные руки.

Имею честь довести до сведения вашего превосходительства, что одежда пропавшего без вести господина Жаровкина с неопровержимыми доказательствами насильственной смерти была найдена мною сегодня, в самый день приезда в город Вену. К величайшему моему сожалению, сопровождающие меня офицеры не остановились перед тем, чтобы присвоить себе честь моего от-

крытия. Так, господин Гиацинтов без обиняков заявил его сиятельству графу Адлербергу, что именно они с господином Балабухой обнаружили одежду письмоводителя в озере, расположенном рядом с загородным домом графини Рихтер, однако не смог предъявить оную одежду, сославшись на то, что эта важная улика является тайной следствия, которое он ведет по вашему распоряжению. Вообще самонадеянность господ Г. и Б., которые искренне считают, что раскрыли это сложное дело, представляется мне поистине смехотворной, тем более что они не знают даже половины обстоятельств происшедшего. Впрочем, согласно инструкциям, которые мне дало ваше превосходительство, я не мешаю господам офицерам пребывать на ложном пути, сколько им заблагорассудится.

Засим остаюсь

преданнейший, покорнейший и наипочтительный
раб вашего превосходительства
агент Никита Сотников».

* * *

Странным образом в посольстве стало сразу же известно о том, что письмоводитель погиб при странных обстоятельствах, хотя граф Адлерберг клятвенно заверил Владимира, что никому не скажет ни слова о его открытии. Заутреня, состоявшаяся на следующий день в маленькой посольской церкви, до странности напоминала отпевание, и на нее явились все служащие миссии, нацепив на физиономии подобающее случаю сдержанно-скорбное выражение. Постояли, повздыхали и разошлись.

— Интересно, кого теперь возьмут на место Жаровкина? — спросил тоненький, вертлявый, жидкоусый

Петр Евграфович Дорогин, отвечавший за снабжение посольских бумагой, перьями, свечами и прочими мелочами.

— Уж, верно, пришлют кого-нибудь, — отвечал второй письмоводитель Александр Чечевицын, утирая платком покрасневшие глаза.

Он посторонился, давая дорогу Дорогину, который шел под руку с супругой. Лицом супруга напоминала кабачок, фигурой — тыкву, а носом — редьку. При всем при том она искренне полагала себя красавицей.

— Как все это ужасно! — пожаловалась она Владимиру, манерно оттопырив мизинчик руки, в которой держала батистовый платок. Пальчик, кстати сказать, весьма походил на венскую сосиску. — Бедный, бедный Сергей Алексеевич! Какая ужасная, невыносимая судьба!

Владимир не успел ничего ей ответить, потому что снаружи внезапно раздались грозные вопли, несовместимые с церковным благолепием, и Гиацинтов поспешил на шум. Выскочив из дверей, он застал такую картину: дюжий Балабуха держал за ворот беднягу кучера и от души угощал его хорошими пинками. Кучер только ойкал и бормотал нечто невразумительное.

— Антон! — крикнул Владимир. — Ты что это, а?

Балабуха в сердцах отвесил кучеру такого пинка, что ворот, за который он держал беднягу, с треском оторвался, и Степан рухнул в пыль.

— Что, что! — прорычал разъяренный артиллерист. — Образина бородатая! Лошадь больна, еле дышит, а он, скотина, даже посмотреть не удосужился, что с ней! Я бы его, — бушевал Балабуха, — самого бы в карету запряг и кнутом, кнутом бы его хорошенько! Уж он бы у меня узнал, как животных мучить!

Он грозно обернулся к кучеру, но тот, почуяв, что забава еще далеко не кончилась, с неожиданной резвостью вскочил на ноги и под дружный хохот других кучеров бросился бежать.

— Тьфу! — плюнул Балабуха и отшвырнул оторванный ворот. — С души воротит, честное слово!

— Полно тебе, Антон, — сказал ему Владимир. — Отойдем-ка в сторону, у меня до тебя дело есть.

Вмиг успокоившись, артиллерист последовал за своим приятелем.

— Раз уж ты вчера понял, в чем суть, — начал Владимир, понизив голос, — для тебя это не будет новостью.

Балабуха насупился.

— Ты это о чем? — спросил он, исподлобья глядя на Владимира.

Гиацинтов тяжело вздохнул.

— Ну, то слово... Которое под ковром...

— Chemin, что ли?

— Ну да! Ты что, не сообразил? Chemin — это же дорога! А как зовут приятеля Жаровкина? Дорогин!

ГЛАВА 15

Тайная жизнь обыкновенного посольского служащего. — Жадность и расточительство, идущие рука об руку. — Чрезмерная сметливость Августа. — Правда выходит наружу.

План Владимира был прост. Поскольку надпись под ковром, выведенная кровью, неопровержимо указывала на участие Дорогина в этом деле, следовало установить за королем перьев и сальных свечей наблюдение.

Кроме того, поскольку Жаровкин был убит в доме графини Рихтер, Владимир написал обстоятельное донесение в Петербург и запросил подробные данные на нее, желательно как можно скорее. Ведь графиня была из Варшавы, являвшейся частью Российской империи, следовательно, какое-то время числилась российской подданной.

Поручив Балабухе слежку за подозрительным Дорогиным, Владимир ссудил Добраницкому денег и отправил его играть. Хотя Август был симпатичен офицерам, тем не менее Гиацинтов не считал нужным посвящать его в их дела. Сам же Владимир приготовился ждать результатов слежки и ответа из Петербурга, который пролил бы свет на личность подозрительной графини.

Через несколько дней Балабуха принес важные вести.

— Ты знаешь, я везде следую за Дорогиным и ни на минуту не упускаю его из виду. Как тень!

— И? — спросил Владимир.

Балабуха со значительным выражением наморщил лоб.

— Должен тебе сказать, он очень много времени проводит вне посольства!

Гиацинтов мгновение подумал.

— Ну, наверное, ему приходится ходить и покупать всякие мелочи...

— Ничуть не бывало, — перебил его Балабуха. — Вот послушай, что я выяснил. Все товары закупаются в получасе ходьбы от посольства, в двух разных лавках. Дорогин...

— Постой, — перебил его Владимир. — Но ведь я видел писчебумажную лавку совсем недалеко от нас. Для чего же...

— Вот то-то и оно! Хозяева тех лавок — большие шельмы. Они продают Дорогину самый дешевый товар, но счета пишут ого-го какие, а он взамен дает им процент. Понятно?

— Процент за то, что они его обворовывают? — поразился Владимир.

— Да нет же! Платит он им по обычной цене, просто для посольства они составляют большие счета, а за эти счета он немножко приплачивает хозяину. Разницу между истинным счетом и заявленным Дорогин кладет себе в карман. Ясно?

— Теперь — да, но, извини меня, это ничуть не проясняет для нас, почему был убит Жаровкин. Допустим, Дорогин — вор, и что с того?

— Он не только вор, — мрачно сказал Балабуха. — Он вообще крайне подозрительно себя ведет. Вчера я вел его целый день. Он купил бутылку дорогого одеколона, потом пару шелковых жилетов, а потом завернул к ювелиру. Покупал у него какую-то драгоценность, а какую, я не разглядел.

— Может быть, для жены? — предположил Гиацинтов оптимистично.

Балабуха с укоризной поглядел на него.

— Для Марьи Ильиничны? Ты что! Я недавно с ней разговаривал. Последний раз она видела от него подарок на день ангела шесть лет тому назад. И дома у него, между прочим, никакого одеколона не значится, а все жилеты ему вывязывает супруга, и еще он грызет ее за то, что она вечно покупает все слишком дорого. А бедняжка уже и забыла, когда она в последний раз покупала что-то не по бросовой цене. Вообще, по отзывам посольских, этот Дорогин — такой жлоб, какого свет не видел, а между тем я сам наблюдал, как он швыряет деньги на о-де-виолетт[1] и ювелиров. Воля твоя, Владимир Сергеич, тут что-то не сходится. Или человек жаден до того, что трясется из-за каждого гроша, и эту жадность из него ничем не выбьешь, или он сорит деньгами направо и налево на шелка и бриллианты, — но не все сразу. А если...

— Хорошо, я тебя понял, — перебил его Гиацинтов. — Ты, главное, не упускай этого Дорогина из виду. Ясно, что он не так прост, но и мы же не пентюхи, верно? Так что с твоей помощью мы его расколем, и никуда он от нас не денется!

Пока Балабуха выслеживал двуличного Дорогина, Владимир Сергеевич тоже не терял времени даром. Он опросил посольских работников, которые хоть как-нибудь соприкасались с Жаровкиным, на предмет того, какого они были мнения о последнем и вообще какое впечатление на них производил этот человек. Тщательно сопоставив полученные сведения, Гиацинтов пришел к довольно любопытным выводам. По словам знавших письмоводителя людей, Жаровкин был словоохотлив, но при этом он ни разу, ни в одном разговоре не проболтался о себе. Никто не знал, кто были его отец и мать, из какого он был сословия, в какой губернии появился на свет. Говорили, что он получил место по протекции какого-то значительного лица, но что это было за лицо, тоже выяснить не удалось. Ничего не было известно ни о родственниках письмоводителя, ни о возможных возлюбленных. Одним словом, Сергей Алексеевич Жаровкин представлялся довольно-таки загадочной личностью.

«Но ведь откуда-то он должен был взяться, а кого попало на посольскую службу не берут... Его присла-

[1] Фиалковую воду (*франц.* eau de violette).

ли из Петербурга, стало быть, у него имелись рекомендации... Чьи? Где он работал до того, как оказался в Вене? Что за лицо ему покровительствовало? И как странно — все отмечают его общительность, в то время как он ни разу не проговорился о том, что касалось его лично... а девушка из «Услады» отметила, что он вообще был очень молчалив... целыми часами сидел в засаде, все подстерегал кого-то... выжидал... Что же это был за человек на самом деле?»

Ответ на этот вопрос пришел совершенно неожиданно, и принес его не кто иной, как Август Добраницкий. Однажды, когда Балабуха явился к Гиацинтову с очередной порцией сведений о Дорогине, который час от часу делался все подозрительнее, дверь неожиданно отворилась, и на пороге возник поляк. Судя по блеску голубых глаз, Август был сильно навеселе.

— Ты что, Август? — удивился Владимир.

— Да так, — беспечно ответил Добраницкий. — Шел мимо, дай, думаю, загляну... Долг отдать, опять же...

И на стол возле Гиацинтова плюхнулся увесистый мешочек с золотом.

— Неужели выиграл? — поразился Балабуха.

— Весь день играл, — жалобно сказал Август, падая в кресло. — Столько денег, столько денег... — И он стал вытаскивать из карманов пачки кредитных билетов. — Друзья! Я должен вам сказать... ик... одну вещь... С тех пор как я с вами... ик... мне ужасно везет!

— Ну, нам с тобой тоже повезло, — заметил Балабуха, подмигнув Гиацинтову.

— Я никогда еще не был таким везучим, — простонал Август, роняя кредитки и раскачиваясь всем телом. — Нет, чес... честно! И главное, я понял. Не сразу, но все-таки понял! Вы ведь шпионы, да? Господи, как я счастлив!

— Ты что это плетешь, а? — насупился Балабуха.

Август поглядел на него и разразился хохотом.

— Нет, ну вы посмотрите! Кого он хочет обмануть! Меня! Да меня ни один...

— Август, — мягко вмешался Владимир, как следует пнув под столом Балабуху, — не знаю, что тебе в голову взбрело, в самом деле. Мы просто приехали в Вену, чтобы найти нашего старого друга...

— Очень уважаемого человека, — прогудел Балабуха.

— Нет, это потрясающе! — сказал Добраницкий потолку, улыбаясь блаженной улыбкой. — Двух человек шлют в Вену из самого Санкт-Петербурга, чтобы они нашли пропавшего письмоводителя... а, господа, кому нужны ваши сказочки? Да ежели бы он был простым письмоводителем, кому он был бы нужен, даже если бы его разрезали на сорок частей и выстрелили им из пушки? Признайтесь уж лучше, что он был вашим коллегой и пострадал... ик... за интересы профессии.

Владимир остолбенел.

— А кто тебе, собственно, говорил, что нас прислали из Петербурга, а? — вкрадчиво поинтересовался Балабуха.

— Да об этом всем посольским слугам известно! — пожал плечами Август. — Еще до вашего приезда сюда прибыла какая-то грозная депеша из столицы — насчет вас, — из-за которой посол, говорят, даже сон и покой потерял. Я и раньше, честно говоря, удивлялся, отчего слуги в посольстве так ко мне... все на цыпочках да на вы... с почтеньицем, значит... А сегодня швейцар не утерпел и все выболтал! И тут я все понял! Мгновенно! Слуги-то думали, что этот Жаровкин был важной персоной... тоже мне, важная персона — один запасной сюртук да ночной горшок! Чудес не бывает, сказал я себе, стало быть, ценность этого человека была совсем в другом! В чем же? И тут меня постигло... ик... озарение! Наблюдал он, значит, за домом! А для чего, спрашивается? Ага! Потому что служба у него такая!

И Добраницкий икнул так громко, что чуть не свалился со стула.

— Август, — тихо сказал Владимир, — ты гений. А я болван.

Балабуха яростно дернул себя за ус.

— Жаровкин? — промолвил он скорее утвердительно, чем вопросительно.

— Вот именно, Жаровкин.

Вот почему так нервничал посланник, милейший Иван Леопольдович Адлерберг! Вот почему он говорил, что Жаровкин был-де так исполнителен, что дальше некуда, в то время как последний вместо того, чтобы переписывать бумаги, часами сидел в «Венской усладе», наблюдая за домом графини Рихтер! Вот почему Жаровкин был убит, проработав на месте всего ничего, вот почему он производил на окружающих впечатление общительного человека, ловко выпытывая их секреты и даже словом не упоминая о себе самом, и вот, наконец, почему, как справедливо заметил Добраницкий, из Петербурга не поленились прислать двух человек со строгим наказом во что бы то ни стало расследовать его гибель! Если Жаровкин был их собратом по профессии, разведчиком, если он был заслан в Вену с какой-то миссией, то все сразу же становилось на свои места!

— Господа, — жалобно спросил Август, — можно я тоже буду шпионом, заодно с вами? Просто мне так интересно! С тех пор, как я вас встретил, на меня обрушилось столько приключений! Раньше, бывало, с меня только скальп индейцы пытались снять... это когда я удрал в Северную Америку от... впрочем, неважно от кого... В плутовстве обвиняли — это меня-то, у кого дядя — епископ! А с вами я побывал в секундантах, увидел привидение, и жизнь сразу же наполнилась смыслом! Я тоже хочу участвовать в вашем деле!

— Хорошо, Август, — вздохнул Владимир. — Решено: мы будем действовать все вместе.

— Здорово! — обрадовался этот чудак. — Обещаю, я вас не подведу!

И ведь самое интересное, что он сдержал свое слово.

ГЛАВА 16

Откровенный разговор с графом Адлербергом. — Некоторые подробности тайной миссии Жаровкина. — Удивительное хладнокровие французской актрисы. — О том, как Балабуха узнал от Дорогина все, кроме того, что им было нужно.

— Иван Леопольдович, я полагаю, нам лучше всего поговорить начистоту.

С такими словами Владимир Гиацинтов обратился на следующее утро к императорскому посланнику в Вене графу Адлербергу.

— Слушаю вас, — настороженно молвил граф, дернув щекой.

Собственно говоря, Гиацинтов пришел к вельможе с целью расспросить того об истинной миссии Жаровкина, но делать это надо было крайне осторожно. Судя по всему, граф пребывал в убеждении, что офицерам было все известно об этой миссии, в то время как их даже не удосужились поставить в известность о том, кем на самом деле являлся убитый письмоводитель.

Поэтому Владимир начал издалека. Он пространно извинился, сказал, что, собственно говоря, ему следовало прийти к Ивану Леопольдовичу гораздо раньше, но полученные им строгие инструкции... наказы Чернышёва...

— Можете ничего мне не говорить, — смягчился граф, — мне прекрасно известны нравы этого господина. Он предпочитает, чтобы правая рука не знала, что делает левая... Садитесь, прошу вас. Что именно вам угодно знать?

— Его превосходительство обрисовал мне в общих чертах то, чем занимался Жаровкин, — не моргнув глазом солгал Владимир. — Теперь я хотел бы услышать от вас, так сказать, более подробный рассказ.

— Ага, — удовлетворенно пробормотал граф. — Значит, Чернышёв говорил вам, что Жаровкина прислали сюда некоторым образом моими стараниями.

— Он выразился в том смысле, что это было сделано отчасти по вашему настоянию.

Одна из возможных формул ответа в разговоре, если вы не уверены в своих знаниях, — это когда вы слегка переиначиваете слова собеседника, так, однако, чтобы он этого не заметил. Граф действительно ничего не заметил.

— Хорошо, — решился Иван Леопольдович. — Тогда слушайте...

История, рассказанная им, оказалась чрезвычайно банальной. В начале года в посольстве была обнаружена значительная утечка информации. Неужели какие-то важные документы исчезли? Нет, просто некоторые лица здесь, в Вене, обнаружили свое знание о вещах, которые... которые, словом, им не должны быть известны. Лица, враждебные России? Ну, скажем так, недружелюбные по отношению к ее интересам, так что эти знания им были совершенно ни к чему.

— Следовательно, кто-то из работников посольства...

Скорее всего, да — кто-то из тех, кто имел доступ к секретной информации, продавал ее на сторону. Проблема в том, что всех этих людей Иван Леопольдович знал очень хорошо, и у него ни один не вызывал абсолютно никаких подозрений.

Верный своему долгу, граф Адлерберг удвоил бдительность и сменил все шифры, а когда все это не помогло и он понял, что утечка продолжается, скрепя сердце дал знать о происходящем в Петербург.

Следуя инструкциям, полученным оттуда, он отправил в отставку одного из старых письмоводителей, а вместо него взял на службу присланного из столицы Жаровкина, который на самом деле, конечно, должен был вычислить, через кого именно в посольстве идет утечка.

— Один вопрос, ваше превосходительство, — быстро сказал Гиацинтов. — В нашей работе зачастую многое зависит от того, сколько человек знает о том или ином деле... Вы знали о том, кем в действительности являлся Жаровкин. Кто еще знал об этом?

— За кого вы меня принимаете? — спокойно промолвил граф. — Разумеется, никто! Молодой человек, я ведь все-таки не первый год на дипломатической службе и знаю, что есть вещи, которые не подлежат разглашению.

Владимир ощутил большой соблазн поверить ему, но... решил отложить этот соблазн на потом.

— Значит, никто в посольстве, кроме вас, не был осведомлен об истинном характере работы Жаровкина. Верно?

— Именно так, молодой человек.

— У Жаровкина было не вызывающее подозрений прикрытие...

— Тоже верно.

— И, насколько я могу судить, за время работы в посольстве он никак не обнаружил себя. Все, кто беседовал со мной, были уверены, что Сергей Алексеевич — обычный письмоводитель.

Граф утвердительно кивнул.

— Возможно, вам неизвестно, — сказал он, — но этот господин был чрезвычайно сведущ в своем деле. Говорят, что даже, — он сделал крохотную паузу, словно жирной чертой подчеркивая то, что собирался сказать, — его императорское величество дарил Жаровкина своим доверием и весьма внимательно читал донесения, которые тот присылал в столицу.

Владимир поморщился. В тоне графа определенно сквозило нечто, весьма смахивающее на снобистское самодовольство, — вот, мол, как высоко меня ставят, раз прислали ко мне человека, с которым некоторым образом считался сам император. Но молодой офицер, не без оснований полагавший, что ныне Жаровкин пребывает в состоянии, которое делает совершенно несущественным его социальное положение и заслуги, вовсе не разделял чванства Ивана Леопольдовича.

— Итак, — промолвил Владимир, — Жаровкин был сведущ в своем деле, о его истинной миссии не знал никто, кроме вас, у посольских он не вызывал никаких подозрений, а меж тем его раскрыли и, раскрыв, убили. Что-то здесь не так, вам не кажется, ваше превосходительство?

Его превосходительство распрямился и ожег Владимира Сергеевича надменным взглядом.

— Если вы изволите намекать, что я... — Его желтоватые дряблые щеки порозовели от негодования.

— Упаси меня бог на что-либо намекать, ваше превосходительство, — поспешил успокоить его Гиацинтов. — Я лишь пытаюсь разобраться в том, что произошло... Теперь относительно господина Жаровкина: скажите, ему удалось обнаружить хоть что-нибудь?

Граф покачал головой. Если даже так, то ему, Адлербергу, ничего об этом не известно. Дело в том, что Жаровкин проходил по ведомству Чернышёва и подчинялся непосредственно военному министру.

— И все-таки не могли ли служащие посольства догадаться, что он не тот, за кого себя выдает? — настаивал Владимир. — Ведь, насколько мне известно, Жаровкина часто не бывало на месте...

— Ах, вам и это известно? Нет, со своей работой Жаровкин вполне справлялся. — Впрочем, граф старался не загружать его, придумав в оправдание, что Жаровкин был взят на эту должность по протекции довольно значительного лица и, стало быть, имеет право на кое-какие поблажки.

«А, так вот откуда пошла эта легенда!» — мелькнуло в голове у Владимира.

Словом, все шло хорошо, пока неожиданно Жаровкин не исчез.

— Я сразу же понял, что случилось что-то неладное, — промолвил граф, выдавив из себя подобие улыбки. — Видите ли, такие люди, как он, просто так не исчезают.

Когда полиция не смогла обнаружить никаких следов Жаровкина, то Адлерберг вынужден был написать в Петербург, самому Чернышёву. Судя по всему, ответ военного министра был не слишком обнадеживающим, но он пообещал во всем разобраться. Через некоторое время последовала вторая депеша, в которой сообщалось, что из столицы вот-вот отправятся в путь два лучших агента, которые видят землю на шесть аршин насквозь и от которых, мол, сам черт в аду не скроется. Тон депеши был изрядно свирепым и не оставлял сомнений в том, что Чернышёв считал графа Адлерберга косвенно причастным к провалу Жаровкина, а после того, как тот исчез, уже не оставалось никаких сомнений в том, что его раскрыли.

— Неудивительно, что я некоторое время чувствовал себя малость неуютно, — со смешком закончил граф.

Однако Владимиру не было дела до его чувств. Он лишь желал знать: не выдал ли Жаровкин хотя бы намеком, каковы были результаты его поисков? Не упоминал ли, что предателю вот-вот придет конец?

Нет. Месье осторожничал. Кроме того, как граф уже упоминал, Жаровкин подчинялся только Чернышёву и любые расспросы Адлерберга игнорировал хоть и любезно, но твердо.

Владимир помедлил, прежде чем задать следующий вопрос. А имя графини Рихтер Жаровкин никогда не упоминал? Той, что урожденная панна Бельская?

Нет, никогда, иначе Иван Леопольдович бы непременно запомнил.

Гиацинтов поблагодарил графа за содействие, заверил его в своей дружбе до скончания веков и, откланявшись, удалился. Впрочем, верно и то, что Адлерберг действительно очень сильно помог ему. Теперь Владимир точно знал, кем был Жаровкин и что именно он делал в посольстве. Он искал предателя — и более чем вероятно, что таким предателем был Петр Евграфович Дорогин.

* * *

— Ей-богу, это не он, — сказал Добраницкий.

— А я тебе говорю, он, — упрямо возразил Балабуха. — Все сходится.

Стоя в небольшой арке, они подстерегали Дорогина, который зашел в цветочный магазин и теперь выбирал там самые дорогие розы.

— А я говорю, нет, — стоял на своем Август.

— Почему? — в изнеможении спросил гигант.

— Да потому что он мелкий вор, а такие люди не способны на великие дела, — объяснил Добраницкий. — А предать свое отечество — это все-таки не то же самое, что уворовать пять копеек на пачке бумаги. Размах не тот.

— Жлобу все равно, отечество ли продать или свою родную маму, — проворчал Балабуха. — Для таких людей все измеряется лишь деньгами.

— Да ну? — усомнился Добраницкий. — Надеюсь, ты знаешь, о чем говоришь, потому что лично я никогда не встречал человека, которому предложили бы продать его родную мать. Правда, я знавал одного типа, который продал свою жену.

— Шутишь? — недоверчиво спросил артиллерист. — Это как же, позволь спросить?

— Ну как, как, — фыркнул Август. — Взял и продал. Тот, кто ее покупал, стало быть, давно был к ней неравнодушен, а она его знать не желала. А муж, значит, сам ею не особо дорожил. То есть дорожить-то он как раз дорожил, потому как продал ее за две тысячи рублей. Золотом, — многозначительно прибавил Добраницкий.

Балабуха глядел на маленького поляка во все глаза.

— И как же... Чем же все закончилось? — спросил гигант, окончательно сбитый с толку.

— А, плохо все закончилось, — махнул рукой Август. — Оказалось, что у дамы был любовник, она ему все рассказала, и он вызвал на дуэль сначала покупателя, а потом продавца.

— И? — Артиллерист даже дыхание затаил.

Добраницкий укоризненно посмотрел на него.

— Что «и»? Он в туза попадал с двадцати шагов. В общем, дама овдовела, они поженились, а потом...

Тут Август неожиданно замолчал.

— Ну а дальше-то что было? — с мольбой в голосе спросил Антон.

— Дальше мне пришлось делать ноги, — нехотя ответил Добраницкий.

— Это с какой такой радости? — насупился Балабуха.

— С такой, что Лизонька была очень хороша, а вот ее новоиспеченный супруг — не очень, — вздохнул Август. — Я ведь говорил тебе, он пистолетом владел получше, чем некоторые канделябрами машут. А мне, знаешь, канделябры как-то ближе, если выбирать. В общем, я сбежал... — Внезапно он схватил Балабуху за рукав. — Все, Антон, Дорогин выходит!

Тот, кого они ждали, вышел из магазина с красивым букетом алых роз и пошел по улице, то и дело бросая нервные взгляды через плечо.

— Черт, он нас засек! — в отчаянии вскричал Балабуха.

Внезапно Дорогин метнулся в переулок и что есть духу бросился бежать. Прежде чем друзья догнали его, он скрылся из виду.

— Проклятье! — простонал Балабуха. — Владимир мне никогда этого не простит!

Они миновали переулок и оказались на опрятной, тихой улочке. Навстречу им шла согбенная старушка, и Добраницкий ловко извлек из кармана перчатку.

— Простите, дорогая фрау, вы не видели поблизости господина с большим красивым букетом? Он уронил перчатку, и я хочу ему ее вернуть.

— По-моему, он зашел в этот дом, где живет мадемуазель Дютрон, — живо отозвалась старушка, кивая на соседний особняк. — Какой вы любезный господин! Сейчас уже не часто увидишь таких воспитанных молодых людей.

— Благодарю вас, — ответил Добраницкий и шагнул к дому, но тут же замер на месте. — Как вы сказали, Дютрон? Это что же, та самая актриса?

— А вы ее поклонник? — гораздо суше осведомилась старушка. — Только между нами — она так вульгарна!

— И я говорю то же самое! — горячо воскликнул Добраницкий. — Поразительно, что эта публика в ней находит!

Он спрятал в карман перчатку, подхватил Балабуху под локоть и потащил его к дому.

— Наверное, это какая-то ошибка, — проворчал гигант. — При чем тут, скажи на милость, французская актриса?

— Я не знаю, — честно ответил Август и постучал набалдашником в дверь. — Мадемуазель дома? Мы ее почитатели и зашли засвидетельствовать ей свое почтение.

Горничная пригласила их войти.

— Сейчас я узнаю, сможет ли мадемуазель вас принять... Подождите здесь.

Однако едва она удалилась, как друзья на цыпочках последовали за ней до самого будуара актрисы, где они были с лихвой вознаграждены.

Белокурая мадемуазель Дютрон, стоя с пылающими щеками посреди комнаты, о чем-то громко спорила с жидкоусым молодым человеком, неловко державшим в руках букет алых роз. Судя по всему, друзья явились в самый разгар большой ссоры.

— Поймите наконец, что я устала от ваших уверток, от вашей лжи... С меня хватит!

— Можно подумать, вы сами никогда не лжете! — обиделся Дорогин. — Этот князь...

— Он мне просто друг!

— О, конечно! А еще я своими глазами видел, как этот... друг стоял перед вами на коленях и завязывал ленты на вашей туфельке!

Актриса поступила так: она повернулась, отошла от своего ревнивого кавалера и опустилась на оттоманку, после чего грациозно закинула ножку за ножку.

— Мой дорогой, — проворковала она. — Запомните: для того, чтобы изображать из себя Отелло, надо быть по меньшей мере командующим венецианским флотом!

— Правда? — искренне удивился Добраницкий. — А разве Отелло не был венецианским купцом?

Актриса иронически покосилась на него.

— Ну, быть купцом никому не повредит, — сказала она.

По-видимому, ее ничуть не заботило то, что в ее будуаре неожиданно оказались совершенно незнакомые люди. Зато Дорогин обернулся к незваным гостям, побагровев лицом. Даже редкие русые волосы на его голове сделали попытку стать дыбом от возмущения.

— Послушайте, — вспылил он, — это ни на что не похоже! Как вы смеете...

— Меня зовут Август, — меж тем сообщил Добраницкий актрисе. — Кстати, может быть, вам неизвестно, но этот месье женат. Да-с.

Мадемуазель Дютрон лишь повела прелестным плечиком.

— Если человек женится без любви, то пусть страдает по полной, — сказала она с восхитительным безразличием. — Так ему и надо.

— Это неслыханно! — кричал Дорогин, отшвырнув букет и топая ногами. — Вы следите за мной! Вы... Вас что, моя жена подослала?

— А я вас видел в Париже, — сказал Добраницкий красавице. — Вы играли тогда в «Сиде», и у вас были печальные глаза.

Актриса перестала покачивать вышитой шелковой туфелькой и с любопытством посмотрела на него.

— Вы заметили? Впрочем, что греха таить — я тогда была чудовищно несчастна!

— Мадемуазель, — несмело спросила опешившая горничная, потому что Балабуха, которому надоели вопли Дорогина, схватил его за горло, — может быть, следует послать за полицией? Тот месье весь какой-то красный, мне кажется, он сейчас задохнется.

Актриса поглядела на своего воздыхателя, барахтавшегося в лапах Балабухи, отвернулась и слегка повела носиком.

— Если ему хочется задыхаться, пускай задыхается, — безмятежно объявила она. — Я не намерена мешать ему в этом.

— Тогда, может быть, мне лучше уйти? — поспешно предложила горничная.

— Да, я уверена, так будет лучше для всех нас, — отозвалась актриса и повернулась к Добраницкому. — А в «Тартюфе» вы меня видели?

Горничная исчезла, а Балабуха подтащил несчастного Дорогина к окну и наполовину высунул его на улицу.

— Рассказывай! — грозно потребовал гигант.

— Ч... что? — прохрипел Дорогин.

— Все, что ты знаешь о Жаровкине! Это ведь ты его убил?

— Я? — искренне поразился Петр Евграфович.

— Все-таки я люблю Мольера, — говорила актриса Августу, который слушал ее, зачарованно глядя ей в глаза. — Конечно, он старомоден, но до чего же прелестно старомоден! В нем нет этой, знаете ли, тяжеловесности.

Меж тем Дорогин, свисая над улицей из окна второго этажа, клялся, умолял, стонал и жалобно булькал. Он дружил с Жаровкиным! Честное слово! Тот был такой бережливый, такой уравновешенный... Дорогин ему жаловался на свою рыхлую жену, и Жаровкин его слушал... Он всегда так внимательно слушал! С ним всегда можно было побеседовать по душам! Когда они выпивали вместе, он неизменно платил за выпивку из своего кармана и был так вежлив, что постоянно подливал Дорогину — не то что некоторые приятели, которые норовят выхлебать все в одиночку... Редкой души был человек! Разве он, Дорогин, посмел бы поднять на него руку? Ведь Жаровкин, благодетель, подсказал ему, как можно провернуть одну штуку с весовой гирькой, чтобы сахара выходило меньше, а цена, значит, была бы та же самая...

— Тьфу!— с омерзением плюнул Балабуха. — Слизняк!

И вслед за тем рванул несчастного служащего к себе.

Жадно глотая воздух ртом, Дорогин повалился на пол.

— Эти люди, Гюго и Готье, которые называют себя романтиками и которые несколько лет назад устроили скандал в театре — они, видите ли, протестуют против старой школы! — тем не менее пишут свои пьесы по старым рецептам. Много шуму из ничего! — говорила Добраницкому актриса, играя туфелькой. — Все те же александрийские стихи и женские напыщенные характеры. Все возвышенно, все ходульно, и все совершенно невозможно играть!

— О чем вы говорили с Жаровкиным? — спросил Балабуха, грозно нависнув над Дорогиным. — Что именно он хотел знать? Отвечай!

— Ну я не знаю, что он хотел знать! — стонал бедняга, обливаясь потом. — Какие вы странные, господа! Он... он спрашивал у меня разные вещи... про все понемножку... кто любит в карты играть, кто во что... Да я и не помню ничего особенного, потому что мы с ним обычно болтали, когда выпивали по вечерам в одном местечке... и я ему, значит, жаловался на Марью Ильиничну, потому как она совсем меня заездила со своей мелочностью...

— Ага, а то, что ты ей денег не даешь, это, по-твоему, нормально? — рявкнул Балабуха.

— А зачем ей деньги? — искренне удивился Дорогин. — Если я дам ей денег, она их непременно потратит на какую-нибудь чепуху! Разве она может понять, как тяжело мне дается... — Он замолчал и боязливо покосился на актрису.

— Вы ангел! — торжественно сказал ей Август, после чего расцеловал ей ручку и прижал изящную ладонь мадемуазель Дютрон к груди.

Балабуха прочистил горло.

— Август! Закругляйся с любезностями, и пошли отсюда.

— Что, уже все? — удивился Добраницкий. — Ну как, он сознался?

— Ничего подобного, — с досадой отвечал гигант. — Ты вообще слушал, что тут было, или нет? Можешь радоваться, ты оказался прав. Этот слизняк и в самом деле ни на что не способен — разве что обманывать жену и красть помаленьку...

— Я протестую! — жалобно пискнул Дорогин, извиваясь на ковре, с которого он тщетно пытался подняться. — Вы не имеете права! Я... Вы...

— Ой, да иди ты к черту! — оборвал его Балабуха. — Идем, Август! Больше нам тут нечего делать.

Добраницкий поклонился актрисе, приподняв цилиндр, и собрался извиниться, но артиллерист схватил его за плечо и поволок за собой.

— Я непременно приду на ваше представление! — прокричал-таки поляк на прощание.

— Да ради бога, — равнодушно промолвила актриса и, не обращая никакого внимания на поверженного Дорогина, взяла щетку и стала расчесывать свои локоны.

ГЛАВА 17

Неутешительные выводы. — Кромешный ужас и вставные челюсти. — Явление Антуанетты. — О том, как из Добраницкого хотели сделать суп, но удержались только из уважения к приличиям.

— Значит, Дорогин все-таки ни при чем, — подытожил Владимир, когда друзья поведали ему о результатах проделанной ими работы. — Конечно, он прохвост, держит жену в черном теле, а сам тратит все деньги на любовницу, но... все это не то, что нам нужно. Да и потом, он все-таки занимается снабжением, но не имеет доступа к секретным бумагам... Тупик.

Хмурясь, Владимир барабанил пальцами по столу. Его друзья сконфуженно переглянулись.

— Но ведь Жаровкин написал под ковром перед смертью именно это слово, chemin, — напомнил Добраницкий. — Что-то оно все-таки должно значить!

— Может, он имел в виду не Дорогина, а обычную дорогу? — предположил артиллерист. — Мне кажется, надо осмотреть путь, который ведет в загородный особняк. Вдруг там остались какие-то следы?

Владимир покачал головой.

— Мы нашли место преступления через несколько недель после того, как Жаровкин был убит. К этому времени, если даже на дороге что-то и было, все следы наверняка уже затоптали... Но ты прав, Антон Григорьич, попробовать можно.

Целый день они осматривали дорогу, но ничего не обнаружили, кроме недавних следов колес какой-то кареты, и решили на всякий случай нанести визит в тот самый дом, за которым из «Венской услады» наблюдал Жаровкин. Условились, что Добраницкий будет говорить со старухой ключницей и постарается ее умаслить. Однако, когда трое друзей прибыли на место, их ждал сюрприз. Оказалось, что особняк недавно был продан новым хозяевам, а старуха куда-то уехала. Что же до прежней хозяйки, графини Рихтер, то ходили слухи, что она серьезно больна и поправляет здоровье где-то на юге.

— Все один к одному, — ворчал Владимир, возвращаясь в посольство. — Жаровкин следил за домом графини, его убили в другом ее доме, графиня бесследно исчезла, первый дом немедленно продали, а второй стоит необитаемый.

— Жаровкин искал предателя, — напомнил Балабуха. — Может, предатель был как-то связан с графиней? Что вообще за человек эта дама?

— Не знаю, — признался Владимир.

— Наверняка в местном обществе о ней все знают, — встрял в разговор Добраницкий. — Быть такого не может, чтобы она жила в Вене и местные жители не выяснили во всех подробностях, что она пьет по утрам, кого принимает, как обращается со своей горничной и сколько лошадей у нее в конюшне.

— Да, но в местное общество мы не вхожи, — заметил Владимир. — Хотя... Ты знаешь, Август, а ведь это удачная мысль!

Он вспомнил, что этим утром Николай Богданович Берг принес ему и его товарищам приглашения на бал у саксонского посланника. Таких приглашений, по самым разным поводам, у Владимира уже набралась целая пачка, но он не спешил ими воспользоваться, потому что не видел смысла в том, чтобы порхать по балам, когда надо было работать. Теперь же он взглянул на эту проблему с совершенно другой стороны. Берг сказал... позвольте-ка... Ну да, что на бал у саксонца приглашается весь дипломатический корпус. (Не бедные письмоводители, разумеется, но все, кто хоть что-нибудь да значат в дипломатическом мире.) А еще там ожидается венская знать. А еще... а еще, если им повезет, они могут в ничего не значащем разговоре выудить те сведения, которые им позарез нужны. В непринужденной обстановке языки развязываются быстро.

— Антон Григорьич, ты взял с собой фрак? Взял? Ну и прекрасно. Завтра мы с тобой идем на бал.

— А я? — обиделся Добраницкий. — Вы что же это, бросите меня?

Владимир засмеялся и тряхнул головой.

— Куда уж мы без тебя!

И на следующий вечер трое друзей оказались в великолепном особняке саксонского посланника фон Гринвальда, где уже собрался весь цвет венской аристократии и сливки дипломатического бомонда. Гигант Балабуха, недолюбливавший светские сборища, чувствовал себя в узком фраке малость скованно, зато Владимир с его безупречной фигурой выглядел не хуже какого-нибудь наследного принца. Группа древних старух, которые в углу гостиной обсуждали французского короля и его невероятное решение перенести прах Наполеона со Святой Елены в Париж[1] — после всего того, что натворил император, перекраивавший карту Европы по своему усмотрению, — так вот, даже они сразу же забыли про предмет своего разговора и все как одна вытаращились на Владимира через свои лорнетки, а престарелая княгиня Тизенгаузен пришла в такое волнение, что чуть не проглотила вставную челюсть. С глубокой грустью Владимир поглядел на эти остовы, более смахивающие на обитателей склепа, нежели на живых людей, и отвесил им один общий короткий поклон. Старухи радостно заулыбались беззубыми ртами и начали шушукаться, прикрываясь веерами. Добраницкий меж тем, заметив в одной из комнат манящий блеск золота на зеленом сукне, пригладил волосы и рысцой умчался в направлении игорных столов. Балабуха над ухом Владимира сконфуженно кашлянул.

— Между прочим, — напомнил он, — ты же сам говорил, что нет такой сплетни, которую бы не знали старухи, так что ступай к ним!

Владимир еще раз поглядел на свои возможные источники информации и облился холодным потом. Княгиня Тизенгаузен, про которую даже смерть успе-

[1] Это событие произошло в декабре 1840 года.

ла забыть, многозначительно улыбнулась и сделала ему глазки, играя шелковым веером.

— Двум смертям не бывать, одной не миновать, — наседал артиллерист, ухмыляясь во весь рот.

Испытывая в душе сильнейшее искушение послать своего товарища ко всем чертям, Владимир отвернулся, и тут его взгляд упал на девушку в платье бирюзового оттенка и с белой розой в сложной прическе. Незнакомка стояла в толпе и смотрела на него. У нее были бездонные незабудковые глаза, и в этих глазах молодой человек заблудился, погиб, растворился без следа. Он забыл, кто он, где он и для чего вообще пришел сюда. Но вот девушка опустила длинные загнутые ресницы, и Владимир сумел-таки перевести дыхание. Она бросила на него прямой, смелый взгляд и скользнула прочь.

«Она, она! Та, что привиделась мне в замке... а потом я ее видел возле лавки модистки... Ушла! Как! Куда? Зачем? И кто же она на самом деле такая?»

И Владимир бросился вперед, расталкивая гостей.

Он нагнал незнакомку в третьей гостиной. Она шла, слегка придерживая подол своего голубого платья, которое колыхалось в такт ее шагам. В ее ушах, под прядями черных, как вороново крыло, волос блестели изящные бриллиантовые сережки. Она обернулась, заметила Гиацинтова и улыбнулась. Кожа у незнакомки была такой белой, что от нее, казалось, исходило сияние.

— Фройляйн, — сказал Владимир первое, что пришло ему в голову, — хоть я вам и не представлен, но... Разрешите пригласить вас на танец!

— Вот как? — высоким мелодичным голосом спросила незнакомка, раскрывая свою бальную книжечку. — И какой же танец вам угодно, сударь? Кадриль? Котильон? Мазурку?

— Все, — ответил Владимир, ни мгновения не колеблясь.

— А вы жадный, как я погляжу, — поддразнила его девушка. Она глядела на него, чуть склонив голову к плечу, и от этого взгляда бедный Гиацинтов таял, как воск. — Как вас зовут, непредставленный незнакомец?

Вспомнив о приличиях, Владимир низко поклонился. Конечно, ему следовало отыскать Адлерберга или его секретаря, который знал всех в Вене, и попросить представить его обворожительной незнакомке, но что поделаешь — он так боялся, что девушка скроется, исчезнет, как мимолетное видение... как то самое привидение, которое пригрезилось ему в старом замке! Для импульсивных мечтателей с характером Гиацинтова есть только здесь и сейчас; и они менее всего способны рассуждать здраво, когда дело касается выбора между «сейчас» и «потом».

— Владимир Гиацинтов, атташе русского посольства. — Слово «атташе» звучало очень солидно, лаская слух, не то что «шпион при исполнении служебных обязанностей». — А вы? Как зовут вас?

— Меня зовут Антуанетта, — ответила девушка.

Он подумал, что это романтическое, редкое имя чрезвычайно ей идет, и вообще было бы странно, если бы такую прелестную особу звали бы Мари или Юлией, как тысячи других, ничем не выдающихся девушек. Она улыбнулась, и Гиацинтова поразило странное и приятное ощущение — словно мышь под ложечкой сидит и казенные сухари грызет (как выразился более талантливый писатель, чем я).

— Кажется, начинается кадриль, — заметила Антуанетта, захлопывая книжечку, и Владимир поспешно предложил ей руку, боясь, как бы она не передумала.

Они вошли в зал, полный огней, музыкантов, блеска, цветов, мундиров, орденов, лент и платьев; но все это были лишь пятна, нелепые, неумелые и докучные мазки на картине его внезапно вспыхнувшей любви. Пятнами были лица женщин, увядшие и молодые, пятнами были лысины и тупеи мужчин, и сам хозяин, представительный саксонец фон Гринвальд, превратился в бело-серое пятно, — но Владимиру все это было совершенно безразлично. Душа Гиацинтова парила на волнах музыки, и блаженству ее не было предела.

— Что-то вы очень молчаливы, — поддразнила своего кавалера Антуанетта. — Что такое, неужели вы меня боитесь?

— Нет, — серьезно ответил Владимир, — просто я вспомнил, как видел вас прежде... Во сне.

Должно быть, тон его вышел даже чересчур серьезным, потому что Антуанетта сбилась с такта и недоверчиво взглянула на него. Тогда Владимир, смущаясь, рассказал ей про происшествие в замке. Сам он, как и остальные, склонен был считать, что все это ему приснилось.

— Ах, — воскликнула Антуанетта, — та женщина, которую вы видели, — это моя прабабушка! Я знаю, что про ее замок ходят разные странные слухи. Во всяком случае, никто никогда не отваживался заглянуть туда после заката.

— Значит, вы верите в привидения? — спросил Владимир, в котором взыграл практический дух.

— Конечно, — убежденно сказала его собеседница. — Про них столько говорят и пишут — было бы очень досадно, если бы на самом деле ничего такого не оказалось!

Танец закончился. Владимир предложил Антуанетте руку, чтобы проводить ее до места.

— А с кем вы пришли на бал? — спросил он.

— С моей тетушкой Евлалией, — ответила Антуанетта, обмахиваясь веером. — Правда, она почувствовала себя неважно и должна была уехать домой.

К ним подошел Балабуха. Владимир обратил внимание на то, что гигант отчего-то залился румянцем. Артиллерист выразительно кашлянул и отвесил красавице поклон. Пришлось Владимиру представить свою новую знакомую.

— Мадемуазель танцует? — спросил Балабуха, подкрутив ус.

И, не успела Антуанетта ответить, пригласил ее на следующий танец. Улыбнувшись, она дала согласие.

Кипя от возмущения, Владимир пристроился в углу залы и мрачно наблюдал за танцующими. Утешало его лишь одно — что огромный артиллерист двигался как медведь и вообще ему было далеко до него, Гиацинтова. Однако, несмотря на это, Антуанетте, по-видимому, было весело с Балабухой. По крайней мере, она несколько раз засмеялась в ответ на его слова, и этот смех как ножом резанул по сердцу бедного Владимира. Он то краснел, то бледнел и никак не мог дождаться окончания этого невыносимого танца.

— Что такое, что такое? — просипел над его ухом (а вернее было бы сказать, под ухом) чей-то знакомый голос. Повернувшись, офицер увидел возле себя маленького Добраницкого. — Однако, — не унимался Август, — какая красавица! Ты случайно не знаешь, с кем это наш Балабуха танцует? Я бы тоже был не прочь пригласить ее на танец!

— Оставь, — сердито сказал Владимир. — Следующий танец — мой!

Однако на следующий танец Антуанетту увлек сам хозяин бала, седовласый, изысканный и подагрический фон Гринвальд. Трое друзей стояли у стены и вполголоса обсуждали вслух каждое его па. Странным образом все сошлись на том, что саксонцу, очевидно, нравится выставлять себя на посмешище, танцуя с такой молоденькой девушкой; что он не знает ни единого танцевального движения, что у него не сгибаются ноги, и вообще по всем законам природы он должен был преставиться уже лет десять назад. Порядка ради отметим, что «Всеобщая венская газета», которая на следующий день поместила отчет об этом бале, сообщала, что фон Гринвальд танцевал «безупречно, как всегда» и что на таких людей, как он, возраст ничуть не оказывает влияния.

После этого танца Гиацинтова некстати подозвал граф Адлерберг, чтобы представить ему французского посланника. Пока Владимир расшаркивался и бормотал дежурные любезности, прыткий Добраницкий утащил Антуанетту на очередную кадриль и ухитрился протанцевать с ней три танца подряд. Если бы все это происходило в дебрях Северной Америки, офицеры с удовольствием сняли бы со своего польского друга скальп, а не то сварили бы из него хороший суп. Но, так как они находились в Вене, приходилось все-таки соблюдать приличия.

Наконец Владимиру удалось перехватить чернокудрую красавицу и увести ее на мазурку. Когда он касался ее тонких пальчиков, по его телу словно пробегали электрические искры, а Антуанетта заливисто смеялась и словно ничего не замечала.

Бал кончился, и Гиацинтов, узнав у Антуанетты, где он встретит ее в следующий раз, вернулся в посольство. И только там, раздеваясь перед сном, он вспомнил, что ничего не узнал ни о таинственной графине Рихтер, ни о ее делах... но странным образом это его ни капли не волновало.

ГЛАВА 18

Проницательность особого агента Сотникова. — Влияние прекрасных глаз на трех друзей. — Пакет из Петербурга. — Стихотворение господина Бенедиктова.

«Его превосходительству
военному министру графу Чернышёву.
От особого агента Сотникова.
Совершенно секретно.

Честь имею довести до сведения вашего сиятельства, что господа офицеры Г. и Б. в который раз показали себя как люди никчемные, жалкие и ни к чему не пригодные. Вместо того чтобы довести расследование до конца и выяснить, кто и за что именно убил агента Жаровкина, они увлеклись местной юной вертихвосткой и теперь сломя голову наперегонки бегают за нею по балам и раутам. Из надежных источников мне также доподлинно стало известно, что соперничество из-за этой вертихвостки дошло до такой степени, что дело будто бы близится к ссоре, так что не сегодня завтра можно ожидать дуэли не на жизнь, а на смерть между нашими хвалеными агентами».

Увы! На этот раз особый агент Сотников был как никогда близок к истине. Гиацинтов увлекся очаровательной Антуанеттой до того, что совершенно потерял голову, Балабуха влюбился в нее и уже подумывал просить у тетушки красавицы ее руки, хотя до того зарекся даже мечтать о женитьбе, а Добраницкий... Добраницкий пока ограничивался в разговорах с прелестницей туманными намеками на свое состояние и благородное происхождение, которое в один прекрасный день всем откроется и всех удивит. Антуанетта слушала пылкого Августа и смеялась, поддразнивала огромного Балабуху и смеялась, флиртовала с красивым Гиацинтовым и смеялась... Она вообще была ужасная кокетка, и чувствовалось, что ей нравилось кружить головы и дурачить этих больших, взрослых, безнадежно глупых мужчин.

Антуанетта называла артиллериста «мой верный рыцарь», посылала Добраницкого за конфетами и заставляла Гиацинтова носить за ней веер. В минуту откровенности девушка поведала Владимиру, что ее прабабушка, та, что бродит по ночам привидением, была роковой красавицей и приносила несчастье всем, кого любила, — но когда он вспомнил об этом разговоре, Антуанетта подняла его на смех и тотчас же попросила Августа научить ее новомодному пасьянсу, на что этот игрок, ненавидевший пасьянсы более всего на свете, согласился с такими изъявлениями удовольствия, словно всю жизнь мечтал только об этом.

Ветреная красавица играла с тремя друзьями как хотела. Стоило кому-то из них решить, что он завоевал право на ее внимание, как она немедленно поворачивалась к этому человеку спиной и переставала с ним разговаривать; но если он, обиженный, высказывал намерение удалиться и никогда более не возвращаться, то она пускала в ход все уловки, чтобы вернуть его к себе.

Антуанетта вынуждала их выполнять все свои капризы и безропотно сносить все свои выходки; и неудивительно, что всего через несколько дней после знакомства с нею друзья уже готовы были перессориться между собой. Балабуха задирал Владимира, тот отвечал колкими шутками, Добраницкий потешался над ними обоими и уверял, что он первым добьется благосклонности чернокудрой красавицы, после чего оба офицера обрушивали на него град площадных острот и грубостей. При этом все трое отчаянно ревновали Антуанетту — и друг к другу, и к прочим ее кавалерам, которых возле нее крутилось предостаточно. А между тем дни шли, и дело, ради которого офицеров прислали в Вену, ничуть не продвигалось.

Однажды утром Владимир проснулся и, как бывало все чаще в последнее время, стал размышлять, как было бы хорошо уйти с этой постылой службы, жениться на Антуанетте да уехать с нею куда-нибудь далеко-далеко, где никто не будет знать, как его зовут и чем ему пришлось заниматься в своей жизни. Неожиданно в дверь легонько постучали, и на пороге показался белобрысый Николай Богданович Берг, секретарь посла. Он доложил, что из Петербурга только что с нарочным прибыл запечатанный пакет на имя господина Гиацинтова.

«Какой-нибудь реприманд, что ли?» — подумал Владимир, невольно забеспокоившись. Что верно, то верно, в эти дни он не слишком усердно занимался поисками тех, кто отправил господина Жаровкина на небеса, и его нерадивость наверняка была заметна невооруженным глазом. Интересно, не написал ли уважаемый Иван Леопольдович в столицу властям соответствующую реляцию? Не собираются ли они, не дай бог, вообще отозвать его из Вены? Это было бы чрезвычайно некстати, учитывая все планы, которые он лелеял в глубине души.

— Сейчас буду, — буркнул молодой офицер.

Весьма объемистый пакет, запечатанный чуть ли не десятком печатей, был торжественно передан ему из рук в руки в присутствии самого посланника, после чего нарочный объявил, что ему есть что передать господину офицеру с глазу на глаз. В глубине души Гиацинтов приготовился к самому худшему, однако нарочный лишь дал ему знать, что в Петербурге весьма довольны его усердием и что Чернышёв уже распорядился представить его и Балабуху к награде.

«За что? — угрюмо подумал Владимир. — За то, что я нашел одежду этого бедняги, да и ту не смог сберечь?»

Однако, нацепив на лицо приличествующее случаю выражение, он сказал, что благодарит министра, век не забудет, осчастливлен донельзя, ему не хватает слов, чтобы выразить свое... и т.д. и т.п.

Простившись с нарочным, Владимир вернулся к себе в комнату и, сломав печати, вскрыл пакет. Внутри оказалось довольно подробное досье на графиню Рихтер, в девичестве Бельскую, копия первого и единственного донесения Жаровкина в Санкт-Петербург, которое он успел отправить незадолго до рокового 20 апреля, инструкция к новому шифру, которую надлежало уничтожить, тщательно ознакомившись с ней, и собственноручная записка военного министра, состоявшая из целых трех фраз. В первой фразе Гиацинтова хвалили за усердие, во второй выражали надежду, что он будет действовать с надлежащей осторожностью и не повторит судьбу Жаровкина, а в третьей прощались с ним и желали ему всех благ и приятствий.

Отложив записку, Владимир принялся за изучение шифра. Запомнив все, что от него требовалось, он поднес бумажку к свече и жег ее до тех пор, пока пламя не коснулось его пальцев. Тогда он разжал их, и крохотный кусочек бумаги скользнул на стол. Гиацинтов подобрал его, убедился, что даже при желании на нем невозможно прочесть ни единого связного слова, и смахнул его на пол.

Покончив с шифром, Владимир кликнул посольского слугу, велел принести завтрак и стал внимательно читать копию первого и последнего донесения Жаровкина в столицу. После ничего не значащей официальной части — заверений в своем почтении и тому подобных вещах — следовало:

«Мне думается, я сумел отыскать нашего друга. По совести говоря, это было не так уж и трудно, ибо он не мог не броситься в глаза, и, кроме того, у него была на то особая причина, мимо которой я не мог пройти. Я расставил ему небольшую ловушку, и он попался, сам не подозревая об этом. Ежели бы дело было только в этом человеке, я бы доложил о нем куда следует, и на этом все бы закончилось; но благодаря случаю открыл я, что наш друг, хоть и фигура сама по себе довольно значительная, не ограничивается деятельностью, о которой нам стало известно. Однако то, что мне удалось узнать, нуждается в подтверждении, иначе даже ваше превосходительство, известный своей благосклонностью и великодушием, откажется мне верить. Поэтому я пока попридержу нашего друга и постараюсь выжать из него все, что возможно; надеюсь, что с божьей помощью мне это удастся. Как только что-либо прояснится, я непременно дам о том знать вашему превосходительству...»

Дальше следовали цветистые фразы, ровным счетом ничего к сказанному не прибавляющие и ничего не проясняющие.

«Ох и любитель же ты был напускать туману, брат! — обреченно подумал Владимир, откидываясь на спинку стула. — А мне теперь придется сидеть и ломать себе голову над всем этим».

Тем не менее было понятно, что Жаровкин из осторожности называл «другом» предателя, которого он выслеживал в российском посольстве. Он вычислил этого человека и был готов его сдать, когда неожиданно выяснил, что тот «не ограничивается» продажей документов на сторону, но вдобавок ко всему участвует и в каких-то еще более опасных для империи замыслах. Жаровкин встревожился и решил пока оставить предателя на свободе, чтобы посмотреть, какие действия тот будет предпринимать. Это и оказалось его ошибкой: предатель в свою очередь раскусил Жаровкина и убил его — сам или с чужой помощью.

Морщась, Владимир потер переносицу и принялся перечитывать донесение.

Друг «не мог не броситься в глаза»... У него была для предательства какая-то особая причина... Он являлся довольно значительной фигурой...

Слова, слова, слова! Что за причина? И насколько значительной фигурой он все-таки был? Ведь даже о посольском поваре можно сказать словами Жаровкина, что он есть «фигура сама по себе довольно значительная»!

«Интересно, увижу ли я сегодня Антуанетту?» — подумал Гиацинтов.

Минуточку, минуточку... А не имел ли милейший Жаровкин в виду самого Ивана Леопольдовича Адлерберга? Ведь это же и есть самая значительная фигура в посольстве!

Однако, поразмыслив, Владимир понял, что это исключено. Во-первых, Адлерберг сам дал знать в столицу об утечке. И во-вторых, в случае, если бы Жаровкин раскрыл предателя на таком уровне, он, согласно строжайшим инструкциям, существовавшим на этот счет, был обязан тут же уведомить власти в Петербурге, после чего посланника отозвали бы со службы и с позором отправили в отставку. Никакие отсрочки в этом случае не допускались: империя строго блюла свои интересы.

Значит, это все-таки не Адлерберг. Владимир зевнул.

«Ежели бы дело было только в этом человеке, я бы доложил о нем куда следует...»

Интересно, есть ли в этой фразе нечто пренебрежительное, или только так кажется?

Перед Гиацинтовым из воздуха соткалось личико Антуанетты, которое пленительно улыбнулось ему. Владимир тряхнул головой, отгоняя колдунью, но и сам не заметил, как начал мурлыкать себе под нос слова известной песенки сочинения господина Бенедиктова:

В златые дни весенних лет
В ладу с судьбою, полной ласки,
Любил я радужные краски:
Теперь люблю я черный цвет.

Есть дева — свет души моей,
О ком все песни и рассказы:
Черны очей ее алмазы,
И черен шелк ее кудрей.

О нет, черным алмазам — да и вообще всем алмазам на свете — далеко до незабудковых глаз Антуанетты, которые куда прекрасней каких-то там жалких камней. В ее очах играет жизнь, в них ум, нежность, насмешка, доброта, в них несказанное очарование. Как бы он хотел войти внутрь ее зрачков и остаться там навсегда! Молодой мечтатель вздохнул и перевел взгляд на лежащий перед ним листок.

Что же за особая причина все-таки была у предателя? Может быть, у него возникла нужда в деньгах? Или он, подобно Августу, слишком много проигрывал в карты? Эх, Жаровкин, Жаровкин!

Мне музы сладостный привет
Волнует грудь во мраке ночи,
И чудный свет мне блещет в очи –
И мил мне ночи черный цвет! –

во весь голос пропел Владимир.

Он с досадой отбросил прочь надоевшее ему донесение и принялся за чтение досье графини Рихтер, урожденной Бельской. Ей было 34 года. Мужчины считали ее красавицей, женщины предпочитали не разделять их точку зрения, но графиню, судя по всему, это мало волновало. Она происходила из древнего и уважаемого польского рода, но та ветвь, к которой сама она принадлежала, сильно обеднела. В 17 лет без особой любви Розалия Бельская вышла замуж за богатого графа фон Рихтера, чья первая жена умерла в родах. Он был старше Розалии на 18 лет... прекрасный охотник... застрелился в 1836 году. У Розалии была репутация интриганки и пожирательницы мужчин... Владимир зевал, водя глазами по строкам... Ее единственный ребенок умер во младенчестве... Графиня никогда не скупилась на церковные нужды... воспитывалась в монастыре...

патриотка Польши и всего польского... Все это абсолютно ничего не объясняло.

Темна мне скучной жизни даль;
Печаль в удел мне боги дали —
Не радость. Черен цвет печали,
А я люблю мою печаль.

«И вообще, я люблю мою Антуанетту, и это для меня самое главное». Владимир кое-как сложил все полученные листки и запер их в ящик стола, после чего опустил ключ в карман.

А ваше дело, Сергей Алексеевич, подождет. Все равно вам уже ни холодно, ни жарко. Значительное лицо... Особая причина... Выведенное кровью французское слово под ковром... Какой же вы чудак!

И через четверть часа Гиацинтов покинул особняк, в котором размещалось российское посольство, и отправился в город — к ненаглядной Антуанетте.

ГЛАВА 19

Несколько рассуждений об острове Мадейра. — Тетушка Евлалия и ее причуды. — Волшебное преображение. — Разговор начистоту.

Увы, ее не оказалось дома; там находились только немая девушка, которую Антуанетта то ли из жалости, то ли из какой-то прихоти держала у себя в услужении, да старая тетушка Евлалия. Владимир знал, что тетушка опекала Антуанетту — круглую сироту — с раннего детства и, когда у девушки открылась чахотка, сопровождала ее на Мадейру, где та надеялась вылечиться от своего недуга. Благодатный климат целебного острова оказал свое действие, и через несколько лет Антуанетта вернулась обратно в Вену. Она с увлечением описывала, как на Мадейре тетушка была занята только тем, чтобы отваживать от нее многочисленных женихов, но, несмотря на все ее усилия, к Антуанетте ухитрились посвататься два доктора, английский офицер и трое местных жителей, причем последние то и дело пели под ее балконом серенады, чем очень досаждали остальным больным, а однажды чуть не подрались за наилучшее место для пения.

— Но вы не думайте, что больные не любят пения, — добавила плутовка, и ее незабудковые глаза заискрились, — для этих дам как нож острый было то, что все серенады пели исключительно для меня, а в их честь никто не пропел и куплета! И главное, я бы поняла, если бы дамы были свободны, но — они все были замужем!

— А мужчины, которые поправляли на Мадейре здоровье, были не против серенад? — спросил молодой человек, млея от того, что находится так близко от предмета своей страсти.

— Конечно, нет! — отвечала Антуанетта.

— А... — Владимир собрался с духом, — Мадейра — это испанский остров?

— Португальский, — поправила его Антуанетта. — И все жители пьют мадеру, но все-таки меньше, чем англичане, потому что англичане, которые туда приплывают, выпивают ее больше, чем островитяне. А еще там круглый год тепло, только иногда случаются сильные ливни. И во время карнавала там весело — все-таки какое-то развлечение, потому что все время находиться на острове несладко, не такой уж он большой, и смотреть там особо нечего. Зато там изумительно цветет миндаль — ах, какая красота! Знаете, я иногда на Мадейре жалела, что я не художница. И почему художники всегда рисуют всякий вздор — некрасивые улицы наших городов или портреты заказчиков, на которых без содрогания даже глядеть невозможно? Я не имею в виду всех, конечно, но...

Владимир заверил Антуанетту, что совершенно разделяет ее мнение и что вообще современные мастера живописи ленивы, нелюбопытны и тяжелы на подъем. Нет сомнений, что сегодня Гиацинтов с удовольствием продолжил бы этот поучительный разговор, однако его надежды не оправдались. Вместо очаровательной Антуанетты с незабудковыми глазами к нему вышла ее тетушка Евлалия. Она была старая, согбенная, и из-под ее пожелтевшего кружевного чепца во все стороны торчали седые пряди. Все лицо тетушки покрывали морщины, а из-под мутноватых стекол пенсне посверкивали колючие и, скажем прямо, не слишком доброжелательные глаза. Шагала она, опираясь на массивную трость, и видно было, что каждый шаг стоил ей нешуточных усилий. Тетушка протянула Гиацинтову свою пятнистую лапку в дурно связанной черной митенке, и Владимир не без внутреннего трепета приложился к ней.

— Вы к Антуанетте, господин Август... Август... Простите, совсем забыла, как вас зовут!

Не без раздражения Гиацинтов напомнил, что он не Август, а Владимир, и, нахохлившись, стал глядеть сентябрем.

— Ах, ну да, ну да, — закивала старушка. Голос у нее был препротивный — скрипучий и ломкий. — Август — это такой высокий... нет, невысокий... ах, вечно я все путаю! Если вы ищете мою племянницу, то она отправилась за покупками.

— И вы отпускаете ее одну? — спросил уязвленный Владимир.

— Молодой человек, — с достоинством ответила старушка, — я слишком стара, чтобы всюду ее сопровождать. К тому же я вполне полагаюсь на ее благоразумие и знаю, что она ни за что на свете не захочет меня огорчить. Так что, если хотите послушать доброго совета, ступайте домой. Я передам ей, что вы заходили, не беспокойтесь.

Чувствуя, что он в этом доме лишний, Гиацинтов откланялся и удалился, однако на тротуаре столкнулся с Балабухой, который тоже надеялся застать красавицу дома. Артиллерист поглядел на друга и насупился, но Владимир лишь махнул ему рукой и быстрым шагом двинулся дальше.

— Номер второй идет, — доложила «немая» служанка, которая в окно видела все происходящее. — А значит, где-то на подходе и номер третий.

Тетушка Евлалия кашлянула, распрямилась, враз сделавшись выше ростом, сняла пенсне и сверкнула незабудковыми очами.

— С меня хватит, — капризно объявила она своим обычным голосом. — Не открывай дверь, я уйду через черный ход. Я и так опаздываю!

— Не забудьте стереть морщины! — крикнула «немая» ей вслед. — Однажды вы чуть о них не забыли!

— Машенька, — отозвалась тетушка Евлалия, она же, в более привычном своем виде, красавица Антуанетта, — ты же обещала, что будешь немой как рыба!

— Хорошо, молчу, — вздохнула служанка и в самом деле не проронила ни слова до тех пор, пока ее госпожа, сняв парик, приведя себя в порядок и переодевшись, не покинула дом.

Тем временем Владимир размышлял о том, сколько времени Антуанетта может потратить на покупки, иначе говоря — когда она вернется домой. По его расчетам выходило, что она вполне могла уложиться в полчаса. С другой стороны, если она отправилась, к примеру, за шляпками, полчаса могли растянуться до двух-трех часов, а если собиралась к тому же завернуть в веерную лавку, расположенную на другом конце города, три часа легко могли превратиться в пять. В это мгновение, признаемся, молодой офицер остро невзлюбил все веера и шляпки на свете.

Он решил подождать для приличия пару часов и вернуться, а до того погулять по городу. Ведь до сих пор он даже не успел толком разглядеть красавицу Вену.

Владимир побродил по набережной, но с Дуная тянул сильный ветер, и Гиацинтову быстро наскучило возле реки. Он покинул неуютную набережную и пошел куда глаза глядят.

Широкие улицы, барочные особняки времен Марии-Терезии, франты в цилиндрах, дамы, словно сошедшие со страниц модных журналов — каких-нибудь «Wiener Moden» и «La Mode». В Петербурге, куда ни кинь взор, натыкаешься на хмурые, неулыбчивые, отмеченные печатью заботы лица, даже если их обладатели ездят в каретах и одеты по последней моде. А тут и взрослые, и дети, и даже лошади — все выглядели спокойными, довольными и благодушными. Даже время от времени попадающиеся на улицах калеки и нищие и те улыбались.

— Господин, ради бога...

Это был одноногий старик с каким-то блеклым орденом на лацкане, вероятно, военный инвалид. У Владимира было отзывчивое сердце, и он никогда не упускал случая помочь ближнему. На добрые дела он смотрел не как на вложение капитала совести — отдал медяк, и тебе спишется гора грехов, — и уж, во всяком случае, не как на обременительную повинность; он просто не понимал, как можно равнодушно пройти мимо чужой беды или чужого горя. Перед ним стоял человек, опираясь на костыль, и с робкой надеждой протягивал ладонь за подаянием. Владимир сунул руку в карман, достал из него новехонький золотой и протянул монету старику. Инвалид неловко поклонился, пораженный щедростью случайного прохожего.

— О, спасибо, господин... Да хранит вас Бог!

Владимир хотел ответить «Не за что», но тут краем глаза заметил в толпе знакомый силуэт. Мышь зашебуршила под ложечкой, защекотала его изнутри своими усиками... Впереди шла Антуанетта. Но Владимир сразу же увидел, что она была не одна.

Ревность отточенными тигриными когтями с размаху полоснула его по сердцу. Он побледнел, и на висках его выступил пот. Рядом с Антуанеттой шагал какой-то господин, и она о чем-то толковала с ним, сжимая в руке кружевной зонтик от солнца... С каждым шагом она и ее спутник удалялись от Владимира.

Быстро приняв решение, он перешел на другую сторону улицы и двинулся в том же направлении, то и дело поглядывая на девушку и таинственного незнакомца. Смутно Владимир чувствовал, что где-то он уже встречал этого человека, но гордый юноша не хотел показаться смешным и обнаружить свое присутствие. Именно поэтому он и перешел на противоположный тротуар.

Гиацинтов ускорил шаг. Теперь он почти поравнялся с интересующей его парой, но между ними лежала проезжая часть улицы, по которой медленно двигалась какая-то позолоченная колымага. Наконец она проехала, и молодой офицер был с лихвой вознагражден. Он увидел лицо человека, который шагал рядом с Антуанеттой. Более того, Владимир его узнал.

На правой руке этого человека не хватало трех пальцев.

* * *

Владимир вернулся в посольство незадолго до двух часов. Волоча ноги, он поднялся по ступеням, и швейцар, искренне удивленный его видом, поспешно распахнул перед ним дверь.

Войдя к себе в комнату, молодой человек швырнул на стол цилиндр и огляделся. Внезапно ему показалось, что чего-то не хватает.

Не было крохотного, с ноготь величиной, обрывка обгорелой бумаги, который лежал на полу.

Владимир дернул щекой, извлек из кармана ключ и отпер ящик стола. Так и есть. Бумаги лежат в том же порядке, в котором он их положил, но уголок второй по счету страницы чуть-чуть высовывается, в то время как Владимир абсолютно точно помнил, что этого не было, когда он клал бумаги в ящик. Мрачно усмехнувшись, он резким движением задвинул ящик и повалился на постель.

Итак, в его комнате кто-то был. Этот кто-то просмотрел секретные бумаги, которые он получил, и не поленился подобрать лоскуток обгоревшего листка, на котором были перечислены особенности нового шифра. Значит, предатель все еще находится в посольстве и опасается, как бы его не раскрыли. Но по обрывку он ничего установить не мог, а на то, что кто-то рылся в его вещах, Владимиру в этот непростой момент его жизни было абсолютно наплевать.

Он лежал и, страдальчески морщась, вспоминал тот ужасный, беспощадный миг, когда у него вдруг открылись глаза и он прозрел. Все разом стало на свои места, все, все. Балабуха был прав: поначалу от них банально пытались избавиться — отсюда дурацкая дуэль в трактире и нападение неизвестных на замок, в развалинах которого заночевали друзья. Позже враги выбрали более хитрую тактику, и Антуанетта... Но при одной мысли о ней у Гиацинтова начало болеть сердце. Он повернулся на бок и в бешенстве ударил по подушке кулаком.

Да-с, господа, все оказалось донельзя просто, тривиально и мерзко. Ведь как на самом деле легче всего подобраться к мужчине? Через женщину. Лучше всего — красивую и молодую. И как будто он, Владимир, уже не успел по меньшей мере два раза на собственном опыте в этом убедиться!

— Осел! — яростно сказал он себе, стукнув кулаком по подушке. — Дурак! Никчемный болван! У... убожество!

Странным образом от ругательств ему стало легче. Он повернулся на спину, прикрыл глаза рукой и опустил веки. Тотчас под ними соткался военный министр граф Чернышёв. Он строго посмотрел на Гиацинтова и сказал по-французски:

— В нашей работе, господа, никому нельзя доверять! Никому, запомните это!

Ах ты романтическая размазня, ничтожество, жалкий мечтатель! Ведь знаешь же, что эти мерзавцы сотворили с Сергеем Жаровкиным, когда он попытался стать им поперек дороги! Как же ты мог так расслабиться? Как же ты не сообразил, что против тебя выступают люди, готовые на все, да, на все?

Это они наняли того гусара, чтобы не дать тебе добраться до Вены... Они организовали ночное нападение на замок с привидениями... Они же подослали к тебе Антуанетту, чтобы она отвлекла тебя от твоего главного дела. И мало того что отвлекла — она выпытывала у него, выведывала, чем он занимается, что намерен предпринять... а он, глупец, всерьез принимал ее интерес к его делам за свидетельство искреннего внимания, проявляемого к его персоне! И тут ему на ум разом пришли все ее вопросы, лукавые, невинные, с виду такие обыденные... вопросы, которые преследовали одну цель — установить, на какой стадии своего расследования он находится теперь. О да, Владимир никогда не забывался настолько, чтобы проговориться об этом прямо, но и того, что он успел сказать — неосторожное слово тут, неосторожное слово там, было более чем достаточно для опытного человека, умеющего анализировать поступающую к нему по крохам информацию. Антуанетта шпионила за ним, теперь он совершенно был в этом убежден. Хитрая, порочная негодяйка, посмотри, как она поочередно кокетничает то с тобой, то с Балабухой, то с этим олухом Добраницким... Может быть, ей поручили вас стравить, а? Стравить до смерти, чтобы вы друг друга поубивали... А Добраницкий... минуточку, Добраницкий...

И перед внутренним взором Владимира возникла дорога и человек с окровавленным лицом, бредущий по ней... Какое яркое появление! Почти театральное! И как ловко он навязался им в попутчики, влез в душу, втерся в доверие... Ничего себе! Однако и хитрец этот Добраницкий! Но, минуточку, откуда известно, что это и вправду Август Добраницкий, что он именно тот, за кого так искусно выдает себя? По его словам, он поляк, игрок и всякое такое, но... Мало ли кем он может быть на самом деле! Для поляка он слишком хорошо говорит по-русски, любой знающий человек, если уж на то пошло, сумеет изображать из себя игрока, а о его прошлом им известно только от него самого. Более того — он разговаривал с польской ключницей, и через некоторое время она исчезла. Он будто бы по чистой случайности помог им найти одежду Жаровкина, он раскусил их с Балабухой, он находился в курсе всех их дел, в которые офицеры неосторожно его посвятили, он был то невероятно глуп, то невероятно умен... Черт возьми, да этот Добраницкий попросту был подозрителен, и только такой простофиля, как он, Владимир Гиацинтов, мог раньше не замечать этого!

Но что же ему теперь делать? Что делать, в самом деле?

Он не хотел вспоминать об этом, но он снова увидел, почти воочию, как прелестная Антуанетта и мерзкий плюгавец Иоганн Ферзен шли по параллельному тротуару, доверительно беседуя, а он, Гиацинтов... он понял все, понял по выражению их лиц. Они были давно знакомы; да что там — они были сообщниками, даже хуже, чем сообщниками — ведь Ферзен платил этой девушке, Владимир сам видел, как гусар на прощание вложил в ее руку кошелек с деньгами. И Гиацинтов бросился в какую-то нишу, смертельно бледный, боясь, как бы они не заметили его, и его бедное сердце колотилось так, словно хотело разорвать его грудь, и выражение лица у Владимира сделалось как у безумца.

Да, песенка господина Бенедиктова оказалась поистине пророческой. Ничего не ждало Гиацинтова, кроме черной печали.

«Ничего... Они еще пожалеют. Я еще покажу им! Теперь я возьмусь за работу как следует, и без всяких глупостей. — Владимир презрительно улыбнулся, чувствуя, как от стыда и бешенства пылают его щеки. — Я найду предателя... Раскушу, что за игру он затеял... И господину Ферзену тоже не поздоровится, будьте уверены. А что до господина Добраницкого... наверняка он тоже подослан, так что надо потихоньку от него избавиться. А Балабуха... черт, он ведь влюблен в эту дрянь Антуанетту. Н-да, с Балабухой придется повозиться. Ведь он глуп, как бревно, и, если я ему скажу правду, чего доброго, он пойдет и все перескажет ей...»

В дверь негромко постучали.

— Кого черт несет? — не сдержавшись, крикнул Владимир.

Дверь приотворилась, и на пороге показалась огромная фигура артиллериста. Он застенчиво кашлянул в кулак, переминаясь с ноги на ногу.

— А, это ты, Антон Григорьич! — подпустив в голос сердечности, воскликнул Гиацинтов. — Заходи...

Смущенно поежившись, Балабуха переступил порог.

— Это... того... Владимир Сергеич, поговорить надо. Дело есть.

«Неужели уже натравила?» — похолодел Владимир.

— У меня тоже дело, — проворчал он. — Кто-то шарил у меня в столе.

— Что-нибудь пропало? — вскинулся артиллерист.

— То-то и оно, что нет, но не нравится мне все это. Да ты садись, друже. В ногах правды нет...

Балабуха тяжело опустился на стул.

— Я это... того... по поводу Антуанетты к тебе пришел.

«Можно было пари держать — и не прогадать», — мелькнуло в голове у Гиацинтова.

— Дело в том, что я... Я имею насчет нее серьезные намерения... Нравится мне она очень, — жалобно сказал Балабуха. — А ты... гм... того... Все время возле нее вертишься. Это, знаешь ли... не по-товарищески.

«Послал мне бог в товарищи дурака», — горько подумал Владимир. Вслух же он сказал:

— Значит, ты жениться на ней собрался?

— Я... гм... — забормотал Балабуха. — Собираюсь, да... То есть хочу с ней поговорить... Сам знаешь, такое дело обычно по обоюдному согласию решается.

— Вот и прекрасно, — одобрил Владимир. — Коли дело сладится, позови меня на свадьбу. В шаферы пригласи, что ли... Я буду очень рад.

Балабуха так поразился, что стал одновременно щипать оба своих уса.

— Значит, ты... никаких видов на нее не имеешь?

— Я? — Гиацинтов глубоко вздохнул. — Скажу тебе честно, друг мой. Я неравнодушен к совершенно другой особе... И вообще мне больше нравятся блондинки. Они характером помягче будут... Да и потом, раз ты так влюблен, не след мне тебе мешать... Это не по-дружески.

Он ощутил что-то вроде укола совести, когда у артиллериста от избытка чувств на глазах даже выступили слезы. Он неловко поднялся, стал тискать руку Владимира, бормотать слова благодарности и говорить, как он счастлив... уважает своего друга... и вообще...

«М-да... Дело плохо. Придется Чернышёву слать срочную депешу, чтобы немедленно отослал в Петербург этого олуха...» Владимир мило улыбнулся и отнял у Балабухи свою руку, которая уже весьма чувствительно болела от пожиманий гиганта.

— Ты завтра будешь у Розенов? — спросил Антон, улыбаясь счастливой и, на взгляд Владимира, совершенно глупой улыбкой. — Она обещалась там быть... Может быть, мне даже удастся поговорить с ней о... ну, ты сам понимаешь...

— Хорошо, — равнодушно сказал Владимир, — я приду.

Он отвернулся и глядел на стену до тех пор, пока Балабуха не скрылся за дверью. Все его мысли были сосредоточены совершенно на другом. Когда шаги артиллериста стихли в коридоре, Владимир вскочил с постели, достал копию донесения Жаровкина и стал ее перечитывать. Потом немного подумал, вытащил бумагу, перья, чернильницу и стал что-то записывать.

ГЛАВА 20

О том, как не превратить салон в салун. — Друзья и соперники. — Непредсказуемая Антуанетта. — Слова, которые стоят целого вечера.

— Ах, герр Гиацинтов! Как мы рады видеть вас!

Такими словами встретила на следующий вечер Владимира маленькая, приветливая, с блестящими глазками и румяными щечками госпожа Розен, державшая один из самых модных салонов в австрийской столице. Несомненно, что своим успехом вечера госпожи Розен были в значительной мере обязаны ей самой. Подобно опытному бармену, маленькая старушка в совершенстве владела чувством пропорций, и никто лучше ее не мог взболтать светский коктейль, смешав в нем пару иноземных князьев, дюжину разнокалиберных аристократов, полдюжины красавиц разного возраста, трех-четырех посольских работников, литератора, певицу и заезжую актрису. В последние недели Владимир сделался habitué[1] ее салона, в котором часто показывалась несравненная Антуанетта, приходившаяся старушке дальней родственницей; и даже сегодня, входя в пыльную гостиную с претензией на кокетство, он чувствовал еще некоторое волнение, словно ему оставалась хоть какая-то надежда.

Слушая болтовню госпожи Розен, он машинально оглядел гостей. Так, толстый флегматичный Сандерсон из английского посольства тоже здесь... и Добраницкий, глупец, уже примчался одним из первых, рассчитывая увидеть синеокую красавицу. Самой Антуанетты не было — она, как и все хорошенькие избалованные женщины, любила являться с большим опозданием, — зато была миловидная блондинка с вздернутым носиком и копной мелких локонов, которые поддерживала широкая шелковая лента. Прочие гости, не представлявшие для Владимира ровным счетом никакого интереса, вели вполголоса беседу, преимущественно по-французски, какую всегда, от времен сотворения Адама, ведут в светских гостиных. Это была причудливая смесь более или менее приличного злословия, последних политических новостей, сплетен и эпиграмм по адресу присутствующих и отсутствующих.

— Вы уже знакомы с мадемуазель Дютрон? — спросила госпожа Розен у Гиацинтова. — Нет? Это парижская актриса, и она, право, очень мила... Пойдемте, я представлю вас ей!

---

[1] Завсегдатаем (*франц.*).

И Владимир позволил себя увлечь — тем более что мадемуазель Дютрон, как выяснилось, и была той самой миловидной особой с шелковой лентой в волосах. Так как она скучала, то появление Владимира пришлось как нельзя кстати, и вскоре они уже беседовали как добрые старые друзья.

Вечер продолжался своим чередом. Через некоторое время явился Балабуха, но к Гиацинтову подойти не осмелился и прочно обосновался в самом темном и неприступном углу, где никто не мог его потревожить. Взвинченность Владимира мало-помалу уступила место ледяному спокойствию, которое поражало его самого. Общество актрисы ему нравилось. Она не была ни криклива, ни вульгарна, ни глупа, как обычно принято думать о ее товарках по ремеслу. Кроме того, она была недурно образованна и не злоупотребляла анекдотами об изнанке сцены, к которым некоторые актеры питают такую склонность. Она была близко знакома с многими интересными людьми — писателями, музыкантами, художниками — и умела говорить о них увлекательно, причем в ее передаче эти люди не превращались в карикатуры на самих себя. Словом, Владимир, который заговорил с ней вначале для того только, чтобы убить время, очень быстро обнаружил, что ему с ней интересно. Он даже не заметил появления Антуанетты, которая появилась в платье цвета слоновой кости с множеством вставок из вышитого тюля. Все потянулись к ней здороваться, и Балабуха с Добраницким усердствовали, казалось, больше всех. Балабуха целых пять минут держал в своих лапищах ее ручку, а Август расшаркивался так старательно, что чуть не протер в паркете дыру. Фрау Розен, для которой их маневры отнюдь не представляли тайны, глядела на них с умилением.

— А как вам Вена? — спросил Владимир у мадемуазель Дютрон.

Та пожала плечами, раскрыла изящный веер, расписанный фигурками птиц, порхавших среди ярких цветов, и стала им обмахиваться.

— Une ville comme toutes les autres[1], — сказала она.

Гиацинтов меж тем чувствовал на себе настойчивый посторонний взгляд, догадывался, кому этот взгляд принадлежит, но упорно не желал обернуться. Толстый Сандерсон подошел к нему с явным намерением втянуть его в скучную беседу о политике российского императора, но Владимир не имел охоты обсуждать с ним что бы то ни было. Он взял веер актрисы и, похвалив его, стал рассматривать нарисованных на нем птичек. Сандерсон помедлил и отошел.

— Право же, я не верю в дурной глаз, — внезапно промолвила актриса, поежившись, — но эта мадемуазель глядит на меня так, будто непременно хочет сглазить. Вы ее знаете?

Владимир с неудовольствием обернулся и увидел незабываемые глаза Антуанетты, которые перебегали с него на его спутницу и обратно. Он равнодушно кивнул девушке и отвернулся. Антуанетта вспыхнула.

— Что это, ваш друг даже не хочет подойти ко мне поздороваться? — с гневом спросила она у Балабухи.

Гигант покраснел и пробормотал нечто невнятное.

— О, вы знаете, наш Владимир — такой увлекающийся человек! — с жаром встрял Добраницкий. — Похоже, мадемуазель Дютрон совершенно его пленила.

Разговаривая с мадемуазель Дютрон, Владимир бросил взгляд через плечо. Антуанетта усиленно обмахи-

---

[1] Город, похожий на прочие (*франц.*).

валась веером. Ему показалось, что на глазах ее готовы выступить злые слезы.

«Ну что, милая, работа не ладится, да? — насмешливо подумал он про себя. — Похоже, не видать тебе больше ни красивых шляпок, ни дорогих платьев!» Однако ему тотчас стало совестно своей жестокости. Почему-то он вспомнил рассказы Антуанетты о ее прабабушке, которая приносила несчастье всем, кто ее любил. Было похоже на то, что над этой семьей довлел фамильный рок.

«Ну, меня самого на эту удочку ты больше не поймаешь, — мелькнуло в голове у Владимира. — Хватит дураком быть, пора и поумнеть».

Он заметил, что Антуанетта, не слушая обращенные к ней слова Балабухи, поднялась с места с явным намерением подойти к нему, Гиацинтову. Тогда Владимир предложил руку мадемуазель Дютрон, и они вышли в соседнюю комнату, где в это время приглашенный госпожой Розен фокусник развернул целое маленькое представление. Оно вышло прелестным, и гости много аплодировали и много смеялись. После представления Антуанетта попыталась вторично подойти к Владимиру, но он увлек мадемуазель Дютрон на балкон, с которого открывался великолепный вид на Дунай.

Антон, заметив маневры Гиацинтова, начал хмуриться. С одной стороны, ему было приятно, что Владимир держит слово и не делает попыток приблизиться к красавице, с другой — ему казалось, что она огорчена этим неожиданным пренебрежением и ломает голову над его причинами. Вернувшись с балкона, Владимир поглядел на Антуанетту с чувством превосходства.

«Вот такие вы все, женщины! Стоит выказать вам слишком много внимания, и вы тотчас делаете вид, что оно вас тяготит. Зато когда вас бросают, вы сразу же кидаетесь за изменником в погоню, не разобравшись даже хорошенько, нужен он вам или нет. Смешно, право слово, смешно!»

Мадемуазель Дютрон, польщенная его вниманием, меж тем нахваливала Париж и жаловалась на то, какой Вена холодный и неуютный город. Даже сейчас, летом, в домах не слишком тепло, а она зябнет, она не переносит даже малейшего сквозняка, не говоря уже о холоде. А когда она попросила затопить камин, служанка ей ответила: «En été on ne fait pas de feu dans les cheminées![1]»

— Да-да, конечно, очень жаль, — учтиво отозвался Владимир и неожиданно вздрогнул. — Простите, что вы сказали?

Актриса, несколько удивленная, повторила свои последние слова. Мгновение Владимир пристально смотрел на нее, словно не понимая. Потом лицо его осветилось мальчишеской улыбкой, и, не обращая никакого внимания на чопорного Сандерсона, на чванных князьев, на почти знаменитого литератора, приглашенного на десерт госпожой Розен, он схватил обе руки актрисы и с жаром расцеловал их.

— Мадемуазель Дютрон, я вас обожаю! Вы ангел!

— О, месье... — сказала актриса, розовея. Поразительно, до чего же эти русские странные люди!

Но Владимир уже не слушал ее. Он подошел к хозяйке и сказал, что ему очень жаль, но он вынужден покинуть ее прекрасный вечер. Он только что вспомнил, что ему надо закончить одно начатое дело и он надеется, что госпожа Розен по своей доброте извинит его.

— Ну что ж, месье, если это дело такое важное...

---

[1] Летом мы не топим камины (*франц.*).

Владимир откланялся и через несколько мгновений был уже на лестнице. Лакей поднес ему цилиндр и плащ на шелковой подкладке. Кусая от нетерпения губы, Гиацинтов выскочил на улицу, но тут за спиной послышался топот, и офицера догнал громадный артиллерист.

— Послушай, Владимир Сергеич, — укоризненно загудел он, — нехорошо, право... За что ты девушку так обижаешь? За весь вечер даже не подошел, двух слов не сказал... Стыдно, честное слово, стыдно!

Он положил руку на локоть Владимира, но тот вырвался и отскочил от него.

— Да пошел ты к черту! — не сдержавшись, грубо выпалил он. — Дурак! Нужна тебе эта... эта баба, так и иди к ней! Цепляйся за ее юбку и живи счастливо! А я моему отечеству служу, мне некогда тут пустяками заниматься! Прощай!

Он повернулся и быстрым шагом двинулся прочь по улице.

— Это... за что же такая обида? — недоумевал Балабуха, разводя руками. — Чудно! Как подменили человека, честное слово...

Он повернулся и, сгорбившись, побрел обратно в дом, где фокусник как раз начинал второе отделение.

ГЛАВА 21

Догадка. — Волшебный змей и вкрадчивый голос. — Мучения агента Сотникова и отповедь военного министра.

Владимир летел по ночным улицам, как на крыльях. Путь его лежал в российское посольство.

Его переполняло ликование, душа пела, губы сами собой складывались в самодовольную улыбку. Он понял! Наконец-то он понял, догадался, сообразил, что же на самом деле покойный Жаровкин хотел сказать своим указанием под ковром! И помогла ему в этом не кто иная, как мадемуазель Дютрон.

Что за слово своей кровью вывел умирающий? Chemin! По-французски — дорога, стало быть. Они обыскали дорогу и ничего не нашли, установили слежку за Дорогиным — и тоже ничего не нашли... А все дело в том, что Жаровкин имел в виду вовсе не дорогу! Перед глазами Гиацинтова вновь возникла резкая черта в конце слова. Несчастный агент просто не успел его закончить! Ведь он имел в виду вовсе не chemin — дорогу, а cheminée — камин!

А в комнате Жаровкина и в самом деле находился камин...

Жаровкин знал, что умирает. Но он также знал, что его будут искать, и поэтому оставил для тех, кто придет после него, указание. Камин! Что же такое могло в нем находиться? Ну конечно, тайник!

Вот и посольство. Владимиру пришлось долго стучать, прежде чем заспанный швейцар отворил ему дверь.

— Хорошо погуляли, ваше благородие?

Ах, шел бы ты к черту со своими казарменными шутками, приятель!

Не раздеваясь, Владимир бросился в комнату убитого агента, которую после Жаровкина никто не занимал. Дрожащими руками зажег свечу — зажечь удалось лишь с третьего или четвертого раза.

Теперь надо было осмотреть камин. Владимир коротко выдохнул и стал выстукивать каминную доску. Ничего. Он поставил свечу на пол, наклонился и залез рукой в камин. Пальцы его коснулись холодной, гладкой поверхности. Сердце Владимира колотилось как бешеное, по вискам струился пот. Он осторожно стал простукивать боковые стенки, заднюю, верхнюю... И наконец стук чуть изменился. Наверху!

Не помня себя от радости, Владимир стал царапать ногтями плитку, за которой скрывался тайник. Он до крови ободрал ногти, но через несколько минут в ладони у него оказался аккуратно свернутый носок.

Пять носков! При осмотре вещей Жаровкина они обнаружили всего пять носков! Вот, стало быть, куда делся парный!

Стряхнув с него пыль, Владимир осторожно развернул его и распрямился. В носке лежало несколько листков бумаги, исписанных мелким аккуратным почерком, но в полумраке, который царил в комнате, больше ничего не было видно. Владимир нагнулся, чтобы поднять свечу, которая по-прежнему стояла на полу. Ему показалось, что его щеки коснулся холодок сквозняка, словно кто-то бесшумно приотворил входную дверь, и он резко распрямился.

— Кто здесь? — громко спросил он. — Василий, ты?

В следующее мгновение в глаза ему ударила яркая вспышка, а в уши ворвался оглушительный грохот. Потом по груди пробежали какие-то теплые струйки, а в ногах появилась странная слабость. Владимир упал всем телом на пол, опрокинув свечу, которая погасла, и в мире, и в его душе воцарилась густая, непроницаемая, ничем не нарушаемая мгла.

* * *

Топот ног. Голоса:

— Сюда! Скорее сюда!

Тоска-а... Все скучно. Шаром набухает боль в груди.

Зеленая трава. Луг... Ромашки и желтый донник, чьи побеги достают ему до груди. Верно, он ведь маленький мальчик. Сейчас он с дядькой Архипом, отцом денщика Васьки, будет запускать змея...

Белый змей парит в небе, щелкая длинным хвостом... Но вот он приближается, и становится видно, что это вовсе не змей, а женщина в белом — привидение из того замка... Она смеется заливистым смехом, точь-в-точь как Антуанетта, и целует Владимира в уголок губ.

Спотыкаясь, Владимир бежит по лугу прочь. Луг превращается в болото, которое чавкает, засасывает его... стискивает со всех сторон...

Он летит вниз в кромешной тьме. Тоска, тоска, тоска... Глумливая рожа Телепухина надвигается на него.

— Людмила... Пропадаю я без нее, понимаешь? Ха-ха-ха!

Гиацинтов, размахнувшись, бьет в рожу, и та разваливается на тысячу кусков. Чей-то голос гнусит:

— Соизволением государя императора... По высочайшему повелению...

Царское Село, сад, статуи... Все статуи — живые и провожают Гиацинтова глазами, когда он проходит мимо. Почему-то он — император Александр, плешивый, в треуголке, надетой набекрень... За ним ходит свита, и Владимир чувствует: они знают, что он не император. Знают. Но почему же они молчат?

— Ваше величество...

— Отставить, — бормочет в бреду раненый, — отставить... Я не он... я другой... Другой, понимаете?

Шар в груди лопается, статуи темнеют и, превратившись в пыль, осыпаются со своих пьедесталов. Гиацинтов стоит на берегу реки с черными водами, и рядом — кто-то невидимый с ласковым голосом:

— Ну пойдем... пойдем туда... Там хорошо... спокойно... покойно...

— Не хочу, — твердо отвечает Владимир и отворачивается.

Откуда-то сверху на него мягко обрушивается хорал... И молодой офицер уплывает на волнах музыки. Все выше и выше... все выше и выше...

Туман, камыши... Берег озера. Из воды выходит Жаровкин. Он мертвый, но совсем как живой.

— Так ты запомни, — говорит он строго, — камин... камин, а не дорога... Ты должен их найти... Должен! Это очень важно... Все зависит только от тебя, никто другой не сможет... Этот предатель... он опасен... Видишь, я недооценил его — и...

Он раскрывает сюртук и показывает след от раны на груди. Затем выражение его лица меняется.

— Ты понял... ты нашел... Я этого не забуду... А теперь иди! Иди же!

Тоска, тоска, тоска... И Жаровкин куда-то делся, а вместо него над Владимиром склоняется усатое встревоженное лицо Балабухи.

— Предатель... — напоминает ему Владимир шепотом.

Артиллерист, кажется, озадачен. Нет, он искренне обижен...

За окном — дерево с золотящейся листвой. Неужели осень?

Нет, это ему кажется. Листву пронизывают солнечные лучи, и оттого она отливает золотом. Ветер словно заигрывает с листьями, и они кокетливо трепещут, поворачиваются в разные стороны.

Хлопает дверь. Мелкие семенящие шажки.

— Не очнулся?

— Нет.

— Но он ведь не умрет? Антон, он ведь не умрет?

— Доктора сделали все, что могли. Теперь надо ждать.

Пауза. Затем:

— А-а... Ы-ы-ы!

Стук. Бац, бац, бац!

— Ну ты что, Август... — гудит голос артиллериста. — Опомнись! Перестань о стенку башкой стучать, она тебе еще понадобится...

— Думаешь? — недоверчиво спрашивает Август и, сделав неловкое движение, локтем сбивает на пол здоровенный чугунный подсвечник, который падает с диким грохотом. Артиллерист подскакивает на месте.

— Да тише ты! Совсем с ума сошел, что ли?

— Кончайте шуметь, — раздается в комнате слабый голос.

Балабуха, вмиг забыв про Августа, поворачивается к постели, на которой лежит смертельно бледный Владимир. Но артиллерист видит, как подрагивают его веки, видит выражение его лица, и на мгновение Антону кажется, что *нечто*, витавшее все эти дни в комнате его товарища, это неописуемое и трудноуловимое нечто, задержавшееся у изголовья раненого, наконец-то отступило, ушло, признав свое поражение...

— Очнулся! — вопит Балабуха. — Ей-богу, очнулся!

— Я же говорил! — ликует Август. — Я говорил, он молодец!

Он бросается к кровати, чтобы обнять Владимира, но не учитывает, что между ним и Гиацинтовым расположился одноногий столик, на котором стоят какие-то микстуры, чашки, порошки... Разумеется, Август натыкается на столик, и все, что находилось на последнем, со звоном, треском и скрежетом летит на пол.

— Ну, ты... — свирепеет артиллерист. — Убить тебя мало, честное слово!

Владимир делает попытку приподняться, но у него начинает так колоть в груди, что он вынужден отказаться от этой мысли.

— Что со мной произошло? — спрашивает он.

Его друзья тревожно переглядываются.

— Ранили тебя...— наконец нехотя выдавливает из себя Балабуха. — Чуть не убили!

— А где носок? — спрашивает Владимир.

На этот раз друзья переглядываются уже с озадаченным видом.

— Носок? Какой носок?

Владимир объясняет. Говорить ему трудно, дыхания не хватает, но главное он все-таки успевает сообщить... Жаровкин... тайник... cheminée... Носок, а в нем — листки... Где они?

— Вот оно что, — угрюмо произносит Балабуха. — А мы-то никак не могли сообразить... Никаких листков тут не было.

Значит, все погибло. Все пропало... все, все... Предатель в посольстве... он учуял, что Владимир что-то обнаружил... последовал за ним, тяжело ранил его и забрал листки... после чего, конечно, уничтожил их.

— Кто в меня стрелял? Вы выяснили?

Друзья сконфужены. Нет, им этого выяснить не удалось... В ту ночь почти все были на своих местах, кроме Адлерберга — он уехал на прием к австрийскому императору.

— А пистолет? Тот, из которого в меня стреляли?

Один из пистолетов посланника. Оказывается, у него их целая коллекция... Он ее не запирает... Любой мог взять...

— Значит, служащие посольства меня нашли...

— Нет, — возражает Добраницкий. — Это я... Служащие ничего не слышали... Эта комната находится в отдалении от остальных.

— Да, он ушел от Розенов вскоре после тебя, — говорит Балабуха.

Добраницкий пожимает плечами.

— Я хотел вас помирить... Мне показалось, вы поссорились... а я не люблю, когда мои друзья ссорятся.

— Доктор сказал, — вмешивается Балабуха, — если бы не он, ты бы так и умер там, на полу... Твое счастье, что он сразу же позвал людей.

Владимир выдавливает из себя улыбку.

— Спасибо, Август... — говорит он очень тихо. — Спасибо.

Дерево за окном... красивое, золотое... Солнце, тепло... хорошо.

— Какой сейчас месяц? — спрашивает Владимир.

— Да уже август... — отвечает Балабуха, незаметно вытирая набежавшую слезу. — Мы тут при тебе сидели, знаешь... как няньки...

— Сиделки, — поправляет Добраницкий, подбирая с пола погибшие порошки и осколки посуды.

— А еще *она* была, — произносит артиллерист глуховатым голосом.

Владимир поднимает веки и смотрит на него, не понимая.

— Кто она?

— Ну... Антуанетта. Очень переживала за тебя... просила как следует за тобой следить...

Владимир ничего не отвечает. Добраницкий тем временем ухитряется пораниться об острый осколок стекла, с воплем роняет все, что успел собрать, трясет рукой в воздухе и наконец, как маленький ребенок, сует порезанный палец в рот. Балабуха делает страшные глаза.

— Август, — негромко говорит Владимир, — брось тут возиться... Принеси мне лучше, знаешь... льда и полотенце... Что-то мне не очень хорошо.

— Ага! — кивает Август и бросается к двери. — Я мигом!

Когда он ушел, Владимир сказал гиганту:

— Знаешь что, Антон Григорьич, притвори-ка как следует дверь... Есть серьезный разговор.

* * *

«Его превосходительству
военному министру графу Чернышёву
от особого агента Сотникова.
Совершенно секретно.

Донесение.

Имею честь доложить вашему превосходительству, что известный вам господин Г. недавно поставил под угрозу всю операцию, порученную мне вашим превосходительством. По чистой случайности ему удалось обнаружить в камине тайник, заготовленный почившим в бозе господином Жаровкиным, после чего он с непростительным легкомыслием дал неизвестному лицу подстрелить себя. В результате бумаги Жаровкина, в которых вашему преданному агенту была такая нужда, оказались утрачены, а сам господин Г. лежит при смерти, и доктора не надеются на его выздоровление. Скажу вашему превосходительству со всей откровенностию, я не знаю, долго ли еще я смогу работать в таких условиях, когда господа Г. и Б. то и дело перебегают мне дорогу и своими дурацкими действиями беспрестанно сводят на нет все мои возможности».

Резолюция военного министра на донесении агента Сотникова (начертано собственноручно):

«Имею честь доложить вам, милостивый государь, что вы есть совершеннейший осел. С самого начала операции все успехи принадлежат непутевым господам Г. и Б., но никак не вам. То они по чистой случайности выходят на верный след, то — по чистой опять-таки случайности — находят тайник с бумагами. Заявляю вам, что я не намерен долее терпеть ваше разгильдяйство. Если дело будет продолжаться так и дальше, можете по приезде на родину подавать прошение об отставке.

Засим остаюсь, милостивый государь,

благосклонный к вам
граф Чернышёв».

ГЛАВА 22

Чудеса в решете. — О том, как кое-кому предложили продать империю за сходную цену, и о трудностях подобных сделок. — Преимущества жасминового аромата перед всеми остальными. — Аптекарская смесь.

Тихим августовским вечером Добраницкий возвращался в российское посольство из очередного увеселительного заведения. Постукивая тросточкой по камням мостовой, он как раз собирался перейти улицу, когда мимо промчалась тяжелая карета, чуть не раздавив его. Август едва успел отскочить обратно на тротуар.

— Вот мерзавцы! — крикнул он, оправившись от испуга и грозя уехавшей карете тросточкой. — Тоже мне, лихачи венские! Ездят, как... в Москве какой-нибудь!

Сильно рассерженный, он продолжил свой путь. На углу к нему подошел любезный франт в белых лайковых перчатках.

— Простите, сударь... Не подскажете, который чае?

— Сейчас, — сказал Август и взялся за цепочку от часов. В следующее мгновение кто-то схватил его сзади за руки, не давая пошевельнуться, а франт извлек из кармана остро наточенный нож.

— Караул, убивают! — заверещал бедный Август и, изловчившись, что есть силы приложил лбом в лицо франта с ножом. Тут сзади подскочил третий ночной гуляка. Это был верзила огромного роста, и кулаки у него, судя по всему, оказались тяжеленные. От его удара тот, кто держал Августа за руки, охнул, стукнулся головой о стену и упал навзничь. Франт, видя, какой оборот приняло дело, бросил нож и кинулся бежать не разбирая дороги.

— Сволочи! — кипятился Август. — Мазурики! Спасибо вам, любезный господин, что вы... Ой, Антон Григорьич?

— Ну, я, — хмуро ответил гигант. — Ты что, много выиграл сегодня? Почему они на тебя набросились?

— Понятия не имею, — признался Август. — Кроме часов, у меня ничего при себе не было.

— Ладно, там разберемся, — буркнул Балабуха. — Эй ты, вставай! — И он носком ботинка пошевелил неподвижно лежащее тело второго убийцы.

— Заснул он, что ли? — пробурчал гигант, когда распростертый на мостовой человек не пожелал встать даже после хорошего пинка. Август подошел поближе и вгляделся в лицо лежащего.

— Ой, — сказал он, после чего встал на колени и взял руку неизвестного. — Пульса нет! — Он приложил ухо к его груди. — Сердце не бьется. Похоже, вы его, Антон Григорьич, до смерти уходили.

— Да я его только разок и стукнул! — рассердился Балабуха. — Что за хлипкий пошел народ, в самом деле!

— Ну да, — подтвердил Август, изучив струйку крови на виске пострадавшего, — а он головкой о стену и тю-тю.

— Так он что, умер? — поразился Балабуха.

— Начисто, — подтвердил Август, после чего быстро поднял свою трость с мостовой и вскочил на ноги. — Знаешь что, Антон Григорьич, лучше нам быстренько отсюда сматываться. Венская полиция убийств не жалует, а ты все-таки при посольстве числишься, тебе в такую историю влипнуть и вовсе не след.

— Да, в самом деле, лучше нам в посольство прямиком вернуться, — подтвердил Балабуха и взял Добраницкого за ворот.

— Да вы что, Антон Григорьич? — поразился тот. — Зачем.... Ой!

Но гигант, не слушая его возражений, поволок его за собой.

— Вот придем сейчас к Владимиру, — задушевно посулил он, приподняв Августа в воздух, чтобы тот не угодил ботинками в лужу, — ты ему все и расскажешь.

— Я – расскажу? — прохрипел Август, болтая ногами в полуметре над мостовой. — О чем?

— Об этом гусе гусарском с двумя пальцами, с которым ты час назад так задушевно общался, — угрожающе сказал Балабуха. — И обо всем остальном тоже.

— Послушайте, Антон Григорьич, — захрипел Добраницкий, барахтаясь в воздухе, — клянусь, я все расскажу! Но это не то, что вы думаете!

— Что я думаю, тебя не касается, — коротко ответил Балабуха и, поудобнее прихватив его за ворот, потащил далее.

Владимир, подперев щеку кулаком, сидел в своей комнате и читал стихотворения Жуковского. Доктор уже разрешил молодому человеку вставать с постели, но постановил, чтобы тот пока никуда не выходил без провожатых. Впрочем, покамест Владимир не собирался покидать свою комнату. Как раз напротив, он ждал гостей, а чтобы вместо гостей к нему не заглянул кто-либо посторонний (вроде того, кто не поленился нашпиговать его свинцом), офицер на всякий случай держал на столе под рукой два заряженных пистолета.

Дверь широко распахнулась, Владимир поднял глаза от книжки, и Добраницкий, брошенный могучей дланью артиллериста, пролетев до середины комнаты, рухнул на пол.

— Привел, — ласково сказал Балабуха. После чего закрыл дверь и запер ее на ключ и два засова. Август, приподняв голову, с ужасом наблюдал за этими приготовлениями.

— Вставай, — велел артиллерист.

Глядя на него исподлобья, Добраницкий поднялся на ноги.

— Садись. — Балабуха с грохотом подвинул к нему стул. Август боком опустился на сиденье. Его щегольской костюм был весь в пыли.

— Между прочим, — сказал он сердито, — я потомственный шляхтич и протестую против такого обхождения. Я ведь могу и на дуэль за него вызвать.

Проигнорировав его слова, Владимир спросил у Балабухи:

— Ну, что?

Тот прочистил горло и обстоятельно доложил о том, как он следил за Добраницким в этот день (как, впрочем, и в четыре предыдущих) и чем именно завершилась его слежка.

— Ладно, — сказал Владимир. — Теперь ты, Август.

Добраницкий насупился.

— Что я должен рассказывать?

— Все, — спокойно произнес Владимир, хотя жилка на его виске нервно подрагивала. — С самого начала.

Август помялся и начал говорить.

Некоторое время тому назад он находился в игорном доме, где спустил все деньги. Он как раз подумывал, без особой охоты, как ему поступить — заложить часы, оставшиеся от матушки, или попросить в долг у друзей, — когда кто-то неожиданно положил ему на плечо руку. Август поглядел на нее и увидел, что на ней не хватает трех пальцев. Затрепетав, он вскочил с места, но Иоганн Ферзен, неведомо как оказавшийся рядом с ним, принудил его сесть на место.

— Так его действительно зовут Ферзен? — поморщился Владимир. — Ладно, это не столь важно. Что именно он тебе сказал?

От офицеров не укрылось, что Добраницкий замялся и, прежде чем ответить, покосился на здоровенные лапищи Балабухи.

— Если ты скажешь нам всю правду, он тебя не тронет, — пообещал Гиацинтов. — Ферзен тебе что-то предложил? Что именно?

— Он предложил мне деньги, — ответил Август. — Правда, не сразу. Сначала он сказал, что ему известно, что я поляк, и что он горячо сочувствует польскому стремлению освободиться от российского узурпатора.

...Пристально глядя в лицо своему собеседнику, Ферзен предположил, что, как истинный польский патриот, тот не может быть на одной стороне с русскими.

— Ведь вы согласны, милостивый государь, что император Николай — тиран и мерзавец?

— Конечно, мерзавец, — охотно согласился Добраницкий. — Вообще все правители — мерзавцы, потому что у них работа такая. Честный человек на ней не удержится, это факт.

И он с любопытством стал ждать ответа.

— Не могу сказать, что я разделяю ваше мнение относительно всех правителей, — заметил Ферзен. — Однако я рад, что мы пришли к согласию относительно императора Николая.

— Перейдем теперь к австрийскому императору Фердинанду? — жизнерадостно предложил Август и взял с подноса подошедшего лакея бокал шампанского.

Добраницкий вовсе не был глуп. Как известно читателю, он уже давно догадался, что Гиацинтов и Балабуха явились в Вену не просто так, а с каким-то заданием. Однако Август вовсе не забывал, что друзья его выручили, что они взяли его с собой и не дали ему пропасть в один из самых тяжелых моментов его жизни. Какие бы претензии у него ни были к Николаю Павловичу как правителю, он вовсе не собирался переносить их на Владимира и Антона, которые чисто по-человечески были ему симпатичны.

Почему-то Ферзен предпочел уклониться от обсуждения персоны австрийского императора и повел речь напрямик. Не согласится ли Август помочь своим соотечественникам и докладывать о том, что предпринимают его друзья? Ведь на то, чтобы играть, нужны большие деньги, а у Ферзена имеются некоторые возможности для того, чтобы обеспечить Августу приличную жизнь.

— Я всегда готов помочь своим соотечественникам, — объявил Добраницкий не моргнув глазом, — но мне нужен задаток в подтверждение, так сказать, серьезности ваших намерений.

— За задатком дело не станет, — твердо ответил Ферзен. — Двадцать золотых, и по рукам. Согласны?

Август вытаращил глаза.

— Двадцать золотых? Черт возьми! И вы требуете от меня, чтобы за столь жалкую сумму я предал своих друзей? Это даже как-то обидно, я не могу... продавать их задешево, в конце концов!

— Хорошо, тридцать золотых, — буркнул его собеседник. — Это только задаток, понимаете? Позже вы получите больше.

— Но я же не только друзей продаю, но и империю, — обидчиво ответил Август, допив шампанское. — За такие вещи полагается военно-полевой суд. Я рискую, в конце концов!

— Вы издеваетесь, милостивый государь? — вспыхнул гусар.

— Какие уж тут издевки — ведь мне грозит смертная казнь! — возмутился Август. — И потом, речь идет о целой империи, а не о каком-нибудь... Монако!

— Некоторые предпочитают Монако, — заметил Ферзен с тонкой улыбкой.

— Это как играть — по маленькой или по-крупному, дело вкуса, — уперся Добраницкий. — Воля ваша, но в крупной игре и ставки большие. Я не могу продавать страну, лежащую от Тихого океана до Черного моря, за тридцать золотых, это исключено.

Ферзен позеленел. Судя по всему, изначально он представлял роль змея-искусителя значительно проще, и не его вина, что он напоролся на столь опытного противника, отлично осведомленного об истинной цене оказываемых им услуг.

— Милостивый государь, — сухо молвил гусар, — позвольте заметить, что вы продаете сущую Азию!

— Громадная территория, — соловьем разливался Август, сладко щуря глаза, — множество губерний... Польша, Финляндия, Сибирь, а какие города! Петербург, Варшава, Киев, Москва... а Тифлис, а Эривань, а Гельсингфорс? И это не считая прочих, которые я не успел назвать! Бесчисленное народонаселение...

— И почти все — рабы, — язвительно напомнил Ферзен.

— В Америке тоже рабство, и ничего, живут, — хмыкнул Добраницкий, завладевая очередным бокалом шампанского. — И вообще, если Российская империя настолько плоха, зачем она вам тогда понадобилась?

Гусар стих и посмотрел на него с отчетливой злобой.

— Мы сочувствуем, — наконец промолвил он, — народам, которые желают освободиться от российского ига.

Август хотел было сказать: «Так подайте пример и освободите польскую часть Австрии», но покосился на лицо Ферзена, которое ходило ходуном, и понял, что подобное замечание окончательно настроит собеседника против него.

— Пятьсот золотых задатка, — объявил Добраницкий, решившись пойти ва-банк. — И то исключительно потому, что я сегодня в хорошем расположении духа. Одна Варшава стоит куда дороже, да что там Варшава — самая последняя улица в Варшаве!

— Я вижу, что сегодня вы малость не в своем уме, — холодно промолвил гусар, поднимаясь с места. — Прощайте, сударь, я вижу ясно, что нам с вами не по пути.

— Четыреста пятьдесят! — воскликнул Август, удерживая его. — Черт с вами, четыреста... Но дешевле мне совесть не велит продавать такую страну! И друзей в придачу, кстати!

Однако гусар был на редкость неуступчив, и после яростного торга Добраницкий продал-таки Российскую империю вместе с Сибирью, Гельсингфорсом и государем императором за сто десять золотых задатку и далее — за прочие суммы, сообразно ценности информации, которую он сумеет раздобыть.

— Как ты мог? — возмутился Балабуха, слушая сбивчивый рассказ Августа о том, как бойко шла торговля великой державой. — Какие-то жалкие сто десять монет, тьфу!

— Так он больше не дал! — оправдывался Август. — Я бы взял больше, но... он не предложил!

Владимир не смог сдержать улыбки.

— Одним словом, он велел тебе следить за нами и обо всем докладывать ему? Так, что ли?

Август вздохнул.

— Нет. Я встретил Ферзена тогда, когда ты лежал раненый, и никаких действий, само собой, предпринимать не мог. Сначала он потребовал, чтобы я рассказал все, что мне уже известно.

— И? — неприязненно спросил Балабуха. Его руки сами собой сжались в кулаки, и Добраницкий, заметив это, слегка отодвинулся.

— Я рассказал ему то, что знал, — сердито ответил Август. — Только вот по его вопросам я понял, что он меня проверяет. Ему уже было все известно, понимаете? Все, кроме слова под ковром.

— А одежду Жаровкина они похитили? — быстро спросил Владимир. — Все-таки столь важная улика...

— Нет, — покачал головой Добраницкий, — Ферзен был очень удивлен. То есть он пытался сделать вид, что все в порядке вещей, но я заметил, что он встревожился. Еще больше он встревожился, когда узнал, что слово исчезло.

— То есть как? — вырвалось у Балабухи.

— Так. Кто-то его затер, начисто. И еще, — Добраницкий помедлил, — оказывается, при том доме были свирепые собаки, которых кормил приходящий слуга. Мы их не видели, потому что их усыпил кто-то, кто был до нас.

— Он не мог быть до нас, — вмешался Владимир, — если мы нашли слово под ковром и оно было еще нестертое. Получается, что он был после нас... Но тогда...

Он умолк и покачал головой.

— Что еще ты о нас рассказал? — мрачно спросил Балабуха.

— Ничего, — твердо ответил Август. — То есть я им говорил всякую чепуху, которая не имела никакого значения.

— Сейчас ты, конечно, скажешь, что хотел втереться в доверие к нашим врагам, чтобы они считали тебя своим и чтобы ты мог нас предупредить, если они что-то затеют против нас, — с иронией предположил Гиацинтов.

Август с вызовом посмотрел на него.

— Я действительно собирался вас предупредить, — сказал он. — Просто я не знал, с чего начать, чтобы не восстановить вас против себя. Кроме того, Ферзен недвусмысленно пригрозил, что убьет меня, если я проболтаюсь.

— Ну уж и убьет... — протянул гигант.

— Ты же сам видел, как на меня сегодня напали, — заметил Август. — Вероятно, эти люди поняли, что я вожу их за нос, и им это не понравилось. И, кстати, я вспомнил, где прежде видел того франта в белых перчатках, который сегодня угрожал мне ножом. Это один из приятелей Ферзена.

Балабуха и Гиацинтов переглянулись.

— Ты сказал: «они». А кроме Ферзена, кого из них ты знаешь? — спросил Владимир.

Добраницкий немного подумал.

— В основном я общался с Ферзеном, но однажды услышал, как он разговаривал по-английски с кем-то еще. Лица этого человека я не видел — мне не настолько доверяли, чтобы знакомить меня со всеми подряд.

— Так, — протянул Гиацинтов. — А о чем они говорили?

Август пожал плечами.

— Я по-английски говорю не очень хорошо, понял только, что они обсуждают какого-то обманщика. Незнакомец несколько раз повторил это слово — pretender.

Владимир нахмурился.

— Еще один вопрос. С ними были женщины?

— Были, — с готовностью подтвердил Август. — Как минимум одна.

Карандаш в руках Владимира с хрустом сломался.

— А точнее? — спросил он, стараясь унять бешено бьющееся сердце.

— Я ее в глаза не видел, — ответил Август, с удивлением глядя на него. — Я только знаю, что она пользуется розовыми духами, и дорогущими. Ферзен мне как-то назначил встречу в одной гостинице, и когда я пришел, в комнате пахло этими духами. Я сразу же понял, что до меня он принимал какую-то женщину... А что?

— Ничего, — быстро ответил Владимир. Странным образом он сразу же успокоился: любимыми духами Антуанетты были жасминовые, а вовсе не розовые. — Скажи мне вот что: Ферзен с самого начала завел речь о твоих соотечественниках. Какова же цель Ферзена и его сообщников? Они хотят снова поднять восстание в Польше, или это была просто фигура речи, чтобы перетянуть тебя на их сторону?

Однако Добраницкий решительно покачал головой.

— Я не видел рядом с Ферзеном никаких соотечественников. Пару раз я видел человека, который говорил по-немецки, он не слишком стеснялся и обозвал Ферзена болваном. Кажется, это Ферзен... — Август поморщился, — это Ферзен убил Жаровкина... И тот человек был на него зол за то, что он не сжег улики, а утопил их в озере... Ферзен оправдывался и говорил, что нужно было исключительное везение, чтобы выудить из озера тот самый камень.

«Сейчас, — подумал Балабуха, — Владимир спросит у него о графине Рихтер. Ведь убийство произошло в ее доме, а она как раз польского происхождения. Получается, она все-таки с ними заодно? Получается, эти люди все-таки готовят в Польше мятеж?»

Однако, к его удивлению, Владимир не стал расспрашивать о графине, а лишь поинтересовался, что Августу известно о шпионе, который действует в посольстве. Впрочем, по словам Добраницкого, об этом ему почти ничего не было известно.

— По-моему, — добавил Август, — они очень дорожат этим человеком... И, конечно, они бы ни за что не стали обсуждать его при мне.

Гиацинтов нахмурился. Балабуха поглядел в угол и, заметив там крошечного паука, висевшего на тонкой ниточке, весь аж передернулся от отвращения.

— Вот что, — сказал наконец Владимир. — Похоже, Август, что ты прав и что эти люди и впрямь решили от тебя отделаться. Поэтому ты пока посидишь в посольстве. Наружу выходить не будешь, это слишком опасно. Поживешь с Антоном в одной комнате — на всякий случай. В посольстве ведь не все к нам благосклонны... И будь осторожен, хорошо?

Август кивнул и поднялся с места.

— Я буду очень осторожен, клянусь! Буду охранять себя денно и нощно...

— Отличная мысль... Антон, проводи его, предупреди Ваську, чтобы тот его не выпускал, и вернись сюда. Надо нам условиться, что мы будем говорить, если полиция пронюхает, что это ты ненароком... зашиб того человека сегодня.

Через несколько минут Балабуха вернулся.

— Я оставил при нем Ваську, как ты и велел... Васька человек надежный, глаз с него не спустит. А вообще, конечно, обидно... Казался человеком, а продал...

Он насупился и отвернулся.

— Если сегодня Августа действительно пытались убить, — вслух размышлял Владимир, — это отучит его от желания общаться с Ферзеном. Беда в том, что мы ни в чем не можем быть уверены.

— Но он же сказал, что на него напал человек Ферзена!

— Это нам только с его слов известно, — отмахнулся Гиацинтов. — А на самом деле, может, его просто хотели ограбить посторонние, а теперь он пытается нас одурачить. Мало он, что ли, раньше придумывал небылиц? Дядя-епископ, старший брат — граф, скальп, который с него чуть не сняли в Америке, в которой он будто бы побывал, канделябры, которыми его якобы ни за что ни про что потчевали...

— И что же ты предлагаешь?

Вместо ответа Владимир сунул руку в карман и достал из него пакетик с каким-то коричневым порошком.

— Помнишь, что это такое?

Балабуха нахмурился.

— Это то, что нам когда-то показывал Дитерихс, аптекарь при Особой службе? Чтобы спать мертвым сном, что ли?

— Вот именно, — подтвердил Гиацинтов, вручая ему пакетик. — Чтобы Август не путался у нас под ногами, подсыпай потихоньку ему этот порошок в пищу. В чай не стоит, иначе чай будет горький.

Балабуха вздохнул, взял пакетик и сунул его в карман.

— Ладно, — сказал он. — Можешь на меня положиться. Обещаю, Август более не доставит нам хлопот.

ГЛАВА 23

Выводы Гиацинтова и выводы из этих выводов. — Кабинетные бумаги и каламбуры по поводу оных. — Бессовестная Антуанетта и ее размышления. — О том, что хранилось в подсвечнике.

Это был обыкновенный листок бумаги, чистый с обеих сторон. Владимир вытянул его из стопки и разложил перед собой на столе. Помедлив, он обмакнул в чернильницу тонко очиненное гусиное перо и написал:

Вена, 1841 год.

Подумав, Владимир приписал снизу:

Иоганн Ферзен — австриец

Некто — англичанин

Некто — говорящий по-немецки

Графиня Рихтер, урожденная Бельская — полька

Их человек в посольстве (неизвестен)

Обманщик (неизвестен; возможно, тот же, что и предыдущее лицо?)

Нахмурив лоб, молодой человек изучил получившийся список, после чего справа добавил:

Австрия. Англия. Польша.

И замер над листом бумаги. Перо, устав ждать, уронило жирную каплю.

Наконец Владимир крупно вывел внизу листа:

ЗАГОВОР

Ему вспомнились строки из донесения агента Жаровкина:

«...но благодаря случаю открыл я, что наш друг, хоть и фигура сама по себе довольно значительная, не ограничивается деятельностью, о которой нам стало известно. Однако то, что мне удалось узнать, нуждается в подтверждении, иначе даже ваше превосходительство, известный своей благосклонностью и великодушием, откажется мне верить...»

Владимир откинулся на спинку стула и протер пальцами веки. Сомнений больше не оставалось: речь шла о каком-то масштабном заговоре — настолько масштабном, что Жаровкин сам не до конца поверил (вернее, опасался, что в Петербурге не поверят) следу, на который он вышел. А замысел Ферзена и компании и впрямь был чрезвычайно широк, если господа, к нему причастные, послали наемного убийцу остановить русских агентов, едва те пересекли границу. Позже они же организовали нападение «разбойников»... подкупили Добраницкого... возможно, не поленились даже — классический метод — подослать женщину, чтобы... И неважно, что Август говорил о розовых духах — ведь сам Владимир видел, как Ферзен давал Антуанетте деньги. Август мог просто не знать, что она тоже в деле... или же, напротив, знал и предпочел умолчать об этом.

«Вздор, — одернул себя молодой человек. — Важна не Антуанетта... то есть она важна, но куда важнее понять, что же кроется за происходящим. И кто такой этот непонятный обманщик?»

Итак, господа, в прекрасном городе Вене имеет место составляться какой-то опасный заговор против Российской империи. В него вовлечены разные лица, частью неустановленные, причем они не остановились перед тем, чтобы хладнокровно убить проникшего в их тайну особого агента Жаровкина.

Итак, следовало срочно действовать, но как? Направить депешу в Петербург? Да, но где гарантии, что она не попадет в поле зрения невидимого предателя? Нет уж! Прежде всего надо вычислить предателя и обезвредить его. Раз и навсегда.

Да, но как это сделать?

И тут в голове Гиацинтова начал складываться план — до того простой и безотказный, что молодой человек тихо засмеялся и от удовольствия потер руки. Да-с, господа! Заговоры на то и даны, чтобы верные слуги империи их раскрывали. А в том, что этот заговор он раскроет, Владимир более не сомневался.

* * *

Театр был полон. Пела Северини — тоненькая, юная, воздушная, черноволосая, совсем непохожая на пышнотелых прим тогдашней оперы. Голос ее потрясал сердца. Говорили, что она поет даже лучше признанных звезд, Джудитты Паста и Джудитты Гризи... Слава ее была огромна. Никто не сомневался в том, что вскоре композиторы будут писать партии в расчете на нее и только на нее, и никто не предвидел, что однажды ревнивый возлюбленный подарит ей фиалки — и это едва не станет концом ее карьеры. От запаха фиалок смыкаются связки, голос можно потерять... Но коварному глупцу было все равно, что Северини потеряет голос, который составлял смысл ее существования; в своей ограниченности он лишь хотел, чтобы эта поразительная, ослепительно талантливая женщина принадлежала только ему одному. Она поздно поймет его замысел, ей придется долго лечиться, восстанавливать голос... И в конце концов ее жизнь сложится не совсем так, как она мечтала, — но в настоящем еще можно верить, что будущего нет, что нет ни старости, ни смерти — финальной точки любого будущего. И она пела, вкладывая всю свою душу — и этот шаблонный, затертый до дыр оборот как нельзя лучше передавал происходящее на сцене.

Наконец Северини умолкла. Она казалась сама сконфуженной и потрясенной своим великолепным голосом... Мгновение в зале стояла тишина. И внезапно она взорвалась неистовыми аплодисментами.

— Право же, малышка поет весьма недурственно... — покровительственно изрек господин Розен, в чьей ложе сидел Гиацинтов. Господин Розен во многом был точной копией своей жены — кругленький, розовый, с блестящими глазками. — Только вот жаль, она немного худощава...

«Пошляк!» — в бешенстве подумал Владимир, но пересилил себя и мило улыбнулся, не переставая аплодировать.

В соседних ложах оживленно переговаривались.

— А Северини сегодня была в голосе...

— Да, хороша...

— Хотя современные оперы мне не нравятся. Очень жаль, что Россини больше ничего не пишет...

— Да, после «Вильгельма Телля» он ничего не сочинял. С тех пор уже лет десять прошло...

— Когда я был в Париже, то спросил его, когда он порадует нас своим новым произведением. Представляете, он ответил, что все его произведения уже написаны.

— Ах, не говорите, эти музыканты так капризны... Прежде они считали за честь петь в моем салоне. Теперь — подумайте только — их приходится уговаривать!

— У Россини есть вполне достойная смена. Беллини, к сожалению, скончался, но имеется же Доницетти...

— А мне, господа, жаль, что больше нет нашего Моцарта! Вся музыка отдана на откуп этим итальянцам... Но ведь они совершенно, абсолютно несерьезны!

В ложе напротив Антуанетта громко хлопала, поднявшись с места. Она улыбнулась Гиацинтову, но он сделал вид, что не заметил ее.

Наступил антракт. Владимир остался на месте. Розены вышли побеседовать со своими знакомыми. Кто-то легонько постучался в дверь.

— Войдите! — крикнул Владимир, не оборачиваясь.

Легкий аромат пудры и жасмина, шуршание платья.

— Вы меня не ждали, господин атташе?

Антуанетта стояла позади него, с улыбкой полураскрыв веер. Владимир мрачно взглянул на нее. От ее улыбки, такой доверчивой, такой сияющей, у него сжалось сердце. Он был готов возненавидеть ее за это невыносимое притворство.

— Вы больше не заходите навестить нас с тетушкой... — продолжала Антуанетта, потупившись. — Почему? Мы вам наскучили?

— Дела, — сказал Гиацинтов равнодушно. — Да и, кроме того, у меня есть более важные занятия, чем ходить в гости.

Антуанетта молча смотрела на него. Ее незабудковые глаза потемнели от обиды. «Неужели он опять будет мне мешать? Так все удачно сложилось, когда его ранили!» Вслух, однако, она сказала:

— А мы всегда были вам так рады...

Владимир пожал плечами.

— Боюсь, если я стану навещать вас слишком часто, по Вене пойдут толки...

Эта фраза, внешне незначительная, на самом деле говорила: пойдут толки, что я не прочь на вас жениться, а я вовсе не собираюсь связывать себя какими бы то ни было обязательствами. По всем правилам Антуанетте следовало обидеться и сказать какую-нибудь колкость, но она оказалась настолько непонятливой, что пропустила намек мимо ушей.

— А тетушка Евлалия так хотела вас видеть! Представьте себе, она говорила, что вы напоминаете ей ее жениха... Правда, сейчас ему было бы шестьдесят лет, не меньше!

— Не сомневаюсь в этом, — сухо промолвил Владимир, которому не без основания показалось, что собеседница хотела его поддеть. — Я очень занят в посольстве, и бумага, которую я нашел... — Он осекся.

— Что за бумага? — невинно осведомилась Антуанетта, глядя на него своими прекрасными незабудковыми глазами.

— А, пустяки, — отмахнулся молодой человек. — Один мой друг оставил для меня послание... И я его нашел. Как только я его расшифрую... — Он кашлянул и напустил на себя важный вид. — Впрочем, вас это не касается. Да и вряд ли вы вообще понимаете, о чем я говорю...

— О, я-то все понимаю, — безмятежно ответила Антуанетта. — По-моему, вы говорите глупости!

— Я? — оскорбился Владимир.

— Вы даже не подозреваете, до чего вы смешной. Ну и оставайтесь со своими бумагами... Надеюсь, с ними вам будет весело... в вашем кабинете!

Чтобы понять, почему Владимир прямо-таки прикипел к месту после этой реплики красавицы, следует иметь в виду, что кабинетом со времен Мольера нередко именовали туалет.

Все мысли разом смешались в его голове, а дерзкая Антуанетта, с треском сложив веер и хохоча про себя, удалилась.

«Да нет, — оправившись, сказал себе Владимир, — она не могла иметь в виду *это*! Она слишком хорошо воспитана, чтобы подпускать подобные намеки! И это фамильное сходство... Я только теперь понял, как она похожа на тетку, и глаза у нее блестят точно так же... Но почему мне показалось, что она надо мной смеется? Или она в грош меня не ставит? И кем ей приходится этот Ферзен, почему он давал ей деньги? Ах, если бы знать наверняка! Может быть, я совершенно заблуждаюсь на ее счет?»

Читателю уже известно, что Владимир Сергеевич действительно заблуждался, да еще как! Однако, если бы Гиацинтов проследовал за своевольной красавицей, он бы окончательно убедился в том, что она втянута в игру и действует против него, ибо в фойе Антуанетту догнал толстолицый Сандерсон.

— О чем вы говорили? — негромко спросил он у девушки. — Я видел вас, мне показалось, вы были взволнованы...

Антуанетта обернулась к нему и очаровательно улыбнулась. «Ну что же, Владимир Сергеевич! Раз вы хотели, чтобы я довела до всеобщего сведения то, что вы будто бы нашли нечто важное... Ради бога!»

— Он говорил, что нашел какое-то послание, — шепотом сообщила она англичанину, напустив на себя заговорщицкий вид. — Зашифрованное... И что он будет над ним работать...

«Неужели Сандерсон купится на это? Да нет, быть такого не может! Он же профессионал, шпионских дел мастер... напрямую участвовал в провале младшего Наполеона, который выступил год назад в Булони[1]...»

— Вот как? — медленно сказал Сандерсон. — Плохо... Очень плохо... Придется мне предупредить кого следует.

— Надеюсь, это никоим образом не отразится на ваших планах, — прощебетала бессовестная Антуанетта и сделала ему глазки.

Сандерсон галантно заверил ее, что все в порядке и она может ни о чем не волноваться. Тем не менее он немедленно написал неизвестному лицу короткую записку, которую отослал со слугой.

Антуанетта вернулась в зал. Антракт кончился. Вновь пела Северини, но теперь уже ее голос не вно-

---

[1] 6 августа 1840 года племянник Наполеона (будущий Наполеон III) поднял мятеж в Булони, пытаясь свергнуть короля Луи-Филиппа. Бунтовщик был схвачен и приговорен к пожизненному заключению.

сил в душу Владимира умиротворения, которое он так искал. Он почти вздохнул с облегчением, когда пришла пора покидать театр.

На площади его ждала карета, которой управлял хмурый Степан. Гиацинтов сел в нее и велел везти себя в посольство.

* * *

Войдя в свою комнату, он зажег свечу и огляделся. Все вещи были на своих местах — и в то же время каждая была чуть-чуть сдвинута. Улыбнувшись про себя, Владимир запер дверь, снял плащ и шляпу, тщательно оправил манжеты, подошел к комоду, на котором стоял большой красивый подсвечник, и вынул из гнезда крайний огарок. Под ним обнаружилась аккуратно сложенная крохотная бумажка.

— Ну-с, — сказал Владимир, потирая руки, — приступим.

И внезапно он задул горевшую свечу и отпрыгнул в сторону. Комната провалилась в темноту.

В следующее мгновение занавеска на окне пришла в движение, а затем послышались треск ломаемой мебели, сопение и какая-то возня.

— Ну что, артиллерист, — прозвенел во мраке голос Владимира, — ты повязал его? Можно снова зажечь свет?

— Да, я его малость придушил! — раздался возбужденный голос Балабухи. — Вот щучий сын, даже укусить меня пытался! Зажигай, только не удивляйся, когда увидишь, кто это был!

— Сейчас.

И желтый огонек свечи выхватил из полумрака довольную физиономию артиллериста, руку Владимира, державшую подсвечник, и знакомое лицо, на котором красовалась пара свежих ссадин. Лицо принадлежало Николаю Богдановичу Бергу, секретарю посланника.

ГЛАВА 24

Ночной улов, в который попалась весьма неожиданная рыба. — Честные люди, работающие за хорошие деньги. — Поэт Жуковский и его стихотворения. — Что следует сделать, когда идешь к волку в гости.

— Пусти! — верещал секретарь, извиваясь в цепких лапах Балабухи и тщетно пытаясь вырваться. — Пус... ти!

— Здравствуйте, Николай Богданович, — очень вежливо промолвил Гиацинтов. И вслед за этим размахнулся и отвесил секретарю полновесную пощечину.

Берг взвизгнул и обмяк.

— Значит, это мы ходим по ночам и шарим по столам, — нараспев проговорил Владимир. — А еще стреляем исподтишка в спину ничего не подозревающим людям. — Ноздри его дернулись. — Как он сюда вошел, Антон?

— У него, оказывается, был ключ, — доложил гигант. — Я залез в окно, спрятался за портьерой и ждал, как ты велел... Через некоторое время он открыл дверь и стал рыться в вещах, потом услышал твои шаги и забрался в шкаф, а я ждал удобного момента, чтобы его схватить.

Берг свесил голову и заплакал.

— У, что-то наш мальчик разнюнился, — притворно сочувствующим тоном промолвил гигант. — С чего бы это, а?

— Вам не жить! — высоким, визгливым голосом выкрикнул Берг. — Вы даже не подозреваете, во что вы влезли, дурачье!

— Отчего же не подозревать — подозреваем, — ответил Владимир, помахав у секретаря перед носом заветной бумажкой, на которой виднелись ряды каких-то цифр. — Знаешь, что это такое? Кое-что я ведь уже расшифровал. Это имена, господин Берг. Имена и фамилии заговорщиков.

— Так вы... знаете? — пролепетал секретарь. — Но... послушайте! Мы ведь можем договориться, в конце концов. Вам нет никакого смысла... Вы должны быть с нами! Все честные люди на нашей стороне! И... вы можете быть уверены, вам хорошо заплатят!

— Да? — равнодушно промолвил Гиацинтов. — Интересно, за пулю, из-за которой я чуть не отправился на тот свет, мне тоже заплатят по полной?

— Но... это была ошибка! Я согласен, я готов признать...

— А как быть с Сергеем Жаровкиным? — безжалостно продолжал Владимир. — Во что мы оценим его жизнь? А ведь у него наверняка были мать и отец, которые любили его и гордились им. Была, наверное, и женщина, которая им дорожила... Что вы с ним сделали, сволочи? Зарезали и закопали, как собаку? — Его глаза метали молнии, он весь преобразился. — И ты что, думаешь, я соглашусь забыть это и сделать вид, что ничего не было, что так и должно быть?

— Но послушайте... — лепетал секретарь.

— Я тебя слушаю, слушаю, — сказал Гиацинтов, дергая ртом. — И сейчас ты мне расскажешь все, что знаешь. И тогда, может быть, гнида белобрысая, я оставлю тебя в живых. Уяснил?

— Я вам ничего не скажу! — заверещал секретарь. — Я вам ничего...

— Антон! — махнул рукой Владимир. — Приступай. Как говорил мой дядька Архип, если человек непременно хочет стать героем, почему бы не предоставить ему такую возможность?

Он проверил, хорошо ли заперта дверь, сел за стол и, раскрыв книжку Жуковского, углубился в ее чтение. При этом он не обращал на действия Балабухи никакого внимания, хотя любой беспристрастный человек, глядя на них, неминуемо бы забеспокоился. Больше всего беспокойства, надо сказать, они доставляли Николаю Богдановичу Бергу, ибо имели к его персоне самое непосредственное отношение.

— «Там небеса и воды ясны, — вслух читал Владимир, томно выгнув бровь, —

Там песни птичек сладкогласны!
О родина! все дни твои прекрасны!
Где б ни был я, но все с тобой
душой».

— Караул! — заверещал секретарь, багровея. — Спасите!

Очевидно, он не любил стихов.

— Будешь говорить или нет? — деловито спрашивал Балабуха. — Нет? Ну, пеняй на себя!

Владимир меж тем перечитывал «Людмилу»:

Вот и месяц величавый
Встал над тихою дубравой;
То из облака блеснет,
То за облако зайдет...

Чудесные строки! — уронил он в пространство. — Как просто — и вместе с тем как изящно! Помнится, еще мистер Кольридж, английский поэт, учил, что хорошие стихи — это когда лучшие слова стоят в лучшем порядке. Кстати, это правило справедливо и в отношении прозы, и жаль, что так мало авторов ему следуют!

Ущемленный дланью Балабухи, Берг издал долгий протестующий вопль.

— Вы не согласны, Николай Богданович? — светски-вежливым тоном осведомился у него Владимир.

— Умоляю, — захрипел секретарь, — уберите от меня этого бешеного! Он же убьет меня!

— Да что вы? — удивился Владимир. — Как это ужасно, в самом деле! Вы, наверное, этого не переживете!

Следует признать, что в его словах заключался глубокий смысл, потому что, если бы предателя убили, он бы точно этого не пережил. Побледневший Берг перевел дыхание.

— Я... я согласен, Владимир Сергеевич! Я все расскажу!

— О, — покачал головой Гиацинтов. — Он мне расскажет! Да что вы можете мне рассказать, милостивый государь? Как вы продались за презренный, но почитаемый металл и исправно выдавали секреты своего отечества его врагам? В самом деле, ведь за службу в посольстве так мало платят — это вы сами мне жаловались, между прочим!

— Прошу вас... — пролепетал секретарь. — Пощадите!

Глаза Владимира сузились.

— Ты посещал дом графини Рихтер, верно? Тот, что напротив «Венской услады»?

— Д... да.

— И Жаровкин тебя выследил. Верно?

— Он... он сразу же начал меня подозревать. Не знаю, как ему удалось меня вычислить... — Берг улыбнулся гаденькой, неприятной улыбкой. — Только вот он не знал, что мне вскоре тоже стало известно, кто он такой и что делает в посольстве.

После этого в комнате послышались хрип, шум борьбы и треск падающей мебели.

— Антон! — резко сказал Гиацинтов. — Прекрати!

— Я убью эту гадину! — рычал артиллерист. — Я... я прикончу его!

— Антон, не надо, он нам еще нужен... Погоди хоть немножко, хорошо?

С большой неохотой артиллерист разжал пальцы, и Берг прислонился к стене. Воздух с клекотом выходил из его рта: на этот раз Балабуха придушил секретаря на совесть.

— Это ты заманил Жаровкина в загородный дом? — продолжал допрос Гиацинтов, когда жертва немного отдышалась.

Не в силах говорить, Берг только кивнул.

— Что было дальше? — спросил Владимир, изо всех сил пытаясь сохранить спокойствие.

— Ферзен, улучив момент, ударил Жаровкина кинжалом. Это произошло в доме, на втором этаже. Жаровкин забрался туда, хотел найти какие-нибудь документы.. Розалия упала в обморок, мы унесли ее в другую комнату и стали совещаться, что нам делать. Ферзен решил увезти тело подальше и закопать его, но когда мы вернулись туда, где лежал Жаровкин, то обнаружили, что он еще жив. Ферзен... он задушил Жаровкина. Потом Иоганн заставил меня раздеть тело... на всякий случай, чтобы его не опознали, даже если когда-нибудь найдут. Куда он увез труп, я не знаю... Ферзен велел мне сжечь одежду, но камин дымил, у меня дрожали руки, я никак не мог разжечь огонь... В конце концов я взял большой камень, обернул вокруг него одежду, обвязал ее веревкой и бросил в воду.

Владимир опустил глаза, видимо, борясь с собой. Когда он поднял голову, взор его сделался таким угрожающим, что секретарь побледнел и отшатнулся к стене.

— Я не хотел, — залепетал Берг, — поверьте... Меня заставили... Я не желал ему зла, честное слово!

Гиацинтов обернулся к артиллеристу.

— Антон!

— Что?

— Он твой. — И Владимир снова раскрыл книжку сочинений господина Жуковского.

— Подождите, подождите! — отчаянно закричал Берг. — Не убивайте меня, умоляю! Я могу помочь вам! Ведь я знаю то, чего вы не знаете! Дело в том, что сегодня... сегодня ночью...

Владимир положил книжку на стол и сделал артиллеристу знак отпустить трепещущего предателя. Вздохнув, Балабуха повиновался.

— Сегодня ночью, — выпалил секретарь, — все заговорщики собираются в условленном месте, в одном из загородных домов! В три часа... у них назначена встреча... Должно произойти что-то очень важное, приезжает какой-то человек, которого они долго ждали...

— В самом деле? — прищурился Владимир.

— Клянусь! — И секретарь в подтверждение своих слов несколько раз кивнул головой.

— И кто там будет? — осведомился Гиацинтов. — От англичан, к примеру, много народу соберется?

— О, — залепетал секретарь, — англичане, конечно, заинтересованы в деле больше всех! Наверное, даже больше австрийцев! Ведь не австрийцы владеют Индией! А действия русского императора на Кавказе... очень, очень настораживают британцев!

— Это правда, что Сандерсон в курсе дела? — пустил наугад стрелу Владимир.

Секретарь вновь энергично закивал.

— Сандерсон знает! Совершенно точно знает! Я только не уверен, будет ли он сегодня на собрании... Он очень осторожный человек! И потом, если вдруг все откроется, он опасается за свой дипломатический статус...

— А от австрийцев кто должен быть? — спросил Владимир резко. — Давай, любезный Николай Богданович! Терять-то тебе все равно уже нечего, тем более что я и так уже многое знаю. — Он вызывающе помахал зашифрованным листком.

— От австрийцев главный, конечно, Зидлиц, — заторопился секретарь. — Хотя он всегда делает вид, что ни при чем, но такая уж у него манера...

Офицеры переглянулись и нахмурились. Стало быть, даже Зидлиц был в деле... тот самый угрюмый желчный Зидлиц, который считался правой рукой канцлера Меттерниха, его серым кардиналом.

— Что конкретно они собираются предпринять? — поинтересовался Владимир. — И когда именно?

Секретарь поежился.

— Умоляю вас, господа... Я знаю, что предполагается нечто очень серьезное... но никто не посвящал меня в детали... Я только поставлял информацию... Даже на совещание этой ночью меня никто не пригласил, и я узнал о нем... чисто случайно...

— В замыслы заговорщиков, — вкрадчиво осведомился Гиацинтов, — случаем не входит восстание в Польше, а?

Берг так поразился, что даже раскрыл рот.

— Вам и это известно? Однако... Да от вас и впрямь ничто не скроется, как я погляжу! Не зря Чернышёв вас сюда послал! Когда я прочитал его депешу, я сразу же понял... — он осекся.

— Владимир, — понизив голос, нежно проурчал Балабуха, — можно, я все-таки этого щучьего сына придушу? Так, для порядку...

— Значит, это ты предупредил своих друзей, а они подослали ко мне этого Ферзена и потом организовали на нас нападение, чтобы мы не смогли добраться до Вены, — холодно сказал Владимир. — Так?

— Я, — забормотал секретарь, — я просто испугался... Из Петербурга вас так лестно аттестовали... И вы вышли на след Жаровкина в первый же день...

— Да, мы не зря свой хлеб едим, — со смешком ответил Гиацинтов. — Ладно. Пошли будить посланника, Антон. Доложим ему, что да как... и заодно представим ему господина, которого он дарил своим доверием.

Он резко поднялся с места, взял листок со столбиками цифр, на котором будто бы были зашифрованы какие-то имена, и небрежно сунул его в пламя свечи. Берг, вытаращив глаза, смотрел на это.

— Да, Николай Богданович, да, — нараспев проговорил Владимир. — Никакого зашифрованного сообщения мне Жаровкин не оставил, и он вообще ничего не оставлял, кроме тех бумаг, которые ты забрал, когда думал, что убил меня. Так что попался ты, любезный, как последний глупец.

Секретарь, осознав происшедшее, хрипло взвизгнул и сделал попытку вцепиться молодому офицеру в горло, но Балабуха перехватил его и успокоил хорошим тычком.

— Пошли, — скомандовал Владимир. И офицеры вышли в коридор, причем артиллерист волок за собой упирающегося Берга, время от времени угощая его пинками.

* * *

— Ах ты господи... — простонал Иван Леопольдович, выслушав четкий и обстоятельный рассказ Гиацинтова о происшедшем. — Ах ты господи! Какой скандал! Какое несчастье!

Спешно поднятый с постели, он впопыхах накинул на себя шлафрок, но не успел снять ночной колпак, из-под которого торчали редкие взъерошенные волосы.

— Боже мой! И этот молодой человек... Мой секретарь...

Берг стоял, опустив голову, и молча утирал кровь, хлещущую из рассеченной (не без участия Балабухи) губы. На лице секретаря застыло угрюмо-злобное выражение.

— Разве я мало делал для вас? — жалобно спросил у него граф Адлерберг. — Разве я... Неблагодарное чудовище! Так предать мое доверие...

Его хлипкое тело ходило ходуном от негодования, однако секретарь, похоже, не собирался выказывать ни малейшего раскаяния.

— Иван Леопольдович, — вмешался Владимир, — простите, но уже второй час ночи, и времени у нас в обрез... Мы должны во что бы то ни стало узнать в точности, что именно готовят заговорщики против императорской власти. Похоже, они собираются поднять восстание в Польше...

— Ах, Польша! — простонал граф, сжимая обеими руками виски. — Да, господа, Польша... Это будет вечная ахиллесова пята нашей империи — доколе сама империя будет существовать... — Он скорбно покачал головой.

— Поэтому, — продолжал Гиацинтов, — нам надо в точности узнать, что и когда готовится, потому что это может быть очень серьезно... Мы с Антоном Григорьевичем немедленно отправимся на собрание этих господ. Если нам повезет, то, быть может, удастся кое-что подслушать... Вы же немедленно пошлите срочную депешу в Петербург. Да, и этого господина, — он кивнул на секретаря, — велите посадить под замок и крепко стеречь... Он не только наш главный свидетель — он будет отвечать по полной и за измену отечеству, и за гибель Жаровкина, и за покушение на меня... Думаю, его отдадут под военный суд.

Посланник вздрогнул. В гражданском законодательстве Российской империи смертной казни предусмотрено не было — крайними мерами были долгосрочное тюремное заключение или ссылка в Сибирь. Однако в исключительных случаях, когда вина требовала более сурового и решительного наказания, обвиняемый передавался военному суду, в чьей власти было выносить любые приговоры, и смертные тоже.

— Как все это ужасно! — сказал Иван Леопольдович плачущим голосом. — Хорошо, господа... Я сделаю все, как вы хотите...

Владимир кивнул.

— Вот и прекрасно... А теперь, Антон Григорьевич, айда за пистолетами. Когда идешь к волку в логово, следует хорошенько вооружиться...

ГЛАВА 25

Сюрпризы и их противники. — Барышня и недотепы. — Диалог с дверью и его последствия. — Просчет мистера Сандерсона.

Синеокая Антуанетта, она же тетушка Евлалия, она же Полина Степановна Серова, терпеть не могла неожиданностей.

Разумеется, неожиданности имели право на существование — в жизни людей обыкновенных, которые подчиняли свое бытие рядовым заботам и мелочам. Возможно, и даже очень вероятно, что это были хорошие люди, но — они не мчались в тряской карете на другой конец Европы, чтобы предотвратить угрозу нашим интересам, не имели отношения к делам государственным и не плели сложные многоходовые интриги, в результате которых, к примеру, могущественные некогда министры лишались поста, власти и влияния и, оставаясь живыми, тем не менее переходили в политическое небытие.

В жизни особого агента, считала Полина Степановна, все должно быть взвешено и выверено, а сам агент должен предусмотреть все варианты развития событий и всегда являться во всеоружии, дабы судьба в образе его врагов не могла застать его врасплох. И неважно, что вы могли припомнить очаровательной Полине Степановне полсотни случаев, когда она сама оказывалась во власти неожиданности и нередко извлекала из нее весьма чувствительные преимущества. Ничто не могло поколебать ее убеждения, что агент, которого можно застать врасплох, немногого стоит — в сущности, не больше, чем тот, кто пускает серьезное дело на самотек.

И надо же было случиться такому, что теперь, когда она находилась на ответственнейшем задании, в чужом обличье (в двух чужих обличьях!), ей раз за разом докучали люди, по поводу которых многоопытный Чернышёв не столь давно убеждал ее, что они лишь послужат ей ширмой и отвлекут недругов от ее собственного расследования.

— Честью клянусь вам, Полина Степановна, — заверял ее граф, — что эти недотепы не доставят вам никаких хлопот, и вы вовсе не должны о них беспокоиться!

Тут-то и случилась неожиданность, ибо недотепы развили бурную деятельность, в два счета выяснили, где именно ухлопали Жаровкина и почему, и с удвоенным пылом, который, с точки зрения Полины Степановны, куда больше подходил для других целей, принялись вести поиски в этом направлении. Стоя в стороне, Полина Степановна... просим прощения, мадемуазель Антуанетта наблюдала за этими поисками с неудовольствием золотоискателя, который застукал на своем участке развеселую компанию гномов-старателей и только по доброте душевной не решается придушить их под покровом ночи.

Вообще с некоторых пор в жизни Антуанетты все безнадежно запуталось, потому что Иоганн Ферзен, встревоженный успехами недотеп, посулил ей большие деньги, если она сумеет втереться к ним в доверие. Пришлось Полине Степановне скрепя сердце подчиниться и, шпионя за коллегами, не упускать из виду собственные интересы. К тому же ей приходилось попеременно изображать не только Антуанетту, но и ее ворчливую тетку, и в конце концов Полина пришла к выводу, что в образе вредной тетушки Евлалии она прямо-таки отдыхает душой. По крайней мере, никто не отваживался писать тетушке любовные письма на 12 страницах, как Добраницкий, и не пытался сделать ей предложение руки и сердца в самый неподходящий момент, как Балабуха. Владимир Гиацинтов писем не писал и предложения — пока — делать не собирался, но он был так мил, так красноречив, так поэтичен! У него был открытый счастливый смех, как у ребенка, и его прозрачные глаза, когда он видел ее, наполнялись трепещущим светом... Такие глаза не лгут, они не могут солгать, даже если их обладатель захочет этого.

Полина Степановна чувствовала, что Владимир неравнодушен к ней, более того — что он всерьез увлечен ею. С ее точки зрения, игра зашла слишком далеко, слишком! И вдруг — о счастье — это охлаждение, намек на то, что он не питает в отношении ее серьезных намерений! Бог ты мой, да она готова была его расцеловать! Вот только примитивная ловушка, в которую он замыслил поймать заговорщиков...

«Нет, Сандерсон, конечно, не попадется на такую тривиальную наживку. И Берга им не поймать... — Полина Степановна уже давно догадалась, кто является осведомителем заговорщиков внутри посольства. — В сущности, это не имеет никакого значения. Даже если секретаря схватят, не так уж много он знает...»

Она встряхнулась, прошлась по комнате, зябко обхватив себя руками, хотя вечер был теплый, и тут уловила своим острым слухом звон колокольчика у дверей. Полина Степановна спустилась вниз. Верная Маша уже шла отпирать.

— Кто? — шепотом спросила «Антуанетта».

Маша поглядела в щелку и, повернувшись к хозяйке, выразительной мимикой и несколькими жестами изобразила солидного толстяка с тростью. Служанке удалось передать даже цилиндр, венчавший голову гостя.

Не удержавшись, Полина Степановна прыснула и тотчас же зажала себе рот рукой, чтобы не выходить из образа.

— Сандерсон?

«Немая» горничная энергично кивнула и жестом спросила, пускать ли его в дом. Следует признать, что в искусстве пантомимы плутовке Маше не было равных.

— А ну-ка, отойди, — шепнула «Антуанетта», подходя к двери.

Маша сделала испуганные глаза и указала на голову своей госпожи. Полина Степановна, покосившись в зеркало, заметила, что черный парик сидит на ней криво, и быстро поправила его.

— Ваше лордство, — подала она голос, не отпирая двери, — это вы?

— Я, мисс, — ответил англичанин. — Просто шел мимо и вижу, что ваши окна еще светятся.

Да-с. Никогда не следует недооценивать наблюдательность профессионального разведчика. «Уж не собирается ли он тоже объясниться мне в любви? — встревожилась Полина. — Ну-ка, проверим... Когда Розалия познакомила нас два месяца назад, Сандерсон покраснел, засопел и пожал мне руку так, что чуть ее не оторвал. Терпеть не могу эту английскую манеру рукопожатия, вместо французского поцелуя ручки даме. Медведь! Потом Сандерсон на протяжении пяти... нет, шести встреч молчал и пожирал меня глазами. Когда я уронила веер, он его подал, да так ловко, что сломал одну из пластин. — Она покачала головой. — И как я могла тогда не обратить на это внимания? Сломанный веер — это нешуточный признак, с которым не поспоришь. Конечно, два месяца знакомства — слишком мало, чтобы делать предложение, да только этих англичан сам черт не разберет. То они сто лет запрягают, да так никуда и не едут, то запрягают в пять минут и мчатся так, что никакая тройка не догонит. Конечно, я сразу же поняла, что он ко мне неравнодушен... и хотя Сандерсон тот еще молчун, в конце концов он все-таки расхвастался и рассказал мне, что только благодаря ему наследник Наполеона проведет остаток жизни в форте Ам. Интересно, не скажет ли этот молчун и сегодня что-нибудь интересного?»

— Сударь, — строго спросила у двери Полина Степановна, в то время как Маша, стоя в стороне, давилась от сдерживаемого смеха, — вам известно, что такие поздние визиты, сделанные даже с самыми лучшими намерениями, могут привести к самым непредсказуемым последствиям? В конце концов, моя тетушка может подумать бог весть что!

Англичанин вздохнул и пробормотал несколько слов по-английски, из которых Полина явственно разобрала только «старая ведьма» и «чертова перечница».

— У вас доброе сердце, мисс Антуанетта! — жалобно воззвал Сандерсон. — Неужели вы не впустите меня?

Тут лицо мадемуазель приняло такое ироническое выражение, что Маша фыркнула и поспешно зажала рот передником.

— Расскажите мне что-нибудь интересное, и тогда я решу, что делать, — сказала бессердечная Полина Степановна. — К примеру, почему вы ночью ходите по улицам, дорогой сэр?

Как уже говорилось выше, Сандерсон был профессионалом высочайшей пробы, и он совершенно точно знал, почему нельзя упоминать о том, отчего именно этой ночью он собирается бодрствовать. Однако он беседовал не с кем-нибудь, а с мисс Антуанеттой, которая, бедняжка, едва-едва вылечилась от чахотки на Мадейре и теперь тосковала в обществе своей черствой зловредной тетки, которая наводила оторопь даже на видавшего виды англичанина. Мисс Антуанетта оказалась для заговорщиков очень полезной — она сумела отвлечь настырного Гиацинтова с его товарищем от расследования, она была так мила, так воздушна, так кокетлива и в то же время достаточно глупа (или умна), чтобы не задавать лишних вопросов. В сущности, можно было не скрывать от нее размах дела, потому что выдать их она никак не могла — хотя бы потому, что приходилась сводной сестрой Розалии Рихтер по отцу (о чем, по правде говоря, знали очень немногие). Несколько раз Сандерсон видел, как Розалия обращается со своей незаконной сестрой, и у него поневоле возникло впечатление, что графиня порой бывает чрезмерно сурова. Впрочем, Розалии было 32 года, а Антуанетте — всего 20, так что неудивительно, что графиня не слишком жаловала свою родственницу, хоть и признавала ее полезность.

— У меня есть особые причины, — сказал наконец англичанин. — И потом, этой ночью у нас будет собрание.

— Как! — воскликнула Полина Степановна. Будь Сандерсон по эту сторону двери, он сразу же увидел бы, как его собеседница переменилась в лице; однако она тотчас же взяла себя в руки. — А Розалия ничего мне не говорила! Какие же вы нехорошие! И что вы собираетесь предпринять? Я тоже хочу принять участие!

При этих словах англичанин несколько опомнился.

— Но, мисс Антуанетта... Уверяю вас, вы ничем не сможете нам помочь!

— Ах, вот какого вы обо мне мнения! — возмутилась дверь. — Вы, Джеймс... вы, сэр, жестокий человек! Вы ничуть не лучше моей тетушки, да хранит ее Бог, которая всегда хотела, чтобы я ушла в монастырь... И в вас совершенно нет жалости к бедной девушке, которая стоит одной ногой в могиле...

Бедный Сандерсон даже понятия не имел, что тетушка Евлалия мечтала упечь свою племянницу в монастырь. Экспромт Полины оказался на редкость удачным: англичанин преисполнился самого искреннего негодования и тотчас же записал тетушку в исчадия ада.

— Право же, мисс Антуанетта, если вы так хотите, я могу все вам рассказать, — смиренно промолвил он. — Я только думал... по правде говоря, я был уверен, что вам это не будет интересно. Обыкновенная встреча... впрочем, на нее должен явиться не вполне обыкновенный человек...

Дверь заскрежетала и отворилась. На пороге стояла мадемуазель Антуанетта, улыбаясь самой лучистой, самой очаровательной из всех своих улыбок.

— Ну вот, наконец-то я узнаю вас, сэр, — приветливо сказала она. — Прошу вас, заходите, только осторожно, потому что тетушка уже спит, а если она проснется, у меня будут неприятности. Мария! Мария! Чего ты ждешь? Неси свет!

Она проводила Сандерсона в гостиную. «Немая» Мария шла впереди, неся подсвечник. Тени, причудливо извиваясь, карабкались по ступеням лестницы, скользили по стенам.

— Итак, — сказала мадемуазель Антуанетта, когда они с Сандерсоном остались в комнате одни, — так что же вы затеваете, дорогой Джеймс?

ГЛАВА 26

Блаженство Августа. — Чай, послуживший причиной весьма важных событий. — Ораторское мастерство господина Зидлица. — Кое-что о лоскутном одеяле и о том, как правильно разрывать его на части.

Август Добраницкий переживал блаженное время.

Он только что чудом избегнул смертельной опасности, и друзья, эти чудесные, великодушные друзья, полностью взяли на себя заботу о нем. Целыми днями он спал, а когда просыпался, ему приносили поесть и выпить, после чего он начинал зевать и вскоре вновь засыпал. Все время рядом с ним неотлучно находился гигант Балабуха, готовый в случае чего сокрушить врагов, которые вздумали бы явиться за его, Августа, головой. Под такой охраной можно было жить, не тужить. Август и не тужил.

Как-то он проснулся, удивился, что уже настал вечер, и почувствовал, что во рту у него сухо и что вообще, честно говоря, недурственно было бы чего-нибудь скушать. Антон Григорьевич мигом послал Ваську за ужином, который можно было также назвать поздним завтраком и который состоял всего из пяти блюд, включая чай. Август отдал должное каждому из блюд, но вот чай ему не понравился. Он был какой-то горький и противно пах, — однако, так как Август был хорошо воспитан и не хотел огорчать друга мелочами, которые вовсе не заслуживали внимания, то он просто выплеснул свою чашку на ни в чем не повинное растение в горшке, едва артиллерист отвернулся.

Увы, Балабуха забыл наказ Гиацинтова и всыпал-таки сонный порошок в чай, хотя Владимир строго-настрого предупредил его, что этого делать не следует — чай непременно выдаст присутствие снотворного.

— Гм, Август... — нерешительно промолвил гигант. — Ты уже все съел? Ну и славно! Выспаться не хочешь?

— Да я только встал! — искренне удивился Дабраницкий.

— Так-то оно так, да сам видишь... Время-то позднее, да и я тоже хочу ложиться.

Невольно Август заинтересовался. «Чего он от меня хочет? — мелькнуло у него в голове. — К чему такая настойчивость?»

— Ты знаешь, Антоша... — Он несколько раз зевнул. — Что-то я того... и в самом деле... расположен вздремнуть...

— Вот и славно! — обрадовался Балабуха.

Добраницкий лег в постель и притворился, что спит, но вместо этого внимательно наблюдал за своим стражем. Через некоторое время тот, убедившись, что вверенный его попечению подозрительный элемент уснул, взял пистолет, проверил, заряжен ли он, как следует запер дверь, и, крякнув, вылез в окно.

«Ничего себе! — похолодел Август. — А если меня вдруг резать придут? Вот тебе и друзья! Пообещали защищать от всяких супостатов, а сами...»

Он сел в постели и взъерошил обеими руками волосы. Сна не было ни в одном глазу.

«Интересно, что это они там затеяли? Уж если надо выходить из комнаты, то для этого существует дверь. Зачем же в окно лазить?»

«А! — озарило его через мгновение. — Наверное, для этого есть какая-нибудь особая причина».

Он вскочил с постели, взял свои вещи и стал одеваться. Второпях он едва не влез в левую штанину правой ногой, но тут же сообразил, что допускает ошибку.

«Конечно! Пошли на дело вдвоем, а меня бросили! А если вам подмога потребуется? Что вы, голубчики, без меня делать будете?»

Он застегнул сюртук и хотел уже надеть цилиндр, но тут в коридоре раздались тяжелые шаги артиллериста. Август заметался и наконец прыгнул в постель, натянул до подбородка одеяло и сделал вид, что спит.

«Ладно, ладно! Все равно я вас перехитрю, голубчики!»

Ключ повернулся в замочной скважине, и дверь растворилась.

— Спит? — спросил приглушенный голос Владимира из коридора.

— Спит, — доложил Балабуха. — Да я только пару пистолетов про запас возьму, и готов.

«Так я и знал! — рассердился Добраницкий. — Идут шпионов ловить, а меня с собой не берут! Ну ничего, мы еще посмотрим, кто кого».

Балабуха взял пистолеты, на цыпочках выскользнул за порог и снова запер дверь. Едва он скрылся из виду, как Август отбросил одеяло, выскочил из постели, нахлобучил на голову цилиндр и стал искать трость, но не нашел ее. Махнув на трость рукой, Добраницкий взобрался на подоконник, на всякий случай широко перекрестился и спрыгнул вниз, в посольский сад.

— О-ох! — простонал он, вылезая из кустов шиповника, которые какой-то негодяй, словно предвидевший, что Августу Добраницкому когда-нибудь выпадет нужда прыгать из окошка в этом месте, нарочно насажал внизу. — Однако где же они?

Его друзья уже вышли из посольства. Крадясь вдоль стен домов, Добраницкий последовал за ними. На углу офицеры взяли экипаж. Едва тот тронулся, как Август припустил за ним и лихо вскочил на запятки. Он был переполнен гордостью — еще бы, хотя друзья не пожелали посвящать его в свои дела, он все равно перехитрил их.

Экипаж оставил позади Вену и покатил по дороге, которая Августу смутно показалась знакомой. Через несколько минут вдали проглянуло озеро, накрытое в этот прохладный час трепещущей шапкой молочно-белого тумана.

«Эге! — похолодел Август. — Похоже, мы едем в гости к Жаровкину. Только этого еще не хватало!»

Однако экипаж покатил дальше, оставил озеро позади, миновал мост через Дунай и через несколько метров остановился, лишь немного не доехав до небольшого замка с готическими башенками. Добраницкий скатился с запяток и нырнул в тень дерева. Балабуха расплатился с кучером, и тот уехал. Внезапно Владимир что-то сказал ему, и офицеры проворно сошли с дороги и спрятались в кусты. Мимо прогрохотала тяжелая карета без гербов на дверцах. Она направлялась к замку. Подъездные ворота были распахнуты настежь, и во дворе уже стояло несколько экипажей.

Август засмотрелся на них и упустил момент, когда его друзья, прячась за деревья, стали подбираться к дому. Они исчезли, а он все стоял, глядя то на замок, чьи окна были ярко освещены, то на кареты, то и дело сновавшие мимо по дороге. Наконец Август заметил, что его друзья ушли. Не колеблясь ни минуты, он последовал за ними.

* * *

Гостиная на втором этаже была переполнена. Здесь собралось не менее двух десятков мужчин и женщин различного возраста. Следует отметить, что мужчин было больше, но женщины все-таки попадались. В их числе была молодая шатенка с пальцами, густо унизанными сверкающими кольцами. Ее можно было бы назвать красивой, если бы не порочность, написанная на ее высокомерном, подвижном лице. Напротив нее сидела дама средних лет с золотистой подвитой челкой, надменными ноздрями и маленьким властным ртом.

Соседи обращались к ней с подчеркнутой почтительностью. Это была Розалия фон Рихтер, одна из наиболее деятельных сторонниц заговорщиков.

— Уже три часа, — заметила она сидящему возле нее в кресле господину с лисьей физиономией, чьим единственным украшением — правда, весьма сомнительным — могли считаться лишь огромные мешки под глазами. — Не пора ли начинать, господин Зидлиц?

Зидлиц кивнул и поднялся.

— Дамы и господа! — заговорил он спокойным, внушительным голосом, каждое слово которого доносилось до самых отдаленных уголков гостиной. — Прошу вашего внимания.

Двадцать пар глаз устремились на оратора. В гостиной наступила тишина, нарушаемая лишь шипением масла в чадящей лампе.

— Вы все знаете, зачем мы здесь собрались, — продолжал Зидлиц, выдавив из себя подобие улыбки. — Все мы преследуем лишь одну цель: восстановить справедливость.

Шатенка нетерпеливо кивнула, словно уже слышала эти слова много раз и, возможно, от того же самого оратора.

— До недавнего времени, — продолжал Зидлиц, возвышая голос, — прекрасная Европа жила тихо, счастливо и спокойно. Но вот явилась грозная сила, нарушившая наш покой. Из ледяных пустынь Сибири...

«Что за вздор он несет? Как это пустыни могут быть ледяными?» — подумал Владимир, который, притаившись под окном, прекрасно слышал каждое слово. А Зидлиц, не подозревая о его присутствии, продолжал:

— Из ледяных пустынь Сибири, из-за Уральского хребта выползла неисчислимая орда и начала свое нашествие на Европу. Всего лишь три века назад об этой стране, чужой и чуждой для нас, знали разве что немногие географы. Теперь же она порывается играть определяющую роль в наших, европейских делах. Вы знаете, господа, о ком я говорю. Имя этой стране — Российская империя.

Графиня Рихтер скорбно кивнула, поджав красивые маленькие губы.

— Увы, господа, следует признать и то, что мы сами подали повод этой державе для вмешательства в наши дела. Пока была жива мадам Екатерина, которая, кстати сказать, была исконной немецкой принцессой, она умела обуздывать алчность своих подданных. Но вот великая государыня покинула этот мир, и вы сами знаете, кто вскоре в него явился. Я говорю о человеке, которому угодно было называть себя императором Наполеоном. Его царствие длилось столько, сколько было угодно всемогущему Богу, а потом он пал. Москва нанесла ему первый удар, Москва же его и добила. И российский император Александр, как победитель, въехал в Париж на белом коне. Я не буду здесь рассуждать о личности покойного императора, достаточно лишь сказать, что он запятнал себя убийством родного отца. Однако, как мы все знаем, мир принадлежит тем, кто выиграл, а не тем, кто проиграл. С тех пор, как русские разгромили Наполеона, они считают Европу своей вотчиной и с упорством, достойным лучшего применения, отстаивают в ней свои интересы. Огромная, безобразная страна, которая существует лишь несколько столетий и в которой до сих пор ведут постыдную торговлю людьми, — да, господа, теперь эта дикая варварская страна порывается заправлять в Европе, как в какой-нибудь петербургской гостиной.

Господа согласно закивали и завздыхали. Графиня Рихтер поднесла к глазам вышитый кружевной платочек.

— Можем ли мы равнодушно смотреть на то, как император Николай на каждом шагу указывает нам, чего мы должны, а чего мы не должны делать? Должны ли мы молчать, когда петербургский деспот расширяет свою и без того несуразно большую империю, отхватывая все бóльшие куски на Кавказе и в Азии? А что будет потом? Может быть, Афганистан, за которым начинаются индийские владения наших английских друзей? (Толстый Сандерсон беспокойно шевельнулся в кресле.) Или Константинополь, права на который уже давно и, к счастью, безуспешно пытаются заявить русские цари? А может быть, царю варваров приглянется Восточная Пруссия, по соседству с которой располагается захваченная незаконно Польша, на которую у России никогда не было никаких прав?

«Наверное, они были у прусского Фридриха и австриячки Марии-Терезии, когда они принимали деятельное участие в дележе этого лакомого пирога», — мелькнуло в голове у Владимира.

— Довольно! — патетически вскричал Зидлиц. — Мы более не позволим русскому деспоту с оловянными глазами навязывать нам свою волю. Вы прекрасно знаете, дамы и господа, над чем мы трудимся все последние месяцы. Российская империя мнит себя сильной, но она слаба! Достаточно как следует щелкнуть Николая по носу, и эта огромная держава развалится на части. Вопрос лишь в том, как именно нанести удар.

— Вот именно, дорогой месье, — подал голос невзрачный господин — тот самый, который в трактире «Золотой лев» выговаривал Ферзену за нерадивость и позже возглавлял нападение «разбойников». — Должен признаться, что я с нетерпением жду объяснений по этому поводу. Моя страна не может позволить себе воевать с Россией, да и, насколько я представляю себе положение дел, мистер Сандерсон тоже не жаждет втянуть свою державу в военный конфликт... равно как и вы, уважаемый. Кроме того, нападение извне обычно пробуждает в людях, подвергшихся нападению, такую вещь, как патриотические чувства, которые в мирное время никому не нужны, а в военное могут сыграть колоссальную роль. Его величество Луи-Филипп уже всесторонне обдумал эту проблему и дал понять, что война с Россией чревата массой сложностей, которые могут оказаться непреодолимыми. Впрочем, обо всем этом я уже вам говорил.

— Терпение, месье, терпение, — отозвался Зидлиц. — Ни о какой войне не может быть и речи... по крайней мере, с нашей стороны. Вы только представьте себе возможные потери в борьбе с такой обширной империей! Нет, нам куда больше подойдет война внутри России... гражданская война, то есть худшая из всех войн, какие только существуют в природе — когда все против всех и все с удовольствием убивают друг друга. Никакого патриотизма, человек низведен до состояния животного, правительство тщетно пытается навести порядок... Страна, охваченная гражданской войной, фактически перестает существовать и уж, во всяком случае, более не играет на мировой арене никакой роли!

Графиня Рихтер нахмурилась.

— Так я и знала, — с раздражением бросила она. — Вы опять готовы подстрекать нас к восстанию, проливать польскую кровь, обещать поддержку, а в решающий момент спрячетесь в кусты! Да, да, Зидлиц, вы не ослышались — в кусты! — Глаза ее метали молнии. — Вы используете нас, вы всегда нас используете, когда заходит речь о борьбе с русскими, а потом бросаете на произвол судьбы! Сколько наших полегло во время восстания тысяча восемьсот тридцатого года? Сколько еще должно погибнуть, обслуживая ваши интересы? А сколько вы нам обещали тогда! И что? Выполнили вы хоть одно из своих обещаний, за исключением крайне скверного оружия, которое вы по завышенной цене продали нашим войскам?

— Розалия! — тихо вскрикнула шатенка.

— Графиня, графиня, — вздохнул Зидлиц, — умоляю вас, успокойтесь. Сейчас речь идет уже не о Польше, и не зря я заговорил о полномасштабной гражданской войне. Вместо тысяча восемьсот тридцатого года я предлагаю вам вернуться назад, в тысяча восемьсот двадцать пятый год.

— Что вы имеете в виду? — спросил невзрачный француз, морща лоб.

— В тысяча восемьсот двадцать пятом году умер царь Александр, — сухо сказала Розалия. — Так что вы нам предлагаете? Молиться о смерти его брата, который сейчас царствует?

— Я имею в виду, — веско и внушительно промолвил Зидлиц, — события декабря того года. Припоминаете?

— Ах, да, — протянул кто-то. — Восстание в Петербурге против нового царя! И эти... как их... декабристы... которые требовали конституцию... Но они же все либо сосланы, либо уничтожены!

— Дело вовсе не в конституции, — холодно ответил Зидлиц, — а в том, что в этот день власть Николая едва не рухнула, и по какой причине? По причине того, что он не был наследником! Власть должна была перейти к его старшему брату Константину, который, однако, женился на католичке и вынужден был отказаться от престола. По настоянию семьи он написал тайное отречение, но во мнении народа он продолжал оставаться наследником и должен был сделаться царем. Вот причина, по которой так легко поднялись войска! И ведь этот бунт едва не удался!

— Ты ее знала? — спросила Розалия у шатенки. — Жену Константина, княгиню Лович?

— Никогда не находила в ней ничего особенного, — сухо ответила та. По тону шатенки чувствовалось, что Константин явно отрекся от престола ради пустяковой женщины. Вот если бы он пошел на это из-за шатенки, тогда да, он был бы молодец.

— Постойте, постойте, — вмешался невзрачный. — Простите, господа, но о чем мы говорим? Константин давно умер, как и его жена, детей у них не было. Правда, у великого князя имелись побочные дети, но их права на трон, как мы все понимаем, равны нулю. У Николая к тому же есть законный наследник... Какое отношение все это имеет к нам и нашей цели?

— Все дело в том, — важно ответил Зидлиц, приготовившись насладиться эффектом, который произведут его слова, — что Константин был женат не один раз. Да-с.

После этого оглушительного заявления в гостиной раздался нестройный хор восклицаний, вопросов и требований объяснить, что именно австриец имел в виду. Однако тому пришлось прерваться, потому что в дверях появился слуга, державший в руках конверт, и подошел к невзрачному. Тот прочитал письмо, нахмурился и вполголоса отдал слуге какие-то распоряжения. Тот поклонился и исчез, тщательно прикрыв за собой дверь.

— У меня в руках, — продолжал Зидлиц, — имеются копии двух документов. Первая — бумага о венчании Константина Павловича Романова, двадцати двух лет от роду, и графини Авдотьи Петровны Бородиной, и вторая — свидетельство о рождении их сына, Павла Константиновича. Великий князь женился в совершенной тайне, а вскоре его жена умерла в родах. Таким образом, имеется законный сын, родившийся, когда его отец еще был наследником престола. — Австриец тонко улыбнулся. — Я не юрист, конечно, но мне кажется, что у Павла Константиновича есть все основания истребовать для себя отцовское наследство... то есть Российскую империю.

«Вот так номер!» — бухнуло в голове Владимира. Следует заметить, что при жизни Константин Павлович не доставлял своим родным ничего, кроме хлопот. Чего стоили темные истории любвеобильного князя с женщинами, его дикие выходки, бунт, формально предпринятый от его имени... Несмотря на свою романтическую женитьбу по любви на Иоанне Грудзинской, — женитьбу, которая отрезала ему дорогу к трону, младший брат императора Александра Первого вовсе не был романтической фигурой. Скорее уж наоборот.

— Вы уверены, что эти копии верны? — спросила Розалия, чрезвычайно внимательно слушавшая Зидлица. — Я имею в виду, они не могут быть подделкой?

— О нет, — отвечал тот. — Я видел и подлинные документы, которые хранятся у Павла Константиновича. Сомнений нет: он сын и наследник своего отца. Должен вам признаться, мы долго его искали, и наконец нам удалось его найти. Сначала он запирался, так как подозревал, что нас подослал его дядя, но потом...

— Это и есть тот pretender, на которого вы мне не так давно намекали? — подал голос француз, обращаясь к Сандерсону.

Ах, черт, в отчаянии помыслил Владимир, и как он мог это упустить! Ведь английское слово pretender означает не только обманщика, но и претендента! Как же он мог забыть об этом!

— Да, это он и есть, — ответил Зидлиц. — Именно этот человек поможет нам добиться своей цели. Россия — страна, где власть не умеет действовать тонкими методами, чтобы расположить к себе население. Ее правители всегда полагались и полагаются только на грубую силу, которая не может вызывать ничего, кроме недовольства, ропота и возмущения. Поверьте, русским царем недовольны не только в Польше и на Кавказе, но и в Москве, в Петербурге, во Владивостоке... одним словом, везде. Как только претендент заявит о своих правах — вполне, кстати сказать, обоснованных, — за ним пойдут люди. Разумеется, небескорыстно, и нам на первых порах придется оказать претенденту поддержку, чтобы помочь ему свергнуть Николая.

— Вы имеете в виду военную поддержку? — сухо спросил невзрачный.

— Главным образом финансовую, — отозвался Зидлиц. — Полагаю, вам удастся уговорить Ротшильдов принять участие в этом деле, вы же имеете на них коекакое влияние. Условия предоставления помощи можно будет обсудить, но Павел Константинович — человек разумный и, что еще более важно, щедрый. Став императором Павлом Вторым, он не забудет тех, кто расчистил ему дорогу к трону.

— А лично я не вижу смысла в этой затее, — подал голос какой-то старик с худым лицом и выставленным вперед упрямым подбородком. — Менять Николая на Павла — воля ваша, но ведь это же глупость!

— Еще раз, — сухо промолвил Зидлиц, — речь идет не о замене, а о том, чтобы с помощью претендента расшатать империю и уничтожить ее. Нам не нужна смена власти, нам нужна гражданская война, длительная и мучительная, которая положит конец могуществу России. А с ослабленной державой может всякое случиться. Само собой, Польша, Финляндия и Кавказ должны стать независимыми... как, возможно, и другие области этой страны. В сущности, так как она представляет из себя дурно сшитое лоскутное одеяло, ничего не стоит разодрать ее на части. Главное — правильно отрывать лоскуты, и все пойдет как по маслу.

— Допустим, мы добились своей цели, — после паузы промолвил Сандерсон. — Что же тогда останется мистеру Павлу?

— Он может быть великим князем московским, — усмехнулся Зидлиц. — Или тверским. Прекрасное было время, когда о существовании Московии никто не знал и она не играла никакой роли в европейских делах. Но это строго между нами, дамы и господа, потому что Павел Константинович свято верит, что мы намереваемся блюсти его интересы. Пока мы заручились его поддержкой. А когда дело дойдет до выполнения обещаний, может ведь разное произойти, не так ли?

— Каков же конкретно ваш план? — осведомился невзрачный. — Допустим, мы объявляем, что Николай — узурпатор, а Павел — настоящий наследник и должен быть императором. Нанимаем людей... Поднять поляков, конечно, не составит труда, но остальные...

— Войну выигрывают не штыки, а слова, — важно промолвил Зидлиц. Судя по всему, это было одно из любимых его изречений. — Прежде всего — пропаганда, пропаганда и еще раз пропаганда. Надо вдолбить в головы, что Николай — никто, а заправлять всем должен Павел. Как вы знаете, любое восстание разрастается подобно снежному кому, и первоначально таким комом станет наш претендент. Его роль — завести необратимый процесс, который поможет нам добиться своего. Едва почуяв надежду на избавление от Николая, заполыхают окраины, Польша, Финляндия и Кавказ. За ними последует вся империя, потому что мы посулим свободу рабам, которые безрадостно гнут спину на своих господ и терпят от них лишь тычки да побои. Заметьте, свобода — прекрасное слово, которым можно прикрыть все, что угодно. — Он повернулся к невзрачному, который внимательно слушал его. — Лучше всего это поняли ваши соотечественники-революционеры, месье, когда во имя свободы взяли за горло всю страну и рубили головы всем, кто имел несчастье им не понравиться. Никогда еще не говорилось о свободе столько, сколько в те дни!

— О, мсье, прошу вас, — довольно кисло отозвался его собеседник. — В одном я согласен с вами: если большинство населения выступит против Николая, ему придется уйти... так или иначе.

— А ему придется, — задумчиво ответил Зидлиц. — Не забывайте, что императору не на кого опереться. За границей его еле терпят, дома же открыто ненавидят. Он не может положиться даже на русскую аристократию — дворяне предали его, выступив против него в декабре двадцать пятого года. В сущности, у него никого нет, кроме горстки жалких наемников. И он падет... вместе со своей империей. Вообще, когда пыль уляжется, хорошо было бы поделить ее на части и обратить их в колонии. Украину, пожалуй, Австрия согласна взять себе.

— Англия не откажется от Кавказа, — подал голос Сандерсон. — Кроме того, мы заберем себе порты в европейской части — для облегчения нашей торговли.

— Порты нам самим пригодятся, — возразил Зидлиц со змеиной улыбкой. — Впрочем, я полагаю, что мы всегда сумеем уладить этот вопрос. Пока медведь еще разгуливает по лесу, было бы неосмотрительно делить его шкуру.

В публике раздались довольные смешки и даже несколько аплодисментов. Балабуха, засевший в кустах неподалеку от Гиацинтова, аж побагровел от бешенства.

— Знаешь, Владимир Сергеич... — пропыхтел он. — Незлобивый я человек, честное слово, но едва услышал, как они этак запросто делят мою страну на части... Ей-богу, так и чешутся руки порвать на части их самих!

— Тише, Антон, — остановил его Владимир. — Для одного раза мы с тобой, пожалуй, услышали более чем достаточно. Давай-ка срочно возвращаться в посольство. Дело оборачивается куда хуже, чем я мог себе вообразить.

Он поднялся, держась вдали от света, который шел из окон, и осторожно двинулся прочь от дома. Балабуха, возмущенно сопя, последовал за ним, но едва они сделали десяток шагов, как в грудь Владимиру уперлось дуло пистолета, и офицеров со всех сторон окружили вооруженные тени.

— Ба, кого я вижу, — произнес до отвращения знакомый голос гусара Ферзена. — Никак господин Гиацинтов собственной персоной?

ГЛАВА 27

Пленники. — Полное и окончательное разоблачение человека, именовавшего себя Августом Добраницким. — Рецепт идеального брака. — Паук и погреб.

Владимир сделал движение, пытаясь схватиться за пистолет, но было уже поздно.

— Тц, тц, тц, — укоризненно поцокал языком Ферзен, отбирая у Владимира оружие, в то время как его подручные проделали ту же операцию с Балабухой. — И совершенно это ни к чему. Шагай!

Пленников отконвоировали в дом.

— Вы их нашли? — спросил Сандерсон, но тотчас же узнал Гиацинтова и даже подался назад.

— Кто это? — высокомерно спросила Розалия, обмахиваясь веером из перьев.

— Никто, — доложил Ферзен, широко ухмыляясь. — Просто шпионы. Неудачливые шпионы, — прибавил он.

— Вам придется от них избавиться, — вмешался Зидлиц, брезгливо передернув плечами. — Если они доложат о том, что слышали, всему конец.

Владимир, очень бледный, поднял голову и в упор посмотрел на невзрачного француза.

— Вас кто-то предупредил о нашем приходе? — спросил он. — Это та записка? Мои поздравления! Значит, вашей организации удалось завербовать даже честнейшего Ивана Леопольдовича!

— Никто его не завербовывал, — ответил вместо француза Сандерсон. — Вы сделали большую ошибку, схватив его сына.

— Его сына? — остолбенел Балабуха.

— Ну да, его секретарь, который с нами сотрудничал, — его побочный сын. Неужели вы не знали об этом?

И тут, как обыкновенно пишется в старинных романах, омерзительная истина открылась перед офицерами во всей своей неприглядной наготе. Секретарь! Николай Богданович Берг! Богданович — стандартное отчество, которое дают незаконнорожденным... а Берг — окончание фамилии Адлерберг! Побочные дети нередко получают конечную часть фамилии отца вместо целой... Так вот почему Жаровкин писал, что у негодяя была дополнительная причина для предательства! Ведь всем известно, что легче всего вербуются люди, обиженные судьбой, незаконнорожденные и обойденные в смысле карьеры... И вот почему посланник казался таким потрясенным, когда они с Балабухой приволокли к нему предателя и представили все необходимые доказательства! Не дипломатический скандал вовсе страшил Ивана Леопольдовича, а перспектива увидеть под военным судом собственное детище... Поэтому он пошел ва-банк и предупредил заговорщиков, что ночью к ним нагрянут незваные гости. Теперь их с Балабухой убьют, и император никогда не узнает... и России придет конец. И секретарь так и останется на своем посту, а в списке агентов, отдавших жизнь во имя своего отечества, прибавятся еще два имени...

— Кстати, их здесь только двое, — вмешался невзрачный. — А где третий?

— Кто? — глупо спросил Ферзен.

— Великий и неуловимый агент Сотников, — подал голос желчный Зидлиц. — Где он? Если эти двое подслушивали внизу, значит, он тоже был где-то рядом!

— Какой Сотников? — искренне изумился Владимир. — О чем это вы, господа?

— О, не пытайтесь нас обмануть, — парировал Сандерсон. — Нам все известно! Маленький господин, который вечно отирался возле вас и не без успеха выдавал себя за поляка, не кто иной, как особый агент Сотников, которого прислали из Петербурга, чтобы он страховал вас в случае неудачи. У графа Адлерберга хорошие друзья в вашей столице, и его предупредили, что вы явитесь не одни! А мы-то чуть не допустили промах, когда пытались завербовать вашего приятеля! Правда, когда мы узнали, кто он такой, пришлось срочно исправляться, но, разумеется, вы сумели его защитить!

Балабуха вытаращил глаза. Бравый артиллерист искренне пытался представить Августа Добраницкого в роли их коллеги агента Сотникова — но, увы, его воображения на это явно не хватало.

Уж не морочат ли им голову, в самом деле? Но чего ради?

— Поймали, поймали! — радостно вскрикнула Розалия, завидев подручных Ферзена, которые только что появились в дверях, волоча за собой упирающегося Добраницкого. — Вот он, это и есть Сотников!

— Значит, вся честная компания в сборе, — хмыкнул француз и налил себе ликеру.

— Август! — крикнул Владимир. — Зачем, ну зачем ты увязался за нами? Теперь наше задание полностью провалено!

— Ха-ха, — неприятно усмехнулся Зидлиц. — Вот вы и разоблачили себя, господа агенты! Вы только одного не учли — что вы жалкие пешки, которые влезли в слишком большую игру. И, как и пешек, вас сейчас сбросят со счетов!

— Между прочим, пешка еще может стать ферзем, — парировал неунывающий Август, которого подтолкнули к двум офицерам. В следующее мгновение он встретился взглядом с шатенкой, которая стояла в глубине комнаты, и переменился в лице.

Да что там переменился — Балабуха, не склонный к преувеличениям, утверждал впоследствии, что такой опрокинутой физиономии, как у Августа, он не встречал больше ни у кого на свете. Даже у гусара, которого артиллерист некогда застукал со своей невестой.

— Ах! — вскрикнула шатенка, роняя бокал, который упал на пол и разбился вдребезги.

— Караул! — пискнул Август и, отступив, сделал попытку спрятаться за широкую спину Балабухи, но получил от одного из конвоиров тычок под ребра и застыл на месте.

— Сударыня, — спросил Зидлиц, от которого не укрылась реакция шатенки, — вам что, знаком этот господин?

— Еще бы! — вспыхнула та. — Это мой жених! Мерзавец, который сбежал, бросив меня у алтаря! Тот, который опозорил меня перед всей Варшавой!

Сандерсон открыл рот.

— Я не смог бы опозорить вас больше, чем вы сами, даже если бы захотел! — крикнул Август.

— Август Добраницкий, — бушевала шатенка, — вы негодяй!

— Позвольте, позвольте, — вмешался Ферзен. — Так он что, действительно Август Добраницкий? Не Никита Сотников?

— Какой еще Никита? — Шатенка яростно топнула ногой. — Мерзавец он, мерзавец! Розалия, ну что ты стоишь? Ведь ты должна отлично его помнить!

— Изабелла, дорогая моя кузина, — хладнокровно отвечала графиня Рихтер, — я уже много раз говорила тебе: твои дела меня не касаются! Если этот господин сбежал бог весть куда, вместо того чтобы на тебе жениться...

— В Северную Америку, — с широкой улыбкой зачем-то уточнил Август, хотя его никто об этом не просил.

Владимир остолбенел.

— Поскольку вы сейчас не в Америке, — крикнула Изабелла, — вы должны на мне жениться! Ваш брат, граф, обещал мне, что лучше мужа, чем вы, я не найду, а вместо этого...

— Лучше я уйду в монастырь, — коротко ответил Август. — Женитьба не для меня... уж женитьба на вас — так точно!

— Минуточку, — вмешался Балабуха. — Так ты что, все время говорил нам правду? Ты был в Северной Америке? Твой старший брат — граф... а дядя — епископ? Он у тебя тоже имеется?

— Ну да, — подтвердила Розалия, — его дядя — епископ Краковский. Впрочем, я не понимаю, какое отношение ваш вопрос имеет к делу. Важнее скорее то, что этот человек — не Никита Сотников.

— То есть ты все время говорил нам правду? — допытывался Владимир, обращаясь к Августу. — И ты не шулер?

— Клянусь своей невестой, чтоб ей пусто было! — торжественно объявил Август. — Когда я сбежал, эта ненормальная стала угрожать, что найдет способ со мной разделаться. Поэтому я подался в Америку, а когда вернулся и встретил вас, эти нападения... Я думал, что она каким-то образом отыскала меня и мстит. Я пытался вам это сказать, но вы даже не захотели меня выслушать!

— А как же дуэли? — вырвалось у Балабухи. — Ты уверял, что не раз дрался, а между тем...

Август потупился.

— У меня было множество дуэлей, — объяснил он. — Просто... гм... в последний момент я всегда предпочитал мириться с противником.

Офицеры были совершенно повержены. Конечно, разоблачать лжецов приходится нередко, но вот выводить на чистую воду человека, который все время говорил сущую правду...

Да, в лице Августа им попался просто исключительный случай!

— Меня интересует вот какой вопрос, — сказал Сандерсон, ни к кому конкретно не обращаясь. — Если это не Сотников, то кто же тогда Сотников?

— Очень, очень странно, — согласился с ним Зидлиц. — Впрочем, я полагаю, что все в свое время прояснится... А вот и его величество! Господа, будущий российский император!

На пороге гостиной только что появился невысокий коренастый молодой человек с мясистым лицом, действительно несколько напоминающий Константина Павловича. Однако вовсе не внешность претендента поразила наших героев, а дама, которая сопровождала грядущее императорское величество. Ибо была эта дама чернокудра, синеглаза, обольстительна и дьявольски хороша.

— Мистер Сандерсон, я пыталась развлечь его величество, — томно объявила Антуанетта, по привычке строя глазки всем присутствующим, — но вы так и не поднялись к нам, хоть и обещали явиться, когда настанет время... Его величество захотел познакомиться со своими союзниками, и, согласитесь, это вполне законное желание!

Тут она увидела возле стены Владимира, здоровяка артиллериста и Добраницкого, который выглядывал из-за спины Ферзена, приподнявшись на цыпочки. Один бог ведает, чего стоило в это мгновение Полине Степановне удержать на устах глупо-кокетливую улыбку, да еще похлопать ресницами, чтобы все окончательно убедились в том, что вновь прибывшую ни в коем случае не стоит воспринимать всерьез.

— Ах да, — спохватился Сандерсон. — Ваше величество, прошу меня извинить... Непредвиденные обстоятельства в лице некоторых докучливых людей...

— Что? — завопил Август. — Так это и есть ваш хваленый претендент?

— Сэр, — с неудовольствием промолвил Зидлиц, — должен вам сказать, что...

— Нет, это потрясающе! — не слушая его, кричал Добраницкий. — Да ведь я же знаю его! Ты что от меня отворачиваешься, а? Шельма! Сейчас я тебе все припомню, голубчик, все! Ты у меня узнаешь, как кружить голову честным женщинам! — зачем-то добавил он.

— Мсье, — шепнул французу Ферзен, — может быть, пора выводить всех троих и того?..

— Претендент! — продолжал возмущаться Август. — Будущий император... да какой он император? Это же Пашка Бородин, шулер! Подбросил мне крапленые карты и меня же обвинил, что я плутую...

— Что? — пролепетала Розалия, меняясь в лице.

— Что? — ахнула Изабелла.

— Тоже мне, самодержец! — победно припечатал его Август. — Вы только посмотрите, посмотрите, как у него глаза-то забегали! Узнал меня, да? Сразу же узнал! А ну, отдавай мои шесть тысяч! Я их честно выиграл... а еще я тебя сейчас на дуэль вызову! За то, что ты меня же в плутовстве тогда обвинил, каналья!

— Однако, — пробормотал старичок с упрямым подбородком, — вот это оборот так оборот!

— Вы ведь ему деньги обещали, да? — спросил Август, оборачиваясь к заговорщикам. — На восстание! Обещали ведь? Так вот: наверняка он выдумал эту аферу, чтобы вас надуть и с деньгами скрыться! Император! Он император жуликов, вот кто!

— Господа, — завопил без пяти минут самодержец, багровея, — я протестую! Он сумасшедший! Я не знаю этого человека! Что он мелет? Он николаевский агент! Его нарочно подослали, чтобы меня опорочить! У меня есть документы, я знаю, кто я такой, и могу доказать!

— Значит, все-таки Сотников, — вздохнул Сандерсон. — Должен признаться, это очень умно — внушить нам сомнение в том, что наш претендент настоящий. Вы чертовски ловкий человек, сэр, — продолжал он, поворачиваясь к Августу. — Я горжусь тем, что мне пришлось действовать против вас, но, сами понимаете... Все зашло слишком далеко.

— Действительно! — промямлил претендент. Судя по всему, он до сих пор переживал, что его обозвали плутом.

— Я надеюсь, они умрут без мучений, — строго сказал Зидлиц, обращаясь к Ферзену. — Прошу вас проследить за этим!

— С удовольствием! — искренне ответил тот. — Шагайте, господа! Теперь уже недолго вам осталось!

И десяток вооруженных до зубов типов повели трех безоружных пленников из гостиной. Изабелла, глядя им вслед, только покачала головой.

— Жаль, что здесь нет священника, — задумчиво промолвила она. — Было бы чудесно обвенчаться с паном Добраницким, чтобы через несколько минут овдоветь! Уверена, это был бы идеальный брак!

Розалия, пившая воду, поперхнулась. Она и сама была далеко не образцового поведения, но манеры кузины шокировали даже ее.

— Нам надо бежать, — прошептал Владимир, когда троих друзей вели к лестнице. — Иначе конец!

— Их слишком много, — вздохнул Балабуха. — Вот если бы удалось их как-то отвлечь...

Должно быть, стоящий за спиной Ферзена рыцарь в доспехах услышал его слова, потому что внезапно со скрежетом качнулся.

— Берегись! — завопил кто-то из стражей.

В следующее мгновение рыцарь, к ужасу присутствующих, поднял в воздух кулак в железной перчатке и как следует приложил гусара в лоб. Ферзен закатил глаза и, как срубленное полено, повалился на пол.

— Ну, держись! — прогремел Балабуха, срывая со стены остро заточенную алебарду.

Что же до Владимира, то он от души врезал одному из нападавших выше колен, но ниже пояса, выхватил у него два пистолета и, прежде чем остальные успели опомниться, в упор застрелил двоих стражей.

Балабуха молча кромсал супостатов алебардой, причем с одинаковой ловкостью ухитрялся действовать как лезвием, так и древком. Добраницкий схватил какой-то старинный щит и отбивался с не меньшим успехом.

— На помощь! — отчаянно завопили их противники, отступая в беспорядке. — На помощь!

— Антон, Август, — закричал Владимир, — скорее, бежим! Сюда прет целая толпа!

Трое друзей кинулись к лестнице, но наперерез им выбежали несколько человек с пистолетами. Пуля ударила в стену у самой головы Августа. Они бросились в первую попавшуюся дверь, которую Балабуха захлопнул перед носом преследователей. Владимир швырнул ему какой-то железный прут, попавшийся на глаза, и артиллерист втиснул его вместо засова.

— А теперь куда? — закричал Добраницкий.

Они выскочили в другую дверь и побежали через анфиладу комнат.

— Ищи выход, Август! Мы на втором этаже, нам надо спускаться!

— А, черт бы побрал эти старые замки... — выругался Добраницкий. — Не дом, а лабиринт какой-то!

Тем не менее они отыскали боковую лестницу и помчались по ней вниз.

— Сюда! — крикнул Гиацинтов, завидев впереди спасительный выход, но тут прямо перед ними с потолка спустился на невидимой ниточке огромный паук, покачиваясь в воздухе и перебирая лапками. Гигант артиллерист как-то всхлипнул, втянул голову в плечи и подался назад.

— Нет, нет! — завопил он и что есть духу понесся по ступеням, которые вели в погреб.

— Антон! — закричал Владимир, устремляясь за ним. — Куда ты! Стой, черт тебя подери! Здесь нет выхода!

Не без труда им с Августом удалось остановить артиллериста. Добраницкий стал доказывать, что паука больше нет, он его растоптал, но вернуться к выходу из замка нашим друзьям не удалось. Погоня шла по пятам. Щелкнуло несколько выстрелов, однако, по счастью, ни одна пуля не угодила в цель.

— В погреб, — крикнул Балабуха, — в погребе отсидимся!

Друзья бросились в погреб, быстро закрыли массивную, окованную железом дверь и заперли ее на засовы.

— Так, а теперь куда? — спросил Владимир, озираясь. — Тут нет другого выхода?

— Сейчас посмотрим, — отозвался Август. — Фонарь, к счастью, тут имеется, и на том спасибо.

— Интересно, — рассуждал Владимир, обследуя погреб, — кто это пришел к нам на помощь? Ну, тот, кто спрятался в рыцаре?

— Понятия не имею, — проворчал гигант.

Втроем друзья осмотрели погреб и, к своему огорчению, убедились, что вход в него только один. В запертую дверь тем временем стучали прикладами и ногами их противники.

— Эге, да тут вино! — обрадовался Август. Он снял с полки одну бутылку, извлек откуда-то штопор, раскупорил ее и стал пить. — А вино-то ничего! Не хуже бордо!

— Что-то они перестали стучать, — обеспокоенно заметил Владимир.

— Потому что бесполезно, — хладнокровно отозвался Балабуха. — Такую дверь можно пробить только артиллерийским снарядом, а откуда у них пушка?

— Жаль, закусить нечем,— посетовал Август, приканчивая бутылку.

Офицеры обернулись и укоризненно посмотрели на него.

— А что? — удивился он.

Из-за запертой двери донесся насмешливый голос Ферзена:

— Ну, как вы там себя чувствуете, господа?

— Прекрасно! — крикнул в ответ Владимир. — Как ваша голова, сударь? Мне было бы искренне жаль, если бы она пострадала!

Ему показалось, что гусар по ту сторону двери злобно заскрежетал зубами.

— Ничего! — прокричал Ферзен. — Вы недолго тут просидите, я уже принял кое-какие меры! Вы, конечно, ловкачи, только вот сведения, которые вам удалось раздобыть, вы все равно унесете с собой в могилу! Разрешите откланяться, господа, и всего доброго!

— По-моему, этот подлец что-то затевает, — буркнул Балабуха. Однако наступила тишина, и в погребе было только слышно, как тяжело дышит артиллерист да где-то в углу капает вода.

— Скажи, Август, — обратился Владимир к их спутнику, — а этот Павел Бородин... Он действительно шулер? И это он тебя избил, обвинив в плутовстве?

Добраницкий молча кивнул.

— Я не знаю, на что они рассчитывают, — сказал он. — Наверняка не я один знаю его как отъявленного плута.

— Послушай, Август, — вмешался Балабуха. — Скажи мне лучше вот что: ты точно не шпион? Потому что эта история с Сотниковым...

— Антон, — вспыхнул Добраницкий, — я никакой не шпион! Ясно вам?

— А что же ты все время нам помогаешь, а? — наседал на него Владимир. — Или, может, тебе просто приказали за нами приглядывать?

Август вытаращил глаза.

— Приказали — мне? Клянусь, господа... Я помогаю вам потому, что вы мои друзья! И никакого секрета тут нет!

— А ты еще удивлялся, с чего это он так чисто говорит по-русски, — обратился Балабуха к Гиацинтову. — Помнишь, даже его появление в первый раз показалось тебе странным! А вот если бы он был нашим, так сказать, соратником...

— Господа, — возмутился Август, — я — Август Добраницкий, и точка! Никакого Сотникова я не знаю... и вообще я думаю, что это он сидел внутри рыцаря, который пришел нам на выручку!

— А я вот не понимаю, какой тебе расчет нам помогать, — устало промолвил Владимир. — Ты же наверняка слышал, что они обещали. Они собираются Польшу освободить, между прочим...

— Учитывая планы этих людей, я бы не стал доверять их обещаниям, — отозвался Август. — Это во-первых. Во-вторых, одно присутствие на их стороне моей бывшей невесты... — Он умолк и выразительно скривился. — Ну и, наконец, третья причина.

— Что за причина? — заинтересовался Балабуха.

— А третья причина такая: свобода не дарится, как ярмарочный пряник, — твердо проговорил поляк. — Настоящая свобода завоевывается потом и кровью, с оружием в руках. Наша страна стала игрушкой европейских держав, потому что в какой-то момент у нас не хватило духу отстоять свою независимость. А ведь когда-то мы тоже вершили историю, и Марина[1] едва не стала вашей царицей, а Владислав[2] — царем. Но все меняется, и однажды мы, разделенные на три страны, сплотимся, потому что до нас наконец-то дойдет, что настоящая свобода — вовсе не миф и что ее не заменит даже относительно сытое и безбедное существование. Так что, господа, не обессудьте, но если поднимется новый Костюшко[3] и призовет всех поляков защищать свою родину, я буду на его стороне. Но я не могу быть на стороне шулера и делать вид, будто верю в его притязания на российский престол. Это же смешно, поймите!

— Август, — промолвил после паузы Владимир, — я давно хотел тебе это сказать, но... Ты молодец.

---

[1] Марина Мнишек.

[2] Польский королевич, один из претендентов на российский трон в Смутное время.

[3] Тадеуш Костюшко — глава польского восстания 1830 года.

— Надеюсь, вы на меня не сердитесь, — примирительно добавил Август. — Я хорошо к вам отношусь, честно! Но если мне придется сражаться за свободу моей страны, я пойду сражаться. И мне искренне жаль, что мы никогда не сможем быть на одной стороне.

— Но это не помешает нам остаться друзьями, верно? — проворчал Балабуха. — Пока сражение еще не началось...

— Антон! — внезапно сказал Владимир, и гигант удивленно взглянул на него. — Помолчи.

Все трое умолкли и прислушались.

— Я ничего не слышу, — наконец признался Добраницкий.

— Я тоже, — сказал Балабуха. — Только какое-то бульканье... у Августа в животе, что ли?

— У меня? — вскинулся Добраницкий. — Да это у тебя в брюхе бурчит!

— Нет, вы оба не правы, — медленно сказал Владимир. — И вовсе это не бульканье, а плеск... Плеск воды.

И тут большая бочка, стоявшая у стены, с грохотом лопнула. Куски досок полетели в разные стороны.

За бочкой в стене открылась большущая дыра. И в эту-то дыру широким потоком устремилась вода.

ГЛАВА 28

Потоп. — Спасение утопающих — дело рук самих утопающих, а также их смекалки. — Карета феи.

— Вода! — завопил Август. — Откуда тут вода?

— Не знаю! — крикнул Владимир. — Наверное, они привели в действие какой-нибудь потайной механизм! Ведь Дунай совсем рядом!

— А, черт их подери! — выругался Балабуха. Вода уже бежала по полу и, пенясь, заливала погреб. — Надо открыть дверь!

Он бросился к двери, но заметил выражение лица Владимира.

— Или не надо?

— Открывайте дверь и выходите! — кричал из коридора насмешливый голос Ферзена. — Или не открывайте и подыхайте там, как крысы!

— Они ждут нас, — мрачно уронил Владимир.

Вода меж тем стремительно прибывала.

— Фу, черт, — устало выдохнул артиллерист. — Я всегда боялся, что мне придется вот так, брат Владимир... встретить свою смерть в воде.

— Но мы можем попробовать заделать дыру! — крикнул Август.

— Чем? — безнадежно спросил гигант. — В погребе же ничего нет! Не рассчитываешь же ты забить такую дыру бутылкой?

Добраницкий стих.

— Мне надо выпить, — неожиданно заявил он, кинулся к одной из оставшихся бутылок, лихо отбил у нее горлышко и стал лить вино прямо себе в рот, запрокинув голову.

— Поражаюсь я тебе, ей-богу! — покачал головой Владимир. — Но что же нам делать?

Антон меж тем начал снимать с себя сюртук.

— Ты что? — удивился Гиацинтов.

— В эту дыру, — сказал Балабуха, подбородком указывая на нее, — вполне может пробраться человек. От замка до реки саженей тридцать, не более. Я доберусь до реки, войду в замок и нападу на Ферзена и его молодчиков с тыла. Вы — будьте готовы.

— Да ты с ума сошел! — закричал Владимир, срываясь с места. — Ты что, не видишь, какой там напор? Ты не сможешь плыть против потока! И вообще, ты же говорил мне, что едва умеешь плавать!

Балабуха взглянул на него сверкающими от бешенства глазами. Вода уже стояла в погребе по колено.

— Это из-за меня вы оказались здесь, — просто ответил он. — Значит, мне и надо исправлять положение. Потому что это наш единственный шанс.

— Тебе или размозжит там голову, или ты захлебнешься и утонешь! — кричал Владимир. — Ты что, с ума сошел?

— Может, и сошел, — покладисто согласился Балабуха. — Вся моя надежда на то, что хватит силенок выбраться отсюда. Иначе всем нам конец.

Друзья стояли в воде по самый пояс. Дыра в стене уже скрылась под водой.

Неожиданно гигант набрал воздуху, присел и скрылся из глаз.

— Антон Григорьич! — взмолился Владимир. — Золотой ты мой! Может, плюнем на все и откроем дверь? Двум смертям не бывать! А?

Но Балабуха, не слушая его, уже протиснулся в дыру и, цепляясь ногтями за стенки, полез вперед. Поток сносил его обратно, но он с каким-то отчаянием не давался и продвигался против течения.

Он барахтался, полз, карабкался вперед, обдирая ногти и кожу. Все свое упорство, все нечеловеческое упрямство он вложил в это продвижение против потока, который норовил снести его обратно, к погребу. В ушах у гиганта звенело, в глазах начало темнеть, когда он наконец вынырнул на поверхность и сумел перевести дух.

Вода в погребе уже доходила Августу до подбородка, и он мог свободно плавать в ней. Еще немного, и он сумеет спокойно дотронуться рукой до потолка... А когда вода дойдет до него, они утонут.

За дверью послышался какой-то шум, грохот выстрелов и возбужденные крики.

— Это Антон! — обрадовался Владимир. — Пора открывать!

Он подплыл к двери и попробовал отпереть ее, но масса воды, давившая на нее, не давала ему даже сдвинуть засов.

— Антон! — отчаянно закричал Гиацинтов. — Антон! Дверь не открывается!

— Хорошо! — прозвучал с той стороны глухой ответ. — Бога ради, отойди от двери! Отойди от нее!

Владимир послушался и всплыл на поверхность. До потолка погреба оставалось уже совсем немного. Снизу донесся глухой треск.

— Он стреляет по двери! — воскликнул Гиацинтов. — Потерпи, Август, совсем немного осталось!

Бах! Бах! Бах!

Дверь ужасающе застонала, подалась и вылетела из петель. Хлынувший с нею наружу поток воды сбил Антона с ног. Он поднялся и снова упал.

— Володя! Август! Вы целы?

Потоки воды бежали по ступеням. Наконец из погреба показался обессиленный Добраницкий, а за ним — Владимир.

— Скорее, скорее, прочь отсюда! — кричал Балабуха. — Пока вся свора не прискакала...

— О-ох... — стонал Добраницкий, спотыкаясь, падая и вновь поднимаясь на ноги. — Теперь я на всю жизнь воды наглотался! Тьфу! Будь она неладна...

— А где гусар? — внезапно забеспокоился Владимир. — Где Ферзен?

И в самом деле, в воде у входа в погреб покачивалось несколько трупов, но Ферзена среди них не было.

— Не знаю, — отозвался гигант. — Когда я подошел, тут было всего три человека, и я быстренько с ними разобрался! Идем!

— Если он нам попадется, — попросил Владимир, — оставь его мне, хорошо?

Он обыскал одного из убитых, забрал его пистолеты, порох и шпагу.

— Я сам не прочь прикончить этого щучьего сына, — парировал Балабуха. — Так что, Володя, пусть с ним разберется тот, кто заметит первым! Лады? Держи, Август!

И он бросил один из пистолетов Добраницкому.

— Это на всякий случай, — пояснил артиллерист.

Меж тем вода становилась все выше. Пора было уходить. По лестнице офицеры и их спутник поднялись на первый этаж, где им преградил дорогу Ферзен с четырьмя другими молодчиками. Глаза гусара горели сумасшедшим огнем.

— Куда спешим, господа?

— На ваши похороны! — ответил Владимир, делая первый выпад.

— Ой! — завопил Добраницкий, на которого кинулись сразу двое противников. — Господи, за что же мне такое счастье?

Он наставил на одного из врагов пистолет и нажал на спуск, но выстрела не последовало. Очевидно, порох был подмочен.

Балабуха меж тем разделался со своими противниками. Он схватил их обоих за шкирки, поднял в воздух и как следует ударил друг о друга, после чего бедняги потеряли сознание.

Противник Добраницкого ухмыльнулся и достал пистолет.

— А-а-а! — завопил Август, швыряя в него свое бесполезное оружие.

Брошенный пистолет описал дугу, стукнул супостата в лоб рукояткой, вздрогнул и выстрелил. Пуля, свистнув под ухом Августа, вошла точно в лоб второму его противнику.

— Вот это да! — пробормотал Август, не веря своему везению.

Шатаясь, первый противник сделал попытку все-таки прицелиться в него, но Балабуха как следует приложил соратника Ферзена кулаком, после чего тот рухнул на пол и более не шевелился.

Меж тем Владимир и Ферзен, стоя по колено в воде, продолжали сражаться на шпагах. Гусар держал клинок в левой руке, что представляло для его противника дополнительные трудности. Ловким приемом Гиацинтов сумел задеть соперника, но тот плашмя ударил клинком по воде, и в лицо молодому офицеру полетели холодные брызги. От неожиданности он отшатнулся, а гусар меж тем изловчился и полоснул его по предплечью.

— Владимир, — закричал Балабуха, — кончай его, и сматываемся! Сюда несется целая толпа с оружием! Быстрее, не то нам будет худо!

— Действительно! — пробормотал Добраницкий и, изловчившись, выскочил в окно.

— Извините, сударь, — сказал Владимир Ферзену, после чего провел обманный прием, поднырнул под клинок соперника и проткнул гусара насквозь. Тот сдавленно охнул, выронил шпагу и упал на одно колено, взметнув тучу брызг.

— Не поминайте лихом! — весело крикнул Владимир, отсалютовал ему шпагой и бросился к окну, в котором уже скрылся гигант-артиллерист. Гусар застонал и повалился на спину, раскинув руки. Вода вокруг него медленно начала краснеть.

— Где они, где они? — кричал француз, врываясь в дверь. — Ферзен! Куда подевались эти проклятые русские?

— Там! — из последних сил простонал гусар, указывая на окно.

Трое друзей меж тем мчались по саду. Позади них метались какие-то тени. То и дело в ночи вспыхивали яркие вспышки, но до сих пор ни одна пуля даже не оцарапала наших героев.

— Ох, — бормотал Август, задыхаясь от быстрого бега. — Вот это приключение так приключение!

Владимир остановился и отбросил со лба назад мокрые пряди волос.

— Нам нужна карета! — крикнул он. — Во что бы то ни стало надо выбираться отсюда!

— Карета? А вон как раз одна, на дороге! И лошади вроде свежие!

Владимир посмотрел туда, куда указывал артиллерист, и увидел запряженный парой лошадей экипаж с кучером на козлах.

— Так, — распорядился Владимир. — Антон, кучера в канаву, и хватай вожжи! Август, в карету, живо!

Добраницкий не заставил себя упрашивать и кинулся к экипажу, в то время как Балабуха стащил с козел кучера и с размаху швырнул его в канаву.

Владимир вскочил в карету вслед за поляком и захлопнул дверцу. Балабуха по-разбойничьи засвистел и стеганул лошадей кнутом. Через минуту друзья уже неслись по прямой дороге, освещенной луной.

— Фу, — выдохнул Август. — Похоже, оторвались!

Он сделал попытку поудобнее устроиться на сиденье и угодил локтем во что-то мягкое. Прежде чем Добраницкий успел опомниться, это мягкое возмущенно вскрикнуло: «Да вы сошли с ума, сударь!», после чего залепило Августу звонкую пощечину.

— Ай! — заверещал Добраницкий, чьи нервы и так были натянуты до предела из-за ужасов этой ночи. — Владимир, на помощь! Убивают!

Тут он схлопотал вторую оплеуху.

В карете послышалась какая-то возня. Наконец Владимиру удалось схватить за руки неизвестного врага, который брыкался и царапался, как сто разъяренных кошек. Луна заглянула в окошко, и ошеломленный Гиацинтов тут же разжал пальцы.

— Фройляйн Антуанетта, это вы?

ГЛАВА 29

Трое в одной карете, не считая кучера. — Погоня. — Торжество Сандерсона.

— Ну конечно, я! — сердито ответила красавица, сверкая незабудковыми очами. И, не сдержавшись, как следует стукнула Владимира по лицу.

Добраницкий кашлянул, повертел головой и стал поспешно приводить в порядок пострадавшую в погребе одежду.

— За что? — с недоумением спросил Владимир, держась за щеку.

— За все! — гордо ответила Антуанетта.

Собственно говоря, это была маленькая месть Полины Степановны за то, что Владимир со своими друзьями постоянно мешал ей, ставил палки в колеса и вообще вел себя не как добропорядочная ширма, каковою он считался изначально, а как человек, ведущий самостоятельное и независимое расследование.

— Добрый вечер, мадемуазель, — поспешно вмешался Август, поправляя съехавший набок галстук. — Надо же, какая удачная встреча! А я как раз думал, неужели вы пали жертвой чар этого мерзкого шулера...

Тут, надо сказать, Антуанетта слегка переменилась в лице.

— Не понимаю, господа, что вы себе позволяете! Меня пригласил... гм... один знакомый... Попросил составить компанию будущему российскому императору...

— Будущий российский император, — проворчал Владимир, — цесаревич Александр Николаевич! А этот — самозванец!

— Мне неизвестны такие тонкости! — парировала Антуанетта. — Между прочим, он показывал портрет своего отца, великого князя Константина... Надо сказать, что фамильное сходство налицо!

— Мадемуазель Антуанетта, — пылко проговорил Владимир, — клянусь вам честью, что эти люди замышляют чудовищную аферу, чтобы уничтожить Российскую империю! И этот человек — вовсе не тот, за кого он себя выдает!

— Ну так что же, — пожала плечами неподражаемая мадемуазель, раскрывая веер, — если Российская империя чего-нибудь стоит, то уничтожить себя она не даст. Впрочем, я человек, от политики далекий... и вообще, почему с вас течет вода? Вы что, купались в Дунае? Ночью?

— Нет, — признался Владимир, — просто нас хотели утопить.

— В погребе, — зачем-то добавил Август, улыбаясь Антуанетте, которая ему очень нравилась.

— Утопить в погребе? — изумилась красавица. — Это что, такая шутка?

— Нет, — покачал головой Владимир. — Погреб связан с рекой каким-то механизмом, и, когда мы оказались внутри, этот механизм привели в действие, и... Мы едва не погибли.

— По-моему, господа, вы изволите говорить сущий вздор, — заявила Антуанетта, обмахиваясь веером. — Такое бывает только в романах... и вообще, я не могу представить, чтобы в замке моей дорогой кузины Изабеллы стояли механизмы для того, чтобы затопить погреб, который все-таки не пруд! И даже не озеро!

Добраницкий вытаращил глаза и поперхнулся.

— Кузины Изабеллы? — пролепетал он, меняясь в лице.

— Ну это я так ее называю, — ответила Антуанетта. — Собственно говоря, Розалия — моя сводная сестра, а Изабелла — ее кузина, значит, и моя тоже... хотя мы с ней почти не общаемся, по правде говоря.

— И вы с самого начала были с ними заодно? — медленно спросил Владимир.

— С кем? — спросила Антуанетта, невинно хлопая ресницами.

— С людьми, которые составили заговор против нашей страны. И... я же видел, как Ферзен передавал вам деньги! — в порыве негодования прибавил молодой офицер.

— Да, Розалия мне часто давала деньги через Иоганна, — сухо отозвалась Антуанетта. — И это она, кстати сказать, помогла мне, когда надо было оплатить лечение на Мадейре. Я жила там восемь лет... или девять? В общем, достаточно, ведь за докторов надо платить, за жилье тоже, а у меня... у нас с тетушкой Евлалией не так уж много средств...

Владимир закусил губу. Как, как он мог не навести справки об Антуанетте? Как проглядел, что она приходилась родственницей Розалии фон Рихтер?

Но если Розалия помогла ей деньгами, если она фактически спасла Антуанетте жизнь — тогда, конечно, девушка с незабудковыми глазами не станет слушать никаких разоблачений, да что там — попросту от них отмахнется. Потому что он, Владимир, ничего такого для нее не сделал, а Российская империя для этой своенравной очаровательной венки — пустой звук. Подумаешь, одной империей больше, одной меньше...

— Скажите мне только одно, — умоляюще попросил Владимир. — Когда вы... Когда мы с вами разговаривали, вы передавали мои слова Розалии? Она просила вас шпионить за мной и за моими друзьями? Да или нет?

Антуанетта вздохнула. Наделенная тонким чувством юмора, она, конечно, прекрасно понимала комизм этой сцены. Но пока она подбирала слова, чтобы ненароком не обидеть своего собеседника, вмешался Август.

— Владимир!

— Что тебе? — раздраженно выпалил Гиацинтов.

— Владимир, — быстро зашептал Добраницкий, — за нами скачут всадники, и они не отстают! По-моему, они... они хотят убить нас!

Словно в ответ на его слова, грянул выстрел, и пуля прошила насквозь обивку кареты.

— А, черт бы их взял! — вырвалось у Владимира. — Антуанетта, пригнитесь! Балабуха, гони! За нами погоня!

— Ну, чертовы клячи, — проскрежетал на козлах Балабуха, — живей!

Лошади, хрипя, помчались как стрела. Еще две пули просвистели над каретой.

— Осторожнее! — крикнул Владимир.

Он взял пистолет, выбил ручкой окошко в задней стенке кареты и выстрелил два раза. Одна из лошадей преследователей споткнулась и рухнула на дорогу.

— А, черт! — процедил Владимир сквозь зубы.

— Промазал? — робко поинтересовался Добраницкий. Он съежился на сиденье, закрывая руками голову.

— Да нет, попал — в лошадь, — проворчал Владимир. — Животное жалко.

Антуанетта смотрела на него широко распахнутыми глазами. Чертыхнувшись про себя, Владимир стал перезаряжать пистолеты.

«Она не ответила на мой вопрос... Промолчала! Молчание — знак согласия... Значит, она была со мной, чтобы шпионить... Она не любит меня... не любит!»

Он стиснул челюсти и перед самым поворотом выстрелил дважды, почти не целясь. Двое всадников покачнулись в седлах, через минуту один из них упал на дорогу, но нога его зацепилась за стремя. Лошадь продолжала нестись вперед, волоча по камням его тело. Теперь в седле оставались всего четверо преследователей.

— Похоже, что силы уравниваются, — почти равнодушно заметил Владимир.

Их лошади, непривычные к столь бешеному ритму, тем не менее неслись из последних сил. Экипаж миновал мостик, и тут раздался громкий треск. Добраницкого отшвырнуло к стенке кареты.

— Берегись! — крикнул Владимир.

Карета заскрежетала, описала полукруг и остановилась. Гиацинтов распахнул дверцу и, сжимая в правой руке пистолет, выскочил на дорогу.

— Камень! — простонал Балабуха, спрыгивая с козел. — Ну что ты будешь делать!

— Их всего четверо, — быстро сказал Владимир. — Придется принимать бой.

Он переложил пистолет в левую руку, а в правую взял шпагу.

— Август!

В ответ раздался невнятный стон. Артиллерист бросился к карете. Добраницкий с окровавленной головой прислонился к стенке и слабо стонал. Антуанетта пыталась перевязать его платком.

— Он ушибся! — крикнула она.

Махнув на Августа рукой, Балабуха вернулся на дорогу. Всадники меж тем приближались.

— Ну,— сказал Владимир, поднимая пистолет, — за отечество!

— Ура! — подхватил Балабуха, поднимая свой пистолет.

Они выстрелили почти одновременно. Одна из лошадей кувыркнулась в пыль, другая запрыгала на месте с перебитой ногой.

— Ур-ра! — закричал Владимир, бросаясь вперед.

Интересно, как долго могут продержаться двое против четверых? Особенно если эти двое так отважны, как наши офицеры, и им решительно нечего терять.

На долю Балабухи достались флегматичный толстяк Сандерсон и огромный англичанин — такой же огромный, как и сам Балабуха. Их схватка была поистине схваткой титанов. Гиацинтову же выпали невзрачный француз, как оказалось, в совершенстве владевший всеми запрещенными приемами, и другой противник, приметы которого история не сохранила, ибо Владимир заколол его с первого же удара. С французом, увы, пробовать что-либо подобное было совершенно бесполезно.

— Прекрасный выпад! — насмешливо комментировал он очередной удар Владимира. — А посмотрим, как вы ответите на это, месье!

И Гиацинтов едва успел отбить выпад, грозивший ему верной смертью.

— Честное слово, — с издевкой в голосе сокрушался соперник, — даже жаль будет убивать такого противника, как вы!

Балабуха, отшвырнув в сторону Сандерсона, бросился на второго своего противника и погнал его по дороге. Хотя тот был редкостным здоровяком, но все равно не смог устоять перед натиском разъяренного артиллериста.

— Ах, вы так! — подзуживал француз Владимира. — Ну-ка, а мы вот так...

И шпага Владимира переломилась на середине клинка. Сам Владимир быстро отскочил назад.

— Тебе не жить, — мягко промолвил француз, поудобнее перехватив эфес своей шпаги, чтобы поразить офицера одним ударом.

Светло-серые глаза Владимира потемнели.

— Неужели? — процедил он.

И, поднырнув под смертоносную шпагу соперника, Владимир левой рукой отбросил его руку с клинком, а правой воткнул обломок своей шпаги ему в грудь.

— Честное слово, — насмешливо произнес Владимир, отступая на шаг назад, — мне не жаль будет потерять такого противника, как вы!

Француз, побелев, согнулся в три погибели и захрипел. Изо рта его потекли красные струйки. Он выронил свою шпагу и рухнул на дорогу.

— Извини, друг, — сказал Балабуха своему противнику, проколов его насквозь, как бабочку.

Он вытащил из тела убитого свою шпагу и огляделся. На ногах оставался один Сандерсон. Совершенно измученный битвой, он прислонился к дереву.

— Так, — пренебрежительно промолвил Балабуха. — Теперь этот колобок...

Но колобок проявил завидную сноровку. Он сунул руку за отворот сюртука, извлек блестящий пистолет и, тщательно прицелившись, выстрелил.

— Это... это что же... — забормотал Балабуха, роняя шпагу. На лице его показалось выражение детского недоумения.

— Антон! — закричал Гиацинтов, бросаясь к нему.

Сандерсон меж тем перезарядил свой пистолет и наставил оружие на него.

— Стойте! — выкрикнул пронзительный женский голос.

Англичанин, остолбенев, повернул голову. Возле кареты стояла Антуанетта. Ее черные волосы рассыпались по плечам, глаза сверкали гневом. Воспользовавшись тем, что Сандерсон не смотрит на него, Владимир быстро наклонился и подобрал пистолет одного из убитых противников. Балабуха лежал на дороге, держась рукой за правую сторону груди, и то закрывал, то открывал глаза.

— Стойте... — повелительно проговорила Антуанетта, подходя ближе. — Довольно!

Гиацинтов хотел вскинуть свой пистолет, но девушка встала между ним и англичанином, не давая стрелять. Ее незабудковые глаза с вызовом смотрели ему в лицо. Слегка побледнев, он опустил оружие. После небольшого колебания Сандерсон последовал его примеру.

— Я и не знал, что он вам так дорог, — насмешливо сказал Владимир.

Антуанетта вспыхнула.

— Вы и в самом деле ничего не знаете, — с вызовом ответила она.

Гиацинтов пожал плечами. Почему-то он ощущал одну лишь страшную усталость.

— Что ж... Вы свободны, мистер Сандерсон.

— Вы не тронете меня? — недоверчиво спросил англичанин.

— Я? — Владимир снова пожал плечами и вытер кровь с лица. — А на кой вы мне дались?

Сандерсон покачал головой.

— Я вам очень признателен, но... Вам все равно не уйти, поймите. В это дело замешаны слишком высокие люди. Они не дадут вам доехать не то что до Петербурга, а даже до границы империи.

— Это мы еще посмотрим, — сказал молодой офицер, вскидывая голову.

В разбитом экипаже кто-то завозился, и через мгновение Август, подслеповато щурясь, выполз наружу. Его голова была перевязана.

— Ох! — простонал он, качаясь. — Как будто с самими чертями играл в карты, смухлевал... и они меня потом всю ночь шандалами вразумляли! О-ох!

Он застонал и схватился за висок. Антуанетта поглядела на него и отвернулась.

— Мистер Сандерсон, — тихо сказала она. — Уже поздно, и я... Я устала и заблудилась. Прошу вас проводить меня домой.

Она протянула англичанину руку. Не колеблясь ни мгновения, он отлепился от ствола дерева и шагнул к девушке.

— Прощайте, — сказала она Владимиру.

— Прощайте, — мрачно ответил он, не глядя на нее.

Антуанетта помедлила.

— Больше вы ничего не хотите мне сказать?

— Я? — Владимир поморщился. — Нет, ничего.

— Что ж, — произнесла она, — значит, я зря... — Она умолкла и нахмурилась. — А впрочем, неважно.

Она оперлась о руку Сандерсона, и они зашагали прочь.

— Похоже, что вы проиграли, — сказал толстый англичанин с торжеством, проходя мимо Гиацинтова.

— Похоже, что мы выиграли, — в тон ему ответил Владимир.

Распростертый на дороге Балабуха хрипло застонал, и Гиацинтов, забыв обо всем на свете, бросился к нему.

— Артиллерист! Ну ты как, живой? Сейчас я тебя перевяжу...

Кое-как с помощью подоспевшего Добраницкого ему удалось остановить кровь.

— Ничего, старик... Держись... Доставим тебя к доктору, он тебе поможет.

Внезапно он вспомнил угрозы англичанина и нахмурился. Было похоже на то, что их трудности только начинаются.

— Где она? — неожиданно спросил Балабуха, приоткрыв глаза.

— Кто? — удивился Владимир.

— Она... Антуанетта...

— А, вот ты о чем...

В нескольких словах Владимир объяснил другу, что Антуанетта ушла вместе с Сандерсоном, и он не стал ее удерживать.

— И ты ее отпустил? — в отчаянии простонал Балабуха. — С этим колобком?

— А что я должен был сделать, скажи? — Владимир начал сердиться.

Балабуха долго глядел на него в молчании.

— Эх ты... — наконец промолвил он. — Такая девушка, а ты... Ты что, так ничего и не понял? Разве она стала бы становиться между тобой и этим англичанином, если бы не любила тебя...

И внезапно Владимиру стало очень жарко.

— Нет, Антон... Уверяю тебя, ты заблуждаешься... Это она из-за него...

— Эх ты... — пробормотал Балабуха еще раз и, закрыв глаза, впал в забытье.

— Что такое? — тревожно спросил Август. — Что?

Гиацинтов вскочил на ноги. Он бросился в ту сторону, куда ушла Антуанетта, но ее уже не было видно.

— Антуанетта!

Солнце медленно поднималось над горизонтом. Воздух стремительно светлел. В кустах щебетали и прихорашивались многочисленные птицы.

— Антуанетта!

Никого. Что он тогда ответил Сандерсону? «Похоже, что мы выиграли?»

Однако теперь он вовсе не был в этом уверен.

ГЛАВА 30

Возвращение. — Незаменимый агент Никита Сотников и сеанс его разоблачения. — Заложники города грез.

А потом была дорога, долгий кружной путь домой через Швецию, и ехать приходилось медленно, потому что Балабуха был ранен, а Владимир не хотел потерять своего друга. Но все обошлось, артиллерист выздоровел, а когда в Стокгольме у них кончились деньги, то Добраницкий на последние монеты отправился играть и выиграл столько, что из полученных ассигнаций можно было развести не один костер. Правда, по дороге случилось два досадных инцидента... нет, три, считая еще и ночное нападение в Финляндии, но друзья не дремали и сумели дать врагам должный отпор. Наконец в сентябре они прибыли в Петербург и тотчас же отправились на прием к военному министру. Август очень не хотел идти, но офицеры настояли-таки на своем и притащили его с собой.

— Господа! — упирался Добраницкий. — Ну что мне там делать? Что я там забыл?

— Как — что? — удивился Балабуха. — Во-первых, ты нам помог. Во-вторых, если граф Чернышёв будет задавать вопросы, ты сможешь подтвердить, что все было именно так, как мы говорим. Доказательств-то у нас нет ровным счетом никаких!

И вот пыльная приемная... Все те же стулья, те же кресла, те же величественные, невозмутимые лакеи, скользящие по паркету с грацией балерин.

Посетителей, ждавших своей очереди, оказалось совсем немного. Не считая троих друзей, в приемной находился только офицер в красивом мундире неизвестного происхождения. Усы офицера торчали штопором, и на весь окружающий мир он поглядывал с таким апломбом, что даже надменные слуги, перевидавшие всяких посетителей, и те как-то ежились и делались меньше ростом в его присутствии.

— Казенный дух, — проворчал Август, оглядываясь. — И вообще, господа, я должен вам сказать, что мне куда более по душе другая обстановка.

— С картами и золотыми монетами, рассыпанными по сукну? — улыбнулся Владимир.

— С красивыми вещами и красивыми женщинами, — вздохнул Добраницкий. — И вообще, как жаль, что она кузина Изабеллы!

— Кто?

— Антуанетта. Если бы не это, честное слово, я бы махнул на все рукой и вернулся в Вену! Но одна мысль об Изабелле... Не дай бог мне придется еще с ней общаться, я же не выдержу такого счастья!

Артиллерист с беспокойством шевельнулся в кресле, которое сдавленно закряхтело, будучи не в силах больше стонать.

— Володь, а Володь, — многозначительно промолвил Балабуха.

— Что? — спросил Гиацинтов.

Антон Григорьевич кашлянул и дернул себя за ус.

— Видишь вон того *бурбона*[1]?

— Офицера-то? — сощурился Владимир.

— Ну да. — Балабуха оглянулся и понизил голос. — Сдается мне, я его где-то прежде видел.

Владимир невольно насторожился. И точно, в неизвестном офицере явно проскальзывало что-то знакомое... чрезвычайно знакомое...

— Ого! — встрял Добраницкий. — А, между прочим, я его тоже знаю!

— Знаешь? — в один голос вскричали друзья. — И кто же это такой?

— Понятия не имею, — бесхитростно признался Август. — Но где-то я его точно встречал!

— Да, какая-то знакомая личность, — проговорил Владимир, чувствуя в душе беспокойство, которое усиливалось с каждым мгновением.

Балабуха недовольно хмурил брови. Незнакомый офицер обернулся, заметил, что они его разглядывают, и насупился.

[1] Бурбон (на армейском жаргоне николаевской эпохи) — выскочка.

— Хоть убей, не могу вспомнить, — наконец признался артиллерист. — А между тем морда такая знакомая... Наглая!

— Ага, — подтвердил Добраницкий. — Очень похож на нашего кучера, кстати.

— На какого кучера? — оторопел Владимир.

— Да на этого... на Степана Козырева. Так, кажется, его звали?

— Да нет, — убежденно промолвил Балабуха, — это не может быть наш кучер!

Гиацинтов меж тем пристальней всмотрелся в незнакомого офицера.

— Ей-богу, — решительно сказал он, — это кучер!

— Да не может быть! — вскинулся Балабуха. — С каких это пор кучера носят мундиры и сидят в приемной у военного министра?

— А ты убери усы, — посоветовал Владимир, — и прибавь бороду и всклокоченные волосы. Вылитый кучер!

— Ну... — недовольно пробурчал гигант. — Ну, может быть, похож... Черт побери! Но если он кучер, что он тут делает? Нет, братцы, тут что-то не так!

— Точно наш кучер, — настаивал Август. — Ей-богу! У меня глаз наметанный. Когда играешь в карты, без этого никак!

Не утерпев, Балабуха вскочил с места, подошел к офицеру вплотную и стал без всякого стеснения его разглядывать.

— Прошу прощения, сударь, — холодно промолвил незнакомец. — Мне кажется, вы напрашиваетесь на ссору!

Услышав этот надменный голос, Добраницкий и Гиацинтов недоуменно переглянулись.

— Нет, это не кучер... — с сожалением промолвил Владимир, качая головой. — У того голос был совсем другой!

— А вот мы сейчас проверим, — шепотом ответил Август и внезапно гаркнул что есть мочи, подражая тону артиллериста: — Степашка, прохвост! Что ж ты лошадям опять гнилой овес насыпал, а? Смотри у меня!

Балабуха аж подскочил на месте от неожиданности, а офицер вздрогнул и втянул голову в плечи. И вот этот жест его и выдал.

— Кучер! — торжествующе завопил Добраницкий. — Ей-богу, кучер, чтоб мне жить долго и счастливо! Точно кучер! Я же говорю вам, я сразу же его узнал!

Балабуха прочистил горло. Офицер, он же Степан Козырев, медленно поднялся со своего места и стал перед артиллеристом, глядя на него без особой приязни.

— Простите, сударь... — смущенно начал Балабуха. — То есть Степан! Какого черта, в самом деле...

— Во-первых, — холодно перебил его кучер в мундире, — я не Степан, а Никита. Степаном Козыревым я был, только когда исполнял, гм, секретное поручение. А зовут меня Никита Андреевич Сотников.

Тут, надо признаться, всякие мысли вылетели из головы Владимира, уступив место одному безграничному изумлению. Надо сказать, что Август чувствовал себя ничуть не лучше.

Кучер! Секретный агент! Черт побери, и чего только не бывает в жизни!

— Так-с... — несчастным голосом промолвил Балабуха. — Ты, Степан... Тьфу! Прости, Никита, если я иногда с тобой... гм... сурово... Потому как для кучерского дела у тебя, извини, руки не из того места росли. То ты нас в канаву, то то, то се...

— Хо-хо! — кричал Август. — Вот потому он и кучер был никудышный, оттого что на самом деле он не кучер никакой вовсе! А я его первый узнал, да, первый! У меня глаз наметанный, от меня не скроешься!

— Я вас прощаю, господа, — промолвил агент Сотников, улыбаясь особенной, холодной, как лед, улыбочкой, которая ясно показывала, что он не забыл ни пинков Балабухи за больную лошадь, ни «вот тебе на водку, только все сразу не пропивай», вообще ничего. — Бог велит прощать, не так ли? А я, как добрый христианин, следую его заветам. — И он улыбнулся еще шире. Балабуха порозовел и насупился.

К агенту подошел представительный старый лакей.

— Его превосходительство господин военный министр просит господина Сотникова пожаловать к нему, — доложил он.

Никита улыбнулся и расправил грудь.

— Извините, — сказал он Балабухе, лучезарно улыбаясь. — Сами понимаете — служба.

Он коротко поклонился офицерам и двинулся к дверям, ведущим в кабинет.

— М-да, — вздохнул Балабуха, провожая его взглядом. — Ты знаешь, Владимир, он мне никогда не нравился... Скользкий он какой-то всегда был. Интересно, зачем его вообще с нами послали?

— И почему нам ничего не сказали об этом? — задумчиво прибавил Владимир. — Вот это уже совсем интересно...

И трое друзей задумались — каждый о своем. Балабуха размышлял о кучере, которого он однажды крепко отлупил и который оказался вовсе не кучером. Добраницкий думал о том, как после этой дурацкой аудиенции, куда его затащили силой, он отправится в какой-нибудь приличный игорный дом... А Владимир думал о девушке с незабудковыми глазами. И чем больше он размышлял о ней, тем больше ему казалось, что он не увидит ее больше никогда.

Шло время. Тикали часы. Офицеры ждали. Август, которому надоело сидеть на одном месте, прикорнул в своем кресле и сладко вздремнул.

— Господин Гиацинтов и господин Балабуха! Его превосходительство ждет вас!

— А как же он? — шепотом спросил артиллерист, кивая на спящего Добраницкого. — Как же с ним-то быть?

Владимир махнул рукой.

— А никак... Пусть спит. На обратном пути захватим его с собой. Все равно ему у Чернышёва делать нечего...

И они пошли к министру — вдвоем.

* * *

Господин военный министр лицом был желт, как лимон. Господин военный министр в обращении был сух, как давно иссякший колодец. Господин военный министр даже не предложил вошедшим офицерам сесть, и внутренне Владимир Гиацинтов и Антон Балабуха сразу же приготовились к худшему.

— Так, господа, — сказал министр отрывистым голосом. — Я прочел вашу так называемую депешу, которую вы послали из Стокгольма...

Уже слова «так называемая» не сулили ничего хорошего. Владимир весь подобрался.

— Должен признаться, я ровным счетом ничего не понял... — Чернышёв сощурился. — Возможно, вы будете так добры, что объясните мне, грешному, что именно вы имели в виду?

Владимир оглянулся на Балабуху, прочистил горло и принялся объяснять. В поисках предателя — а именно секретаря Берга — особый агент Жаровкин вышел на готовящийся заговор с участием европейских держав. Он понял, что участие в заговоре принимает также Розалия фон Рихтер, проник в ее дом, но был там убит. Тело его зарыли в неизвестном месте, а одежду бросили в озеро. Далее за дело принялись, собственно говоря, сами Гиацинтов и Балабуха, да еще... впрочем, это совершенно неважно... Их совместное расследование показало, что...

Во время рассказа граф Чернышёв то и дело постукивал пальцами по столу, и вид у министра был такой, словно он задал простой вопрос о том, какая сегодня погода, а вместо приличествующего случаю ответа ему навязывают путаную сказку, сюжет которой начинается от сотворения мира.

— Одним словом, — подытожил министр, — Англия, Франция и Австрия замыслили нас погубить. Ради этого они выдумали какого-то несуществующего претендента, собираясь от его имени разжечь гражданскую войну. Так?

— Именно так, ваше превосходительство.

— И этот претендент является якобы сыном покойного великого князя Константина Павловича от тайного брака, предшествующего его браку с графиней Грудзинской. Так?

— Мы не видели его бумаг, — поторопился объяснить Владимир. — Однако, по нашим сведениям, этот человек промышлял игрой наверняка... И, возможно, он согласился участвовать в этой афере, преследуя свою выгоду.

— И что? — тяжелым голосом спросил Чернышёв. — Что я должен написать в докладе его величеству? Что некий прохвост и кучка авантюристов замыслили совершенно невиданное, дерзновенное дело...

— Это не кучка авантюристов, — быстро возразил Владимир. — Среди них был некто Зидлиц, доверенное лицо канцлера Меттерниха, Сандерсон, человек из английского посольства, графиня Розалия фон Рихтер, ее кузина Изабелла... А в нашем посольстве их пособниками оказался граф Адлерберг, которого в эту аферу втянул его побочный сын, Николай Богданович Берг, числившийся при нем секретарем.

— Это возмутительно, господа, — проворчал Чернышёв. — Воля ваша, но это просто бесчеловечно — возводить напраслину на покойного графа Адлерберга...

— Покойного? — изумился Балабуха.

— Да, граф в августе скончался от сердечного приступа, а вы не знали? Ах да, вы же как раз в это время путешествовали по Швеции...

— Ваше превосходительство, — пробормотал Гиацинтов, — а... а как же Николай Богданович Берг?

— Утонул, — безмятежно ответил военный министр. — По крайней мере, его тело выловили из Дуная несколько дней тому назад.

Владимир открыл было рот, чтобы спросить, не имеет ли к гибели обоих дипломатов отношение тот *бурбон*, которого они давеча видели в приемной, но встретил предостерегающий взгляд Балабухи — и прикусил язык.

— Что ж, господа, должен сказать, вы меня разочаровали, — вздохнул Чернышёв. — Несомненно, вы пали жертвой заблуждения... возможно, ловкой провокации этих паразитов-англичан...

Да-а... Не зря покойный агент Жаровкин в своих донесениях так осторожничал... Несомненно, он знал, с кем ему приходится иметь дело.

— Тем не менее, поскольку вы все же добились некоторых успехов... в частности, пролили свет на исчезновение господина Жаровкина, я согласен пока закрыть глаза на ваше возмутительное поведение.

— Но ведь мы... — начал ошеломленный Балабуха.

Владимир со всего маху наступил каблуком ему на ногу.

— Ваше превосходительство, — пылко проговорил он, — наша благодарность... у нас нет слов, чтобы ее выразить. Мудрость вашего превосходительства, его великодушие... Мы будем вечно молить за вас Бога!

Балабуха открыл рот и вытаращился на своего приятеля, который никогда прежде не выражался подобным стилем.

— Впредь рекомендую вам принять за образец одного из наших лучших агентов, господина Сотникова. Вы ведь встретились с ним в приемной, не так ли? Невероятное трудолюбие... а какая исполнительность! Кстати, он уверял меня, что именно он в свое время вышел на след господина Жаровкина, и в доказательство даже предъявил его одежду, которую нашел в каком-то пруде...

Балабуха открыл рот.

— Но ведь мы...

Владимир пребольно пихнул его в бок, и артиллерист, закашлявшись, умолк.

— Значит, на след Жаровкина вышел Сотников? — промолвил Владимир, выдавив из себя подобие улыбки. — А мы и не знали...

— Да, господа, — кивнул министр. — Вам не повезло, что рядом с вами оказался опытный профессионал! Разумеется, никакого заговора не было и в помине... Вы, господа, стали жертвами своего расстроенного воображения.

Нет слов, у Гиацинтова было слишком много воображения, но ведь Балабуха был лишен его напрочь. Жертвой чего тогда пал он?

— Итак, венское задание вы провалили. — Министр сухо улыбнулся и сложил кончики пальцев в домик. —

Но, учитывая смягчающие обстоятельства и проявленное вами рвение, я, пожалуй, оставлю вас в службе. — Он немного помедлил. — Кстати, кто этот господин, которого вы всюду таскали с собой? Этот Добротворский или как его?

— Добраницкий? — удивился Владимир. — Это не господин... Это мой слуга. Чрезвычайно исполнительная личность... А какое трудолюбие!

Министр слегка нахмурился, но молодой офицер стоял перед ним навытяжку, глядя на него хрустально прозрачными глазами, в которых не было даже намека на издевку. Тем не менее его превосходительство довольно кисло сказал:

— А, я так и подумал... Вы свободны, господа. Можете идти.

Балабуха прочистил горло.

— Великодушие вашего превосходительства... — начал он. Но тут Владимир наступил ему на вторую ногу, и офицеры, кланяясь, вышли из кабинета.

— Ты мне все ноги отдавил, ей-богу! — пожаловался Балабуха в приемной. — Ну в чем дело, а?

— Ни в чем, — беспечно ответил Владимир. — Слышал такую пословицу «знай сверчок свой шесток»?

— Ну, слышал, — буркнул артиллерист.

— Ну а мы с тобой, похоже, полезли куда-то не туда, куда надо. Вот нам и указали на наше место.

— Но ведь мы своими ушами слышали... — начал Балабуха.

— Значит, ничего не слышали. Ничего не было, ничего не будет, а граф Адлерберг со своим сыном погибли по чистой случайности. Вот так.

— Чудеса! — пробормотал артиллерист.

— Ладно, пошли будить Добраницкого, — распорядился Владимир. — Час уже поздний, и вообще я проголодался.

Они растолкали Августа, который видел уже десятый сон.

— Ну что? — спросил тот, потягиваясь. — Наградили вас?

— Ага, наградили, — буркнул Балабуха. — Еще хорошо, что по шее не накостыляли... Идем!

И они вышли из дворца в город грез — блистательный, заманчивый имперский Петербург.

ГЛАВА 31

Военный министр просит прощения. — Великие планы Полины Степановны и препятствие, которое свело их все на нет. — Донесение о яме государственной важности. — Мимолетное видение.

— Я должен извиниться перед вами, Полина Степановна, — сказал граф Чернышёв.

Полина Степановна, без черного парика вновь принявшая вид обыкновенной барышни, выделяющейся разве что своими изумительными незабудковыми глазами, вышла из-за потайной двери и тщательно прикрыла ее за собой.

— Должна признаться, ваше превосходительство, я ничего не понимаю, — проговорила она. — Допустим, вы хотели отвлечь внимание наших врагов и прислали этих двух офицеров с вполне определенной миссией, которая казалась более чем уместной. Но Сотников? Зачем он нужен был в Вене?

— Я допустил ошибку, — с некоторым раздражением промолвил министр. — Единственной задачей Сотникова было прийти вам на помощь, если вы по какой-то причине не справитесь с поручением.

— Не справлюсь? Я? — оскорбилась Полина Степановна.

— Ну да, ну да... Однако Никита Андреевич — человек самолюбивый, и поэтому я сказал ему, что его основная задача — найти пропавшего Жаровкина и предателя, потому что недотепы присланы только для отвода глаз. Еще он должен будет помочь вам, конечно... Кстати, Полина Степановна, почему вы так и не обратились к нему?

— Мне не нужна была ничья помощь, — сухо ответила Полина Степановна, и ее прекрасные глаза из незабудковых стали прямо-таки сапфировыми. — И уж менее всего — господина Сотникова, который не справлялся даже с обязанностями кучера. Да!

Конечно, Полине Степановне не хотелось признаваться, что она попросту забыла мудреный пароль, которым ее снабдил граф. Но стоит отметить, что пока она находилась в Вене, в ее планы действительно не входило просить чьей бы то ни было помощи.

— А из-за того, что вы отрядили в Вену господ офицеров, — продолжала Полина Степановна, — мне пришлось прятаться от них в рыцарских доспехах, уничтожать улики, которые они необдуманно оставляли, отваживать их, когда они стали оказывать мне знаки внимания, спасать, когда их стали убивать... и для этого опять прятаться в рыцарские доспехи! А потом еще ждать их в карете, чтобы увезти с собой! И они чуть не убили Сандерсона, который был мне нужен живым, чтобы узнать кое-какие детали...

— Уверяю вас, Полина Степановна, больше такое не повторится, — примирительно молвил министр. — Что именно вам удалось узнать от мистера Сандерсона?

— Я раздобыла подлинники, — сказала Полина Степановна, кладя на стол два документа. — Подлинники бумаг, которые удостоверяют личность претендента.

Граф Чернышёв слыл человеком сдержанным, но тут даже он не смог воспрепятствовать вполне законному восхищению заблистать в его взоре.

— Полина Степановна! — вскричал военный министр. — Как вам это удалось?

— Неважно, — отмахнулась Полина Степановна. — Читайте, господин граф, читайте, эти бумаги стоят того, чтобы их прочесть.

Прочитав бумаги, Чернышёв крякнул и как-то обмяк в кресле.

— Я надеюсь, это фальшивка? — едва ли не с мольбой промолвил он.

— Нет, — стальным голосом ответила Полина Степановна. — Я навела справки, хотя это и было очень, очень непросто. Похоже, Константин Павлович действительно был женат.

— До княгини Лович? — вырвалось у министра.

— До княгини Лович. То есть до отречения.

— А-ах! — простонал граф. — Я надеюсь... с этим... с претендентом произошел какой-нибудь несчастный случай?

— Несчастные случаи — прерогатива господина Сотникова, — холодно отозвалась Полина Степановна, и глаза ее колюче сверкнули, точь-в-точь как у тетушки Евлалии. — Нет, насколько мне известно, претендент жив и здоров.

— Полина Степановна!

— Но без этих бумаг все его притязания равны нулю. Над ним просто будет смеяться вся Европа.

— Конечно, — слабым голосом согласился министр, незаметно ослабляя воротник, — но все-таки...

— Господин граф, я полагаю, покамест нам нечего бояться. С чего все началось? С того, что растущее могущество нашей империи стало внушать тревогу некоторым державам. Их представители заключили союз и заручились поддержкой предателя в нашем посольстве. Поначалу они собирались поднять в Польше очередной мятеж, чтобы отвлечь нас и расстроить наши планы, но однажды старая фрейлина императорского двора проболталась — то ли Розалии, то ли Изабелле, этот момент я до конца не прояснила, — что покойный Константин Павлович был когда-то тайно женат, и от этого брака родился сын. Заговорщики заинтересовались и стали искать этого сына. Одновременно посол граф Адлерберг, который тогда не подозревал о роли своего секретаря в этом деле, заметил, что секретные сведения стали доступны тем, от кого они, собственно говоря, должны были держаться в секрете, встревожился и дал знать в Петербург. Вы послали на место Жаровкина, и он почти сразу же понял, что речь идет не о банальном предательстве, а о чем-то куда более серьезном. Он успел прислать в Петербург два донесения, одно — достаточно общее, а уже во втором напрямую назвал имя графини фон Рихтер, урожденной Бельской. Еще до этого, поскольку она уже давно была у нас под наблюдением, Алексей Каверин вышел на сводную сестру Розалии, которая поправляла здоровье на Мадейре. Предполагалось, что через нее он сумеет узнать важные сведения, однако, поскольку Жаровкин погиб, решено было действовать иначе и заслать меня под видом этой Антуанетты. Полагаю, что свою миссию я выполнила...

— Полина Степановна, — перебил ее военный министр, — скажите, а как вы в конце концов решили вопрос с тетушкой? Вы все-таки бросили ее за борт?

— Нет, — ответила Полина, лучась самодовольством. — Ее роль выполнила одна особа, которой я доверяю, как самой себе.

Надо сказать, что позже, когда заговорщики снарядили погоню за «Антуанеттой и ее тетушкой», это обстоятельство пришлось Полине Степановне весьма на руку: они отчаянно искали двух женщин и служанку, тогда как на самом деле следовало искать только одну женщину со служанкой.

— Словом, я сразу же напомнила Розалии о себе и объявила, что готова на все, чтобы хоть как-то отблагодарить ее за деньги, которые она выделила на мое лечение. Поначалу она была со мной не слишком любезна, но, ваше превосходительство, никто не способен устоять перед человеком, который говорит, что готов все сделать для вас, и ничего не требует взамен. Таким образом, я почти сразу же оказалась в гуще событий. И если бы не офицеры, которых вы прислали только для виду, а они восприняли свою миссию всерьез...

— Настолько всерьез, что мне даже пришлось переслать им досье на графиню Рихтер и первое донесение Жаровкина, — проворчал граф.

— Это было совершенно излишне, — сухо сказала Полина. — В результате мне пришлось предпринять массу усилий, чтобы их отвлечь. К тому же мне все время приходилось выручать их из передряг, в которые они попадали.

«Сейчас она добавит: хотя они вовсе не заслуживали такого отношения», — подумал министр, который очень хорошо знал Полину Степановну. Однако, к его удивлению, она ничего такого не сказала.

— Но теперь все уже позади, — заключила эта поразительная особа. — Замысел наших врагов я расстроила, но должна вам сказать, что дело вряд ли ограничится им одним. Полагаю, что все идет к серьезному столкновению интересов — наших и европейских.

— И что же мы должны сделать, чтобы такого столкновения не произошло? — с улыбкой спросил министр.

— Действовать методами наших врагов, — твердо ответила Полина Степановна. — Если они всеми способами разжигают восстания у нас в Польше и на Кавказе, нам тоже надо делать все, чтобы накалять внутреннюю обстановку на их территории. Полагаю, что нам надо всеми путями поддерживать господина Кошута, который мечтает, чтобы Венгрия стала независимой от Австрии. Также недурно было бы поддержать ирландцев, индийцев и вообще всех, кто пожелает восстать против английского господства. Что касается Франции, несомненно, стоит устроить побег Бонапарту из форта Ам, и пусть Луи-Филипп поволнуется. А на наших проблемных землях, вроде Польши, Литвы и Финляндии, следует вести гибкую политику и не оскорблять национальное и религиозное достоинство людей, которые там проживают. Крайне недальновидно запрещать полякам говорить по-польски в польских кофейнях. Подобная мера способна внушить к нам отвращение даже у тех добропорядочных людей, которые ничего не имеют против того, чтобы быть российскими подданными.

— Полина Степановна, — вздохнул министр, — я ценю ваше мнение, но полагаю, что наши с вами задачи заключаются все-таки не в том, чтобы диктовать правительству, что ему делать — а несомненно, что перечисленные вами вопросы находятся именно в компетенции правительства. И я настоятельно советую вам не затрагивать эти темы в разговоре с его величеством, который решительно осуждает всякую крамолу, излишнее свободолюбие и вообще любое желание пересмотреть границы европейских государств. Уверяю вас, если Венгрия когда-нибудь дерзнет подняться против Австрии, его величество пойдет на все, чтобы поставить Венгрию на место. Если понадобится, он отправит туда войска, хотя я, разумеется, преувеличиваю: Австрия — великая держава, и она в состоянии сама справиться со своими проблемами... если таковые когда-либо возникнут.

— Очень жаль, — холодно сказала Полина Степановна. — Потому что в наших собственных интересах было бы поддерживать любые движения, которые могут ослабить наших врагов. А в том, что это наши враги, я более не сомневаюсь... хотя это все равно не помешает мне ценить романы господина Бальзака, музыку Моцарта или стихи Шелли.

— Полагаю, у вас будет достаточно времени, чтобы ими насладиться, — заметил министр. — Пока у нас нет для вас нового задания, так что вы можете отдыхать и набираться сил.

— Не премину воспользоваться советом вашего превосходительства, — отозвалась Полина. — Впрочем, у меня есть одна просьба, и я надеюсь, что выполнить ее не составит для вас труда.

Она положила на стол перед Чернышёвым незапечатанный конверт.

— Что это? — спросил министр.

— Донесение о вредоносной яме, обнаруженной мной на одной из дорог Минской губернии, — отвечала неподражаемая Полина Степановна. — Здесь изложены все обстоятельства, а также мои соображения, почему эту яму следует засыпать, и как можно скорее. Я сама из-за этой ямы едва не угодила в переплет, так что, если вы не хотите потерять своего особого агента...

— Я немедленно распоряжусь насчет ямы, — успокоил ее Чернышёв. — Раз вы говорите, что следует от нее избавиться, я верю вам на слово, Полина Степановна.

— Что ж, — сказала молодая женщина с улыбкой, — в таком случае я не смею больше беспокоить ваше превосходительство.

Она сделала очаровательный реверанс и шагнула к потайной двери.

— Что же касается бумаг, которые вы добыли у Сандерсона... — начал Чернышёв.

Он собирался объяснить Полине Степановне, что с ее стороны будет выгоднее хранить молчание о документах, удостоверяющих личность претендента. Однако его собеседница обернулась с самым непринужденным видом.

— Каких бумаг, ваше превосходительство?

— Тех, которые вы доставили, сударыня, — в некотором замешательстве ответил граф.

— Разве? — Полина Степановна сделала большие глаза. — Насколько я помню, я ничего такого не доставляла!

Вообще-то Чернышёву стоило гордиться сообразительностью своей сотрудницы, но, бог весть отчего, министру почудилось, что синеглазая плутовка смеется над ним, и он надулся.

— Не смею больше задерживать вас, сударыня, — довольно сухо промолвил он.

Когда Полина Степановна скрылась за дверью, министр позвал лакея, велел в течение четверти часа ни в коем случае его не беспокоить, после чего придвинул к себе подсвечник с горящей свечой, взял бумаги, которые доставила барышня с незабудковыми глазами, и принялся тщательно жечь их.

«Ну Константин Павлович! Ну удружил! Мало было историй при его жизни, так еще теперь... Главное, чтобы до государя не дошло. Это ему не то что не понравится — страшно даже представить, как он воспримет весть о том, что его брат был тайно женат, да еще оставил наследника, который пытался ему навредить...»

* * *

С Невы дул промозглый ветер. Было холодно, и с петербургского неба сыпал мелкий дождь. Владимир поморщился и поплотнее запахнул свою шинель.

— О чем думаешь, Владимир Сергеич? — спросил Балабуха.

— Да так, — вздохнул молодой офицер. — Надо было мне тогда все-таки разобраться с ним... по-свойски.

— Это с Сандерсоном, что ли? — вклинился Август. Владимиру не хотелось отвечать, и он только кивнул.

— Знаешь, — заметил Добраницкий, — на эту ситуацию можно ведь посмотреть и с другой стороны. Слов нет, мадемуазель Антуанетта чудо как хороша, но одно то, что она родственница Изабеллы...

— Хочешь сказать, что мне повезло? — проворчал Владимир.

Август собирался заверить его, что, во всяком случае, то, чего он избежал, стоило того, что он потерял — но тут в поле его зрения попала карета, которой правил необыкновенно важный бородатый кучер. Ничего особенного не было ни в этой карете, ни в самом кучере, однако в следующее мгновение занавеска на окне приподнялась, и наружу выглянула миловидная особа с незабудковыми глазами. Особа эта как две капли походила на Антуанетту, если не считать того, что у очаровательной венки волосы были черные, а у незнакомки — русые.

— Ой, — несмело промолвил Август. — Послушай, Владимир...

Незнакомка окинула равнодушным взором Неву, серое небо, лужи, редких прохожих, и в следующее мгновение глаза ее встретились с глазами Августа. Однако Полину Степановну трудно было застать врасплох: она не смутилась, не изменилась в лице, а лишь выразительно покачала головой и приложила палец к губам.

— Что это с тобой? — встревожился Балабуха. — У тебя такой вид, как будто ты увидел привидение!

Август перевел дыхание. Карета уже проехала вперед и смешалась с потоком экипажей, который заворачивал к Невскому проспекту.

— Просто мне показалось... Какая-то женщина... — Он беспомощно повел плечами, не зная, как объяснить то, что он видел. — Она была похожа на Антуанетту. Ну так... чуть-чуть. Конечно, Антуанетта куда красивее!

— Ага, так ты тоже о ней думаешь! — поддел его артиллерист. — А ничего, что она родственница Изабеллы, а?

— Да ну тебя! — отмахнулся Август. — Слушайте, сейчас на улице холодно, как... как в Петербурге! Может, лучше заглянем в трактир, да выпьем чего-нибудь, да закусим хорошенько? Что-то я совсем озяб.

— Вот это дело! — поддержал его Владимир. — Идем!

И трое друзей направились навстречу новым приключениям.

Литературно-художественное издание

КЛЮЧИ СУДЬБЫ

Вербинина Валерия

ФИАЛКОВОЕ ЗЕЛЬЕ

Ответственный редактор *О. Рубис*
Редактор *М. Бродская*
Художественный редактор *Д. Сазонов*
Технический редактор *О. Куликова*
Компьютерная верстка *Т. Кирпичева*
Корректор *Е. Дмитриева*

В оформлении обложки использованы иллюстрации:
artemova julia, losw / Shutterstock.com
Используется по лицензии от Shutterstock.com

ООО «Издательство «Эксмо»
127299, Москва, ул. Клары Цеткин, д. 18/5. Тел. 411-68-86, 956-39-21.
Home page: **www.eksmo.ru** E-mail: **info@eksmo.ru**

Оптовая торговля книгами «Эксмо»:
ООО «ТД «Эксмо». 142702, Московская обл., Ленинский р-н, г. Видное,
Белокаменное ш., д. 1, многоканальный тел. 411-50-74.
E-mail: **reception@eksmo-sale.ru**

По вопросам приобретения книг «Эксмо» зарубежными оптовыми покупателями *обращаться в отдел зарубежных продаж ТД «Эксмо»*
E-mail: **international@eksmo-sale.ru**

International Sales: *International wholesale customers should contact Foreign Sales Department of Trading House «Eksmo» for their orders.*
international@eksmo-sale.ru

По вопросам заказа книг корпоративным клиентам, в том числе в специальном оформлении, *обращаться по тел. 411-68-59, доб. 2299, 2205, 2239, 1251.*
E-mail: **vipzakaz@eksmo.ru**

Оптовая торговля бумажно-беловыми и канцелярскими товарами для школы и офиса «Канц-Эксмо»: Компания «Канц-Эксмо»: 142700, Московская обл., Ленинский р-н, г. Видное-2, Белокаменное ш., д. 1, а/я 5. Тел./факс +7 (495) 745-28-87 (многоканальный). e-mail: **kanc@eksmo-sale.ru**, сайт: **www.kanc-eksmo.ru**

Подписано в печать 07.06.2012. Формат 84×108 1/32.
Гарнитура «Таймс». Печать офсетная. Усл. печ. л. 16,8.
Тираж 3500 экз. Заказ 8539.

Отпечатано в ОАО «Можайский полиграфический комбинат»
143200, г. Можайск, ул. Мира, 93
www.oaompk.ru, www.оаомпк.рф тел.: (495) 745-84-28, (49638) 20-685

ISBN 978-5-699-56846-8

9 785699 568468 >